隋唐故事 활자본 고소설 연구

隋唐故事 활자본 고소설 연구

이광훈

역락

머리말

 조선과 중국은 유구한 역사와 문화교류를 통하여 수많은 고전소설
들이 조선에 유입되면서 독자층을 형성하였고 한글로 번역되었다.
저자는 숭실대학교에서 석박사 공부를 하면서 고전소설 특히 한중번
역소설에 관심을 많이 갖고 있었다. 석박사 과정에서 조선시기 번역
본을 우연찮게 읽어보면서 수당시기 소설을 접하게 되었고 나름대로
의 연구를 시작하게 된 계기가 되었다. 이 책은 저자가 심혈을 기울
여 연구해 온 박사논문의 결실이다.

 隋唐 故事는 수·당의 역사 인물과 사건을 다룬 이야기이다. 수당
고사는 史書에 기록된 것을 시작으로 전기소설로, 그리고 화본소설과
설창문학 등을 통하여 창작의 최고봉인 연의소설로 탄생하게 되었다.

 수당 고사는 史書인『隋書』·『舊唐書』·『新唐書』·『資治通鑒』에 기
록되었고, 筆記小說인『隋唐嘉話』, 傳奇小說인『隋遺錄』·『海山記』·
『迷樓記』·『開河記』, 話本小說인『韓擒虎話本』,『唐太宗入冥記』,『薛仁貴
征遼事略』등의 소재로 활용되었다. 연의소설이 등장하는 시기에는『隋
煬帝艶史』·『隋唐演義』·『隋史遺文』·『說唐薛家府傳』·『征西說唐三傳』·『隋
煬帝艶史』등이 출현하기에 이른다.

 이들 수당 고사 계열 소설은 조선시대에 국내에 유입되어 향유되었
으며 일부 작품은 한글로 번역되어 읽히기도 했다. 그러다가 20세기

초에 활자본 소설이 유행하자 수당 고사와 관련된 인물을 소재로 한 작품들이 대거 등장하였는데 「수양뎨힝락긔」・「슈당연의」・「설인귀전」・「설정산실기」・「당태종전」・「양귀비」 등이다.

이 책은 원전-번역본-활자본 등의 과정을 거친 隋唐 관련 활자본 고소설에 대한 연구에 초점을 맞추었다. 원전이 중국에서 형성된 과정을 살피면서 국내에 유입된 작품과 번역본의 출현상황을 정리하고, 이에 기초하여 20세기 초에 유행된 활자본 고소설이 재탄생된 양상을 밝히고, 아울러 활자본 고소설의 양상과 특징들을 통하여 활자본 수당 관련 고소설에 드러난 편집자의 의도나 독자들의 의식에 기반을 둔 작품들의 문학사적 의의를 밝혔다.

이를 위해 연구 대상 작품을 군주, 영웅, 여성 중심의 세 가지 유형으로 나누어 고찰하였다. 즉 「슈당연의」, 「당태종전」은 수・당 두 왕조의 군주를 형상화한 작품으로, 「설인귀전」, 「설정산실기」는 전형적인 영웅 인물을 재현한 작품으로, 「수양뎨힝락기」, 「양귀비」는 염정서사를 축으로 하면서 통속적인 여성 형상을 다룬 작품으로 나누었다.

구체적으로 2장에서는 수당 두 왕조의 군주형상으로 작품을 다룬 「슈당연의」와 「당틱종전」의 원전인 『隋煬帝艶史』와 『唐太宗入冥記』가 중국에서 형성된 과정과 수용 및 작품에 나타나는 번역양상과 활자본 고소설의 구조 및 의미를 기술하였다.

3장에서는 영웅을 중심으로 다룬 설인귀와 설정산 부자의 「설인귀전」과 「설정산실기」를 다루었다. 원전인 『說唐薛家府傳』과 『征西說唐三傳』의 형성과정과 조선 유입을 통해 활자본으로 재탄생된 두 작품의 변화의 의미를 밝히고, 활자본 소설의 대부분을 차지하는 영웅위주의 활자본 고소설의 영향관계를 분석하였다.

4장에서는 여성을 중심으로 이루어진 수양제와 미녀들과의 향락서사인 「슈양뎨힝락긔」와 양귀비와 당현종의 염정적 서사를 다루고 있는 「양귀비」를 대상으로 삼고, 원전인 『隋唐演義』의 형성과 유입과정 및 두 활자본 고소설의 지향과 의미를 밝혔다.

5장에서는 활자본으로 재창조된 자료들이 지니는 학술적 가치를 통하여 문헌학적, 소설사적인 의의를 기술하였다. 이들 작품에서 나타나는 양상과 특징을 통해 활자본 고소설의 독자 향유층과 번역자의 인식과 태도 등을 살피고, 특히 수당 고사에 관련한 작품들의 형성과 발전에 따른 요인들을 분석하여 학문지향의 근원을 이루는 가치관을 규명하였다.

이 책을 완성하기까지는 많은 선생님들과 학우들의 도움이 필요했다. 짧은 식견을 가지고 시작한 학문을 체계적으로 가르쳐 준 여러 선생님들 덕분에 학업을 원만히 마칠 수 있어서 영광이라 생각한다. 특히 한국에 처음 발을 디디고 진정한 학문의 길에 들어서도록 노고를 아끼지 않으신 오순방 교수님을 비롯하여 항상 따뜻한 마음으로 가르침을 주신 장경남 교수님께 진심으로 되는 감사의 마음을 전한다. 또 이 책의 완성에 아낌없는 조언과 건의를 해주신 권순긍 교수님, 임치균 교수님, 이경재 교수님께도 고마움을 전한다. 그리고 학업을 원만히 마치게끔 옆에서 지지해주고 친구가 되어준 학우들이 있어 참으로 잊지 못할 추억을 쌓으면서 학업을 마치게 되었다. 마지막으로 이 책의 출판이 가능하도록 힘써주신 역락출판사의 이태곤 이사님과 편집부 여러분께도 감사드린다.

　이 책은 아직도 보완할 부분이 많다고 생각하며 앞으로 더 훌륭한 책들이 나와 한중문학발전에 이바지하였으면 좋겠다.

2020년 10월

서유기의 명소 화과산 기슭에서

이광훈 씀

제 1 장

수·당 고사 활자본 고소설의
기존 연구와 논의

제 1 장

수·당 고사 활자본 고소설의 기존 연구와 논의

1.1 연구 목적과 의의

고소설은 흔히 筆寫本·坊刻本·活字本 등의 형태로 출판되었다. 필사본은 손으로 직접 쓴 것을 말하고, 방각본은 주로 목판에 판각한 형태로 18~9세기 상업의 발달과 함께 등장했다. '이야기책'·'딱지본'·'육전소설' 등의 명칭으로 불렸던 활자본 고소설은 沿活字의 도입과 근대 인쇄술의 발달로 나타났다. 활자본 고소설은 근대문학 전환기인 20세기 초에 등장하여 중·후반까지 활발하게 출판되고 읽혔다.[1] 활자본이 나오기 전에 돈을 받고 책을 빌려주는 貰冊家가 등장했다. 세책가는 대개 18세기 중엽부터 1890년대까지 번창하면서 새로운 작품을 계속 들여오다가 활자본과의 경쟁에서 밀려나 차차 활기를 잃고 1930년대에 와서는 폐업을 할 지경에 이르게 된다.[2]

---

1) 권순긍, 『활자본 고소설의 편폭과 지향』, 보고사, 2000, 9면 참조.
2) 조동일, 『한국문학통사』 4, 지식산업사, 1986, 342~343면 참조.

신식활자에 의한 활자본 인쇄는 신문에서 가장 먼저 시작되어 잡지로 이어지고, 그 다음 순서로 단행본 출판에 이용되었다. 소설을 활자본 단행본으로 출판하는 것은 1906년의 『서상기』에서 시작되어3) 1907년에 『만세보』라는 신문에 연재한 이인직의 신소설 『혈의 루』와 『귀의 성』 상권을 그 해에 광학서포에서 간행했다. 신소설과 구분하기 위해서 '고대소설'이라고 지칭하던 구소설은 1912년에 박문서관에서 이해조의 『옥중화』와 『강상련』을 간행하고, 1912년에 신문관에서 『옥루몽』을 낸 것을 필두로 해서, 수백 종에 이르는 활자본 고소설을 간행하게 된다.4) 고소설이 그림을 삽입하고 표지를 울긋불긋하게 장식하여 활자본으로 출판되면서 내용이 많이 바뀌게 된다. 활자나 편집 형태만 바꾸고 내용은 그대로 출판된 것이 있는가 하면, 내용의 일부를 개작하거나, 의도적인 고소설체로 당시에 새로 창작된 것도 있다.

이렇게 하여 쏟아져 나온 활자본 소설은 1970년대까지 꾸준히 발행되어 출판연도가 확인된 것만 해도 1820회에 이르는 발행기록을 확인할 수 있다.5) 당시 봉건사회가 해체되고 전란의 현실에 부응하기 위한 가문의 필요성과 사랑의 절실성 및 영웅 대망의 분위기가 조성되면서 가정소설, 가문소설, 염정소설, 영웅소설 등으로 활자본소설들이 대량으로 출현되었다. 이들은 각각 舊作, 改作, 新作의 고소설이다. 구작은 활자나 편집 형태만 바꾼 것이라 고소설의 변모라고 할 수는 없지만, 개작이나 신작은 시대의 변화와 무관하지 않기에 역사적 성격을 밝히는 데 좋은 자료가 된다.6) 작품의 제목은 주제를 드러내거나 내용을

3) 최호석, 「활자본 고전소설에 대한 통계적 고찰」, 『어문연구』 제41권, 한국어문교육연구회, 2013, 118면.
4) 조동일, 앞의 책, 347면 참조.
5) 최호석, 앞의 논문, 118면.

집약할 뿐 아니라 해당 작품의 다른 작품과 구별하게 하는 주요한 기
능을 갖는다. 특히 기왕의 소설을 새로운 텍스트로 출간하는 활자본
고전소설에서는 제목을 정할 때 다양한 변화를 시도하고 있는데[7] 隋
唐 故事와 관련된 소설이 활자본 고소설로 재탄생하는 데에는 많은 한
계가 있었다. 짧은 분량과 저렴한 가격으로 단시간 내에 출간해야 하
는 사정으로 편집자들은 대부분 인물이나 사건, 왕조의 興亡盛衰를 위
주로 하는 人物傳記型이나 事件展開型의 소설을 간행한다. 한 인물을
제목으로 하여 만든 작품도 있고, 한 사건을 제목으로 활용하고 발췌
하여 내용을 전개한 작품도 있으며, 역사사실과 관련된 전편의 글을
축약하여 간행한 작품도 있다. 이들은 모두 역사소재의 소설로 강하게
작용하는바 역사소설의 성격을 띠고 있다.

隋唐 故事가 활자본으로 재탄생하게 된 직접적인 원인은 조선이 중
국과 밀접한 지리적 위치에 있고 중국과 사대관계를 유지하면서 활발
한 교류가 이루어졌기 때문이다. 중국과 교류하는 과정에서 중국 서적
의 수입은 큰 비중을 차지하였다. 현재 확인할 수 있는 기록에 의하면
서적 수입은 대개 고려시대부터 이루어졌으며 조선조에 와서도 활발
하게 진행되었다. 서적 중에 눈길을 끄는 것은 소설류이다. 조선조에
는 중국에서 간행된 소설은 거의 동시기에 수입되어 읽혔다.

중국의 고전소설이 유입된 시기는 그 역사가 유구한데『高麗史』나『朝
鮮王朝實錄』등을 보면 조선왕조가 건국되기 전인 고려시대에 이미『山
海經』·『十州記』·『搜神記』·『說苑』·『世說新語』·『太平廣記』등과 같
은 중국서적들이 유입되었다는 기록을 찾아볼 수 있다. 조선 초기에

---

6) 권순긍, 앞의 책, 10면.
7) 이주영, 『구활자본 고전소설 연구』, 월인, 1998, 115면.

가장 먼저 유입된 중국소설은 瞿佑의 『剪燈新話』이다. 『剪燈新話』는 조
선, 일본, 베트남 등에 유입되면서 큰 환영을 받았는데, 그 영향으로
조선에서는 김시습이 『金鰲新話』를 창작하게 되었고, 일본에도 전파되
면서 『加婢子』와 『雨月物語』라는 소설이 탄생하게 된다. 임진왜란과
병자호란을 전후로 중국소설이 대량으로 조선에 유입되기 시작하면서
연의류 소설들이 물밀 듯 들어오는데 『三國志演義』・『東周列國
志』・『隋唐演義』・『東西漢演義』・『北宋演義』・『封神演義』・『殘唐五代
史演義』 등 소설들은 궁중뿐만 아니라 민간에서도 큰 각광을 받았다.[8]
이러한 영향으로 조선시대에는 「소대성전」・「장풍운전」・「황운전」・「유충
렬전」・「조웅전」・「홍계월전」・「곽해룡전」 등 소위 영웅군담소설 수
십 종이 창작되었고, 필사본・방각본・활자본 등의 형태로 꾸준히 유
통되었다.

　이렇게 중국소설이 조선으로 유입되면서 많은 작품이 한글로 번역
되었다. 이들 중국소설류의 번역물이 현재 樂善齋文庫에 소장되어 있
는 것을 보면 『三國志演義』, 『水滸傳』 등 四大奇書의 일부를 비롯하여 『太
平廣記』, 『今古奇觀』, 『西周衍義』, 『北宋演義』, 『平妖傳』, 『紅樓夢』 등 무
려 20종을 헤아릴 수 있고[9] 또한 각처에 소장된 중국소설의 飜譯本을
함께 헤아리면 상당수의 번역물이 현존하고 있다. 18세기 중반에 창작
된 尹德熙의 『小說經覽者』나 完山李氏의 『中國小說繪模本』의 기록으로
볼 때 80여 편의 방대한 중국소설들이 조선에 유통되었음을 알 수 있
으며, 18세기 후반에 溫陽 鄭氏 등에 의해 필사된 것으로 보이는 『玉鴛
再合奇緣』은 그 당시 번역되어 읽혔던 한글 소설들을 파악할 수 있다.

---

8) 閔寬東, 『中國古典小說流傳韓國之硏究』, 中國文化大學 博士學位論文, 1994, 9~10면
　　참조.
9) 丁奎福, 「『第一奇諺』에 대하여」, 『中國學論叢』 제1집, 한국중국문화학회, 1984, 74면.

중국소설이 조선으로 밀려들어오고 독자들의 수요에 부응하려고 필사자, 번역자, 편집자 등에 의해 작품들이 소개되면서 많은 번역과 편집 과정을 거치게 된다.

우리가 흔히 말하는 '隋唐故事'는 隋唐 시기의 역사사건과 인물의 이야기들을 다룬 작품을 일컫는다. 明淸시기에 일련의 장편통속소설인 '隋唐系列小說'이 출현하는데 이들은 수당계열 작품의 최고봉이라고 할 수 있다.

隋唐 관련 역사소설은 『三國志演義』 등과 같이 초창기에는 志怪, 傳奇, 話本, 史書 등의 다양한 소재로 전파되고, 허구와 사실을 결합하여 여러 가지 형태로 각색되면서 역사소설로 탄생하게 되었다. 수당고사와 관련된 작품들이 국내에 유입된 가장 이른 기록으로는 李穀(1298~1351)의 稼亭集에 『楊太眞外傳』이 보이고, 다음으로 許筠(1569~1618)의 『惺所覆瓿槁』 卷 13에 보이는 羅貫中의 『隋唐兩朝志傳』을 필두로 『薛仁貴征東全傳』·『隋史遺文』·『隋煬帝艶史』·『隋唐演義』·『說唐演義』 등 수십 종에 이르는 작품들이 전해졌음을 알 수 있다. 훈민정음이 1446년에 반포되고 한문서적들이 한글로 다양하게 번역되고 읽히면서 한글필사본과 번역본들이 수없이 많이 나오게 되었다. 유실된 번역본들과 현재 발굴되지 않은 번역본들을 제외하여도 『隋史遺文』·『薛仁貴征東全傳』·『隋煬帝艶史』 등의 번역본만 해도 거의 10편에 달하는 수당관련 소설들이 한글로 번역되어 전한다. 현재 국내에 소장되어 있는 번역본 중국소설은 총 72종으로 확인된다.[10] 이로 보아 수당고사 번역본은 7분의 1에 해당하는 적지 않은 숫자이다. 특히 20세기에 「슈당연의」·「슈

---

[10] 2012년을 기준으로 현재 발굴된 번역소설이 72종에 이른다고 한다. 민관동, 「매비전의 국내유입과 번역양상」, 『비교문화연구』 제27집, 서울대학교 비교문화연구소, 2012, 256면.

양뎨힝락긔」・「당틱죵젼」・「설인귀젼」・「설졍산실긔」・「양귀비」 등과
같은 활자본들의 대거 출현은 수당고사의 영향력과 인기를 실감할 수
있게 한다.

　이른바 활자본 고소설의 패러디는 고전을 소재로 창작된 현대 작품
에 대한 현대적 시각의 연구이며 고전에 대한 관점과 문화적 맥락이
정립되어 있다. 일부 구성요소의 변환이나 단순한 일대일의 번역만으
로는 작품의 가치를 드러내기 어렵다. 수용과 생산의 매개로서 재구성
이란 작품의 수용을 통한 가치 이월과 작품의 생산을 통한 가치 창조
가 조화를 이루는 것이며, 구성요소의 변환과 소재의 재확립으로 인한
취지와 의미는 유의미하다. 이를 위해서는 작품의 수용과 생산 과정에
공통적으로 적용될 수 있는 매개항을 설정할 필요가 있겠다.

　이러한 문제의식에 따라 본 연구는 재창작의 경험이 중심이 되고
그 과정 속에서 창조성이 지향되는 수당관련 활자본 고소설을 본 연
구의 범주로 설정하고자 한다. 대부분 연의소설이 활자본 고소설의 저
본으로 직접 활용되어 왔고 이러한 활자본의 재구성은 단순한 번역만
이 아닌 작자의 창작의식과 사회 지향적인 이미지를 보여주는 결과물
이기도 하다. 특히 수당관련 연의소설들은 『隋煬帝艶史』와 『隋唐演義』
와 같은 최고의 작품으로 거듭 출현하면서 많은 공통점을 지니기도
한다. 수양제라는 인물을 중심으로 비슷한 내용과 서사로 역학관계를
형성하면서 『隋煬帝艶史』는 「슈양뎨힝락긔」가 아닌 「슈당연의」로 재
탄생하게 되고 반면에 『隋唐演義』는 「슈당연의」가 아닌 「슈양뎨힝락
긔」로 재탄생하는 현상이 나타나게 되었다. 또 「설인귀젼」과 「설졍산
실긔」와 같은 부자지간의 영웅적인 사적을 긴밀하게 연결시켜 다룬
활자본 소설의 재탄생은 이들 수당고사들의 복합적인 구도와 연관성

을 알 수 있으며, 이러한 영향으로 출현한 활자본 고소설의 재구성은 수당관련 고사들이 지니는 성과와 의의에 기반을 둔 또 다른 의미있는 가치와 업적이라고 판단된다.

이에 원전의 생성과 전승 및 발전이라는 역사적인 현상에 주목하고 고전소설의 번역본 생성 과정 중의 최고의 문학 작품의 창조적 재구성이라 할 만한 수당고사 관련 활자본 고소설에 주안점을 두고 연구를 진행하려고 한다. 고전소설의 파생이 인간 본연의 흥미와 욕구에 기반하고 있다는 점, 이본군의 형성이라는 집단적 창작의 본보기가 된다는 점, 민족적 형식에 기인한 표현 원리를 찾을 수 있다는 점에서 고전소설 이본의 창조적 성격과 교육적 가치는 밝혀진 바 있다.[11] 특히 수당고사 관련 연의소설들은 수많은 저본들에 기초한 作品群들이며 이들에 각각의 독립성을 부여할 수 있는 것은 텍스트가 고정된 작품이 아니라 독자의 참여에 의해 끊임없이 생성 변화해 온 작품이기 때문이다. 『隋煬帝艶史』의 번역본인 『슈양의ᄉ』·『슈양외ᄉ』와 『征西說唐三傳』의 활자본 고소설인 「서정기」·「설정산실기」·「이화정서전」는 제목도 각각이며 내용도 차이가 있다. 이렇게 다양한 번역본으로 재구성된 수당고사는 독자들의 흥미와 적극적이고 자발적인 참여를 이끌어 낼 수 있는 다시 말해 내용과 구조에서 재창작이 용이한 작품이다.

활자본 고소설의 생성 과정이 모본 재구성의 전범이 될 수 있으며 수당고사 관련 작품들이 재구성의 대상으로 적합한 작품임이 밝혀졌다고 해도 동일한 인물과 줄거리, 유사한 내용을 바탕으로 하는 활자

---

11) 김종철, 「소설의 이본 파생과 창작 교육의 한 방향」, 『고소설연구』 제7집, 한국고소설학회, 1999, 371~374면.

본 고소설들의 차이를 변별하고 모본으로부터의 창조적 변화를 밝히는 일이 그리 쉬운 작업은 아니다. 이에 본 연구는 수당고사 관련 작품을 다양한 층위와 단위로 이루어진 구조물로 간주하고 작품의 수용을 통해 내용과 형식의 구조가 변화될 수 있다고 보았다. 그런 이유로 모본의 수용과 활자본 고소설의 생산을 매개할 수 있는 서사적 단위로 인물을 설정하고 인물단위의 분석을 통해 파생적이고 창조적인 변화 양상을 효과적으로 드러내고자 한다.

현재 수당고사 관련 활자본 고소설에 관한 연구는 미진한 편이라고 볼 수 있다. 많은 번역소설 관련 논문 가운데 초창기의 연구는 기존에 유통되던 번역본과 원전과의 대비를 통한 연구가 과반수였고 번역양상을 살피는데 초점을 두었다. 근래에 와서 고소설에 관한 연구가 소설사적, 문학사적인 의미로 논의되면서 연구가 활발히 진행되었는데 이는 국내의 고소설과 번역소설을 체계적으로 연구하는데 중요한 역할을 한다. 그러나 전반적으로 「薛仁貴傳」과 「唐太宗傳」에 관한 개별적인 작품에 대한 편향된 연구가 주를 이루고 있는 편이고, 더욱이 활자본으로 재탄생된 수당고사에 대한 전반적인 연구는 극히 미진하다.

『삼국지연의』, 『서유기』, 『수호전』 등 많은 중국소설 번역본들이 발굴되면서 상당한 연구가 이루어졌지만, 특히 수당고사의 활자본 고소설에 관한 보다 더 심도 있는 고찰과 복합적인 연구가 필요하다. 또한 이러한 연구를 통해 수당고사 활자본 고소설이 탄생된 의미를 밝힐 수 있고, 전반적이고 체계적인 수당고사 활자본 고소설에 대한 이해에 도움이 될 것이다. 이에 이 책에서는 원전-번역본-활자본 등의 과정을 거친 隋唐관련 역사소설을 중심으로 연구를 진행하려고 한다. 원전이 중국에서 형성된 과정을 살피면서 국내에 유입된 작품과 번역본의 출현상황을 정리해보고, 이에 기초하여 20세기 초에 유행된 활자본 고소설이 재탄생된 양상을 밝혀보려고 한다. 아울러 활자본 고소설의 양상과 특징들을 통하여 활자본에 드러난 편집자의 의도나 독자들의 의식에 기반을 둔 작품들의 소설사적 의의를 조명해보려고 한다.

작품을 재구성한다는 것은 기존의 문학 자원을 흡수하여 한 편의 이야기를 향유하고 그러한 경험을 바탕으로 다시 생산물이 산출되는 연쇄적인 과정이며 향유자의 개인적 취향과 사회문화적 영향, 텍스트의 구조가 상호작용하는 장이 될 수 있다.[12] 그럼에도 이러한 과정은 전체적인 조망과 총체적인 이해가 요구되는 쉽지 않은 과정이며 그간 특별한 성과를 거두지 못했다고 판단되며 본 연구를 통해 다음의 성과가 실현될 것이라 기대한다.

첫째, 원전의 형성과 발전 및 활자본 고소설의 재구성을 통하여 수당고사와 활자본 고소설의 관계를 파악할 수 있다.

둘째, 수당고사 활자본 고소설을 인물형상단위로 분절하고 재구성의 방식을 유형별로 분석함으로써 활자본 고소설의 생성에서 재구성의 방식과 재구성을 통한 수당고사 활자본 고소설의 서사의 변모를 규명할 수 있다.

셋째, 재구성을 통한 창작의 의의를 밝히고 이러한 작품들이 가지는 실제적인 목표와 내용을 설계할 수 있다.

---

12) 서보영, 『고전소설 삽화 재구성 교육 연구』, 서울대학교 박사학위논문, 2017, 8면.

1.2 연구사와 논의 대상

수당고사에 관련된 개별적인 작품에 대한 연구는 국내외에서 활발히 이루어진 실정이고 아직도 많은 연구자들에 의해 연구가 진행되고 있다. 수당고사에 관련된 원전의 연구로는 중국에서 많이 이루어졌는데, 서사구조, 의미, 인물분석에 관한 논의와 작품들 간의 비교분석을 중심으로 한 연구들이다. 국내에서의 연구는 원전 자체의 내용과 의미의 분석보다는 번역양상과 활자본에 대한 연구가 주를 이루고 있다.

수당고사가 국내에 꾸준히 유입되면서 판본과 인물분석 및 비교분석을 한 논문들이 있고, 20세기 초에 활자본의 시대가 열리면서 논의들이 두루 전개되었다. 수당관련 역사소설의 형성에 저본역할을 한 傳奇, 話本 등의 작품들이 국내에 유입된 자료와 연구는 많지 않고, 역사소설이 국내에 유통되면서 번역된 작품들에 대한 비교연구가 주를 이룬다. 비교적 활발하게 진행된 것은 활자본 고소설에 관련된 연구라고 할 수 있는데 여기에는 활자본의 간행형태와 출판사 등에 관련된 개념적이고 서지적인 연구와 활자본 고소설 작품에 대한 연구가 주를 이루고 있다. 활자본 고소설이 활발히 간행된 시기는 20세기 초로서 독자들의 수요에 부응하기 위해 출판사들이 끊임없이 작품을 시중에 내놓는다. 여기에 편집자들은 대부분 기존에 유통되던 한문본이나 필사본, 번역본을 중심으로 한글로 번역하면서 번역, 번안 혹은 개작 등의 방식으로 출간되었다. 기존의 작품들을 축약하여 직역위주의 번역을 하는 경우가 일반적이고 편집자의 의도와 독자들의 취향에 맞춰 개작하는 성향도 있다. 단순히 번역으로 이루어진 작품일 경우 원전과 조선시대 번역본 및 번역본과의 비교를 통하여 번역양상을 살피고 의미를 도출해낼 수 있고, 번안, 개작으로 이루어진 작품은 편집자의 창작의도나 독자의 취향을 간파할 수 있으며 작품변모에 따른 소설들의 지향과 의의를 분석할 수 있다.

활자본 고소설 가운데 수당고사에 관한 개별적인 논문으로는 설인귀에 관련된 논의들이 있다. 閔寬東·張守連[13]은 설인귀고사가 국내에 유입된 판본과 수입양상을 설명하고, 연세대 소장본 「셜인귀젼」이 說唱詞話系列인 『薛仁貴跨海征遼故事』의 영향을 받아 한국에서 재창조되었다고 보고 있다.

이윤석[14]은 현존하는 「설인귀전」의 이본들을 정리하고 유형별로 분류하는 한편, 경판 40장본처럼 국내에서 확인할 수 없는 이본의 존재를 알리기도 하였다. 「설인귀전」의 이본연구에서는 최초의 연구라고 할 수 있다.

이유진[15]은 「셜인귀젼」이 국내에 전하는 필사본으로부터 활자본에 이르기까지의 이본들을 고찰하고, 이러한 이본들을 계열별로 나누어 각 계열별에 나타나는 인물이나 내용전개의 다른 특징들을 찾아내고 이본들의 상호관계와 전승양상에 초점을 두었다. 이 논문은 설인귀전 이본들에 대한 전면적인 고찰을 병행했다는데 의미가 있다.

이밖에도 「셜인귀젼」의 전승과정과 수용양상 및 의미를 밝힌 일련의 논문들이 있다.[16]

---

13) 閔寬東·張守連, 「薛仁貴 故事의 源泉에 관한 一考—설인귀 고사의 국내 수용과 전승을 중심으로」, 『중국소설논총』 제34집, 한국중국소설학회, 2001.
14) 이윤석, 「「설인귀전」 이본고」, 『연구논문집』 제27호, 효성여자대학교, 1983.
_____, 「설인귀전」, 『고전소설작품론』, 집문당, 1990.
_____, 「「설인귀전」의 원천에 대하여」, 『연민학지』 제9호, 연민학회, 2001.
_____, 「경판 「설인귀전」 형성에 대하여」, 『동남어문논집』 제19호, 동남어문학회, 2005.
15) 이유진, 『「설인귀전」 이본연구』, 고려대학교 석사학위논문, 2009.

다음으로 「슈당연의」에 대한 연구는 김영[17])의 연구가 있는데, 새로 발굴된 번역본들의 서지사항, 국어학적 특징 등을 기술하고 있다. 연세대본 「슈양의亽」와 활자본 「슈당연의」의 번역양상을 분석하여 활자본 「슈당연의」는 원전『隋煬帝艶史』와 번역본 「슈양의亽」가 아닌 다른 필사본을 저본으로 번역했을 것이라고 판단하고 있다. 또 「신자료 해남 녹우당 소장 한글필사본 슈양외사에 대하여」[18])에서 활자본 「슈당연의」가 『隋煬帝艶史』의 번역본임을 밝힌바 있다.

김정은[19])은 『隋唐演義』와 『隋煬帝艶史』의 번역본인 활자본 소설 「슈양뎨힝락긔」, 「슈당연의」, 「양귀비」의 파생과정에서 형성된 특성에 대해 논했는데 주로 활자본 소설의 서사구조에 대해 설명하고 있다.

「당태종전」에 관한 연구에서 김유진[20])은 「당태종전」이 국내에 유입된 이본들을 고찰하고 원전으로 추정되는 『授判官人官』, 『唐太宗入冥記』, 『隋唐演義』, 『西遊記』와의 비교를 통하여 『唐太宗入冥記』에 가장 근접한다고 하였으며, 서사무가인 『셰민황제본풀이』와 비교하면서 『唐太宗

16) 이금재, 『「薛仁貴傳」의 薛仁貴征東 受容과 그 意味』, 부산대학교 석사학위논문, 1990.
    김예령, 「「설인귀전」의 번역, 번안 양상 연구」, 『관악어문연구』 제29집, 서울대 국문과, 2004.
    양승민, 「「설인귀전」의 소설사적 존재 의미」, 『우리어문연구』 제41집, 우리어문학회, 2011.
    이유진, 「「薛仁貴傳」의 전승과 통속화 경향」, 『중국학연구』 제56집, 중국학연구회, 2011.
    권도경, 「고・당 전쟁문학 설인귀전과 설인귀 전설의 내용적 상관관계에 관한 비교 고찰」, 『동양고전연구』 제26집, 동양고전학회, 2007.
17) 김영, 『朝鮮 後期 明代 小說 飜譯 筆寫本 硏究 : 새로 발굴된 「셔유긔」, 「高后傳」, 「슈양의亽」, 「슈亽유문」, 「남송연의」를 중심으로』, 한국외국어대학교 박사학위논문, 2007.
18) 김영, 「신자료 해남 녹우당 소장 한글필사본 『슈양외사』에 대하여」, 『중어중문학』 제44권, 한국중어중문학회, 2009.
19) 김정은, 「수당연의계열 활자본 고소설 연구」, 『語文論集』 제55집, 중앙어문학회, 2013.
20) 김유진, 『당태종전 연구』, 한국교원대학교 석사학위논문, 1990.

入冥記』가 무가의 형성에 배경역할을 했을 것으로 보고 이에 무가가 형성되었을 가능성을 제시하였다. 이밖에도 「당태종전」의 이본과 작품의 의미를 분석한 논문들이 있다.[21]

　이상과 같이 대부분의 논문들은 개별적인 작품을 다룬 논의들이 절대다수이다. 국내에서는 수당고사와 관련된 활자본 고소설의 형성과정, 판본, 인물분석, 작품간 비교 등에 대한 논의가 많이 진행되어 왔고 수당고사의 활자본 고소설에 관련된 전반적인 논의는 미미한 실정이다. 수당고사의 유입과 판본, 개별적인 원전과 번역본에 대한 고찰이 주를 이루고 있는데, 이 책에서는 수당고사 활자본 고소설 원전의 형성 및 유입과 활자본으로 재탄생된 과정과 의미를 전반적으로 밝히고자 한다. 수당고사에 관련된 개별적인 활자본 소설의 영향관계를 기반으로, 군주, 영웅, 여성계열의 서사구조와 의미 등을 통하여 수당계열 활자본 소설의 소설사적 의의를 밝히는데 기여하고자 한다.

　수당고사의 활자본 고소설과 관련된 개별 작품들에 대한 연구는 일정하게 진행되었다고 볼 수 있다. 그러나 수당고사의 활자본 고소설에 관련된 통합적인 연구와 번역양상과 서사구조에 의한 의미변화를 밝히는 작업은 쉽게 이루어지지 않았다. 수당을 배경으로 한 작품들이 한두 편이 아닌 원인도 있었고 번역본의 발굴이 근년에 와서 활발하게 이루어졌고 활자본 고소설에 대한 연구도 편향되어 이루어졌기 때문이다. 이에 이 책에서 대상으로 삼은 작품은 다음과 같다.

　1. 역사기록물인 사서: 『隋書』·『舊唐書』·『新唐書』·『資治通鑑』 등

---

21) 이경선, 「『唐太宗傳』 小考」, 『한양어문』 제1집, 한양대 국문과, 1974.
　　정규복, 「『唐太宗傳』의 異本에 대하여」, 『모산학보』 제10집, 동아인문학회, 1998.
　　遊娟鐶·吳惠純, 「唐太宗傳與西遊記的比較文學研究」, 『동아인문학』 제19집, 동아인문학회, 2011.

은 수당고사에 관련한 역사기록을 살필 수 있고 수당고사에 직접적인 영향을 미쳤으며 이후의 소설발전에 큰 기여를 했다.

2. 연의소설의 전문적인 형식을 갖추기 전에 생성된 筆記小說인 『隋唐嘉話』와 傳奇小說인 『隋遺錄』·『海山記』·『迷樓記』·『開河記』 등의 작품들이 있다.

3. 원전의 형성에 소재의 역할을 한 『韓擒虎話本』, 『唐太宗入冥記』, 『薛仁貴征遼事略』 등의 話本小說이 있는데, 이들은 수당고사의 인물들과 사건들을 주제로 宋·明·淸에서 話本, 說唱 등으로 사용되기도 하였다.

4. 수당계열 연의소설: 수당에 관련한 역사사건과 인물들을 題材로 형성된 장편통속소설로 수당역사소설이라고 한다. 이들은 明·淸을 거쳐 형성되었는데 대체적으로 다음과 같다. 『隋煬帝艶史』·『隋唐演義』·『隋史遺文』·『說唐薛家府傳』·『征西說唐三傳』 등이 있는데 이 역사소설들은 활자본 고소설의 형성에 원전역할을 하였다.

5. 국내유입 수당계열소설: 국내에 유입된 수당역사소설들이 많이 현존하는데, 활자본은 대부분 국내에 유통되던 원전이나 번역본을 저본으로 간행되었기에 국내에 있는 판본과 필사본 및 번역본을 살피는 것은 활자본의 번역양상과 의미를 밝히는데 중요한 작용을 한다. 활자본의 재탄생에 원전 역할을 한 작품들을 살펴보면 다음과 같다. 『隋煬帝艶史』·『隋唐演義』·『隋史遺文』·『薛仁貴征東』·『薛丁山征西』·『唐太宗傳』이 있고,[22] 유일하게 조선시대 『隋煬帝艶史』의 번역본인 『슈양의ᄉᆞ』·『슈양외ᄉᆞ』와 『隋史遺文』의 번역본인 『수ᄉᆞ유문』이 현존한다.

---

22) 『說唐後傳』의 권1에서 권5까지를 『說唐薛家府傳』이라고 하였으며 42회로 되었는데 이것이 지금 말하는 『薛仁貴征東』이고, 『征西說唐三傳』의 앞부분은 『梨花掛圖帥』라 하는데 우리가 보통 말하는 『薛丁山征西』이며, 뒤부분은 『後續反周爲唐』이라고도 하는데 『薛剛反唐』인 것이다. 이 책에서도 이와 같은 명칭을 따르려고 한다.

이외에도 20세기 초를 전후로 활자본과 더불어 목판본과 필사본 등 형식으로 전파된 여러 이본들이 존재한다.

6. 활자본 고소설: 수당고사에 관련한 활자본 작품들은 다음과 같이 세 가지 경향으로 나눌 수 있는데 주로 군주, 영웅, 여성을 중심으로 간행된 양상을 살펴볼 수 있겠다. 군주를 중심으로 한 「슈당연의」·「당태종전」이 있고, 영웅을 중심으로 한 작품으로 「설인귀전」·「서정기」·「설정산실기」·「이화정서전」이 있으며, 여성을 중심으로 한 작품으로 「수양뎨힝락긔」·「양귀비」를 들 수 있다. 활자본 「슈당연의」는 고유상이 1918년 회동서관에서 출간한 작품이고, 활자본 「당태종전」은 박건회가 1915년에 동미서시에서 발행하였으며, 1915년에 박건회가 백포소장 「설인귀전」을 간행하였고, 「설뎡산실긔」는 1929년 노익환이 신구서림과 박문서관에서 간행한 것이다. 「수양뎨힝락긔」는 신구서림에서 1918년에 간행한 작자미상의 소설이며, 활자본 고소설 염정 「양귀비」는 錦江漁父 玄翎仙이 경성서적업조합에서 1926년에 간행한 작품이다.

이상과 같이 이 책에서는 활자본의 원전이자 수당고사와 관련된 대표적인 작품들인 『隋唐演義』·『薛仁貴征東』·『薛丁山征西』·『隋煬帝艷史』·『唐太宗傳』을 대상으로 이들이 활자본으로 재창조된 번역양상과 서사구조 및 전체적인 특성을 파악하는 통합적인 연구방법을 병행하고자 한다.

활자본 고소설의 원전이 중국에서 형성된 과정과 배경을 밝히고 국내에 유입된 판본과 필사본 및 번역본들을 총체적으로 귀납해볼 것이다. 이러한 원전과 번역본의 출현과 더불어 활자본으로 재창조된 20세기의 고소설의 서사구조와 의미 및 소설사적 의의를 분석할 것이다.

제 2 장

수 · 당 두 왕조의 군주 형상과
윤리관의 구현

제 2 장

수·당 두 왕조의 군주 형상과 윤리관의 구현

　　수당 고사를 바탕으로 한 활자본 소설 가운데 『수당연의』와 『당태종전』은 수나라와 당나라 두 왕조의 군주를 형상화한 작품이다. 이 두 작품의 연원을 우선 중국에서 찾아보기로 한다.

　　수당의 역사는 唐宋시기에 간행된 사서에서 기록되기 시작했다. 『隋書』·『舊唐書』·『新唐書』·『資治通鑑』은 수당의 역사적 사건과 인물들의 사적들을 비교적 상세하게 다루고 있다.

　　『隋書』는 貞觀 3년(629년)에 唐代의 魏征, 顔師古, 孔穎達, 許敬宗 등 사신들이 편찬한 책으로 85권으로 되어 있다. 『帝紀』5권, 『列傳』50권, 『志』30권으로 현존하는 최초의 체계적인 隋史이다. 『隋書』의 최초 판본은 宋 天聖 2년 판본이며 현재는 유실되어 전하지 않는다. 현재 전하는 판본은 첫 번째는 宋刻遞修本이 65권이 전하며 宋小字本이라 하며, 두 번째 또한 宋刻本인데 5권만 현존하며 宋中字本이라고 한다. 세 번째는 元大德 饒州路판본이며 元 10행본이라 하며, 네 번째는 元至順 瑞州路판본으로 元 9행본이라 하고, 다섯 번째는 明南京國子監本이며 여섯 번째

는 明北京國子監本이고 일곱 번째는 明汲古閣本이며, 여덟 번째는 淸武
英殿本이며 아홉 번째는 淸淮南書局本이다.[1] 수문제 개황원년(581년)부
터 隋恭帝 의녕 2년(618年)까지 모두 38년의 수나라 政治·經濟·文化制
度 및 禮儀, 音樂, 律歷, 天文, 五行, 食貨, 刑法, 百, 官, 地理 등을 기술한
책으로 당태종이 수나라가 멸망하게 된 원인을 교훈으로 삼기 위해
'역사로 거울을 삼는다'(以史爲鑒)는 취지하에 만들어진 史書이다. 위징
은 당태종에게 올리는 上書에서 다음과 같이 말했다.

> '신은 當今의 동정은 隋나라를 생각하여 거울로 삼으면 存亡과 治亂
> 은 알 수 있으리라 생각합니다. 만약 수나라의 危機를 생각한다면 안전
> 할 것이고, 亂을 생각하면 다스릴 수 있을 것이며, 멸망을 생각하면 살
> 아남게 될 것입니다.'[2]

이런 취지로 만들어진 『隋書』는 수나라가 멸망하게 된 근본적인 원
인을 밝히면서 수양제의 황음무도한 모습을 낱낱이 폭로했다. 부친을
살해하고 궁궐을 짓고 궁녀와 행락을 즐기며 하도를 건설하는 등 농
민들에게 가한 피해와 부역, 그로 인하여 일어나는 농민봉기 등을 상
세하게 다루고 있다. 이러한 수나라 역사에 관련한 이야기들은 宋代의
『隋遺錄』·『海山記』·『開河記』·『迷樓記』 등 傳奇小說의 창작에 직간
접적으로 자료를 제공해 주었다. 또한 『隋唐兩朝志傳』, 『隋煬帝艶史』와
『隋史遺文』, 『隋唐演義』 등 역사사실을 다룬 소설의 창작에도 영향을
끼쳤다고 할 수 있다.

『舊唐書』는 劉昫·張昭遠·賈緯 등 사신들이 後晉 高祖 천복 6년(941

---

1) 魏征 等, 『隋書』 1紀, 中華書局, 1973. 3면.
2) "臣願當今之動靜, 思隋氏以爲鑒, 則存亡治亂, 可得而知. 若能思其所以危, 則安矣 ; 思其
所以亂, 則治矣 ; 思其所以亡, 則存矣."(劉昫 外, 『舊唐書』 卷71, 中華書局, 1975, 2554면.)

년)에 편찬한 책으로 모두 200권으로 되어 있다.『本紀』20권,『列傳』
150권,『志』30권으로 당고조 무덕원년(618년)부터 唐哀帝 천우4년(907년)
까지의 역사를 기술한 현존하는 최초의 唐史이다.『舊唐書』는『隋書』
의 체계와 패턴을 유지하면서 당조의 역사를 편찬했는데 당나라의 건
국과 부흥에서 쇠퇴의 길로 나아간 경위를 서술하면서 환관들이 정권
을 잡아 황제를 폐위시키고 권신들을 면직시키는 등 권력남용의 실태
를 여실히 보여주었다. 현존하는『舊唐書』의 판본으로는 첫 번째는 남
송 紹興년간의 越州판본(殘宋本), 두 번째는 明嘉靖년간의 聞人詮판본(문
본), 세 번째는 淸乾隆년간의 武英殿판본(전본), 네 번째는 淸道光년간의
揚州岑氏 懼盈齋판본(구영재본)으로 결본이며, 다섯 번째는 淸同治년간의
절강서국본(국본)이고, 여섯 번째는 淸同治년간의 廣東陳氏 葄古堂판본
(광본) 등이 있다.[3]『舊唐書』는 이후의 사서나 소설작품에 많은 기초가
되는 史實을 제공하였는데, 사마광이 편찬한『資治通鑑』의 수당고사부
분도『舊唐書』의 내용을 대량으로 採用하면서 비록 "按鑑演義"라고 명
명하지만 그 자료는『舊唐書』에서 근원되었다고 할 수 있다.[4]

　『新唐書』는 북송의 歐陽修, 宋祁, 範鎭, 呂夏卿 등 사신들이 北宋 慶歷
4년(1044년)에 편찬한 책으로 모두 225권으로 되어 있다.『本紀』10권,『志』
50권,『表』15권,『列傳』150권으로 기존의『舊唐書』의 내용에 많은 부
분을 추가하고 보충했다. 현존하는 판본으로는 첫 번째는 북송 嘉祐
14행본과 16행본이 있는데 모두 결본이며, 두 번째는 북송 閩刻 16행
본이 있는데 역시 결본이다. 세 번째는 남송 10행본이고, 네 번째는 남
송 閩刻 10행 영인본(결본)이고 다섯 번째는 汲古閣本, 殿本, 절강서국본

---

3) 劉昫 外, 위의 책, 3면.
4) 徐燕,『隋唐故事考論』, 揚州大學 博士學位論文, 2010, 23면 참조.

등이다.5) 『新唐書』는 시기적으로 많은 자료들을 참고할 수 있기에 기존의 『舊唐書』에 기록되지 못한 晚唐시기 인물들의 전기를 많이 보충하였다. 또한 宋太宗시기 태평흥국 2년(977年)에 편찬한 『太平廣記』의 내용에서 30여 편의 傳들을 참고하였는데, 「列女傳」부분은 기존의 자료보다 22여 편이나 많은 傳들을 보충하였고 『太平廣記』에서 9편의 傳을 採錄했다.6) 『舊唐書』는 작자들의 개인감정이 많이 개입되어 있지만 허황된 부분이 적고 直書의 방식으로 기술한 반면 『新唐書』는 道統을 중시하고 褒貶의 성질이 강하며 유교사상을 존중하는 사상이 내재되어 있다.7)

『隋書』와 『舊唐書』, 『新唐書』는 많은 수당 관련 역사사실을 체계적으로 다루는 자료로서 이후의 수당계열 소설의 창작에 중요한 원전 역할을 하게 된다.

『資治通鑑』은 元豊 7년(1084)에 司馬光이 周威烈王 23년(기원전400년)부터 後周 顯德 6년(959년)까지 모두 1359년의 역사를 다룬 編年體 통사이다. 모두 294권으로 그중 『隋紀』가 8권, 『唐紀』가 81권으로 되어 있다.

기존의 『隋書』와 『舊唐書』, 『新唐書』는 인물을 중심으로 다룬 紀傳體 사서로 사건과 사실을 해당 인물의 전기에 끌어들였다. 이런 경우는 사건의 전체적인 구성과 각 사건의 상호관계를 파악하기가 힘들다. 그런데 『資治通鑑』은 시간의 순서로 일정한 기간에 일어난 사건이나 사실들을 정리하였으므로 사건의 구성이 명백해지고 시공간에 따라 사건이 서로 연결이 된다.

---

5) 歐陽修 外, 『新唐書』 1紀, 中華書局, 1975, 4면.

6) 拿斌城, 『唐代文化』 下卷, 中國社會科學院出版社, 2002, 1196면.

7) 邵舒悅, 『兩唐書紀傳的文學性硏究』, 廈門大學 碩士學位論文, 2012, 59~60면 참조.

1. 수문제의 次子 楊廣이 태자위를 빼앗기 위해 효도로 황후의 호감을 받고 암암리에 楊素 등 간신들과 더불어 태자를 모함하고 수문제를 살해한다.

2. 양광(수양제)이 황위에 오르나 사치와 향락을 일삼으며 하도를 건설하니 조정이 부패하고 백성들이 도탄에 빠지고 천하가 어지러워진다.

3. 조정이나 지방의 영웅호걸 王薄·劉霸道·竇建德·張金稱·高士達·孟海公·楊玄感·劉元進·向海明·王世充·杜伏威·唐弼·李密·薛擧 등이 반기를 들고 싸우니 수나라 통치체계가 무너진다.

4. 각 지방에서 성을 공략하며 땅을 차지하고 太原의 李淵이 李世民의 輔助하에 천하를 도모하니 東都(李密·王世充)·河朔(竇建德)·隴右(薛擧)·河西(李軌)·河東(劉武周)·江陵(蕭銑)·江淮(杜伏威·李子通·沈法興·輔公柘)·山東(劉黑闥) 등을 정복하여 당조를 세웠다.

5. 당조가 건립되고 통치가 안정되었지만 두 권력 간의 싸움이 일어난다. 태자와 진왕 이세민의 권력다툼으로 현무문의 정변으로 이세민이 황위에 오르고 당나라를 다스린다.

6. 突厥·鐵勒·西突厥·龜玆·高昌·吐穀渾·遼東 등을 정복하여 변경을 확고히 하면서 大唐盛世를 맞이하게 된다.[8]

이러한 순서로 사건을 서로 연결하면서 수나라 건국으로부터 멸망까지를 시간의 순서로 일목요연하게 서술하였다. 이런 각도에서 볼 때 『資治通鑑』은 비록 사서이지만 '소설'적인 체재에 더욱 접근하게 되었다고 하겠다. 독자들에게 시간별로 일어나는 역사사건과 사실들을 알기 쉽게 전달하면서 이후의 演義小說의 창작에 기본적인 틀을 마련하였다.

『資治通鑑』에 서술된 수당 고사는 『唐書志傳通俗演義』, 『隋唐志傳通俗演義』 등에 영향을 미쳤다. 『唐書志傳通俗演義』 제1권의 10회에 나오는 李淵이 起兵하고 이세민이 각 성을 점령하며 王世充·李密이 대전을

---

8) 徐燕, 앞의 논문, 28면 참조.

벌이는 이야기는『資治通鑑』권183『隋紀7』의 "恭爭帝上義寧元年"과 권 184『隋紀』8의 "恭爭帝下義寧元年"의 구성순서와 동일하고 내용에도 큰 차이가 없다. 또『隋唐志傳通俗演義』의 제5회에서 제8회까지의 내용 은 이세민이 군사를 일으키고 瓦崗起義軍과의 발전과정을 다루는 이야 기인데,『資治通鑑』권183『隋紀』7의 "煬皇帝下大業十二年"과 "恭黃皇 帝上義寧元年"의 주요 사건과 거의 동일한 내용이다.[9]

『資治通鑑』은 당시의 봉건정권을 공고히 하기 위하여 편찬한 사서 이기 때문에 정치사에 가깝다고 할 수 있다. 하지만『資治通鑑』은 이 후의 사서들의 출현에 기초적 자료와 테마를 제공하였고 소설 발전에 비교적 큰 역할을 담당하였다.

史書에 기록된 수당 고사는『隋唐嘉話』·『隋遺錄』·『海山記』·『開河 記』·『迷樓記』등과 같은 筆記小說과 傳奇小說에도 활용되었다.『隋唐 嘉話』는 수당의 逸聞軼事를 기록한 것이다. 이는 설창문학, 희곡, 소설 등의 원조라고 할 수 있는데, 수당 고사가 傳奇化되는 계기가 된 작품 이기도 하다. 그리고『隋遺錄』·『海山記』·『開河記』·『迷樓記』에 서술 된 수나라 관련 고사를 통합하면 수양제의 일대기가 된다. 수양제의 황음무도한 형상과 폭정 등으로 수나라가 멸망하는 과정이 드러난다. 이 작품들은 이후『隋唐演義』,『隋煬帝艶史』의 창작에 영향을 주었다.

수당 고사를 다룬 說唱文學은 비교적 이른 시기에 나온『韓擒虎話本』· 『唐太宗入冥記』가 대표적이라 할 수 있다.『韓擒虎話本』은 역사사실에 비교적 많은 예술적 가공을 거쳐 인물의 사적을 다루고 있다. 많은 민 간전설을 삽입하고 여러 영웅들의 사적을 한 인물의 형상으로 다루면 서 영웅의 업적을 부각시키고 있다.『韓擒虎話本』은 백화류 영웅전기

---

9) 徐燕, 위의 논문, 28~29면 참조

의 祖本으로 이후의 수당 계열 소설의 영웅적 인물의 형상화에 많은 영향을 끼친다. 『唐太宗入冥記』는 賢主인 당태종의 형상을 불교적 측면에서 서술하고 있는데 역시 수당 계열 소설의 창작에 많은 영향을 끼쳤다. 『隋書演義』의 68회는 『唐太宗入冥記』의 내용을 답습했고, 『西遊記』에도 당태종이 入冥한 이야기가 나온다. 元代의 『薛仁貴征遼故事』는 역사를 초월하여 예술적 창조의 사유를 보여주는 작품이다. 역사적 사실을 설인귀가 征東하는 고사들과 유기적으로 결합시켰으며 『隋史遺文』·『說唐全傳』 등의 연의소설의 형성과 발전에 시범을 보여주었다. 또 明代의 『薛仁貴跨海征遼故事』는 설인귀 고사가 진일보 발전된 작품이며 『說唐後傳』 등의 창작에 영향을 미치게 된다.

중국에서 수당 고사는 이렇게 사서에 기록된 이래로 필기소설과 전기소설, 설창문학, 화본소설 등의 소재로 활용되었다. 이후로는 연의소설로 발전하면서 독자들의 인기를 얻었고, 이러한 인기에 힘입어 조선으로 유입되었다. 조선에 유입된 연의소설의 면모는 개별 작품을 다루는 자리에서 구체적으로 살펴보기로 한다.

2.1. 「슈당연의」

2.1.1 「슈당연의」와 『隋煬帝艷史』

「슈당연의」는 『隋煬帝艷史』의 번역본이다. 『隋煬帝艷史』는 개인 작자의 독자적인 창작이 아니라 많은 사서와 작품들을 참조하여 형성된 소설이다.

이른바 『隋煬帝四記』라고 불리는 『海山記』, 『迷樓記』, 『開河記』, 『隋

遺錄』은 송대의 傳奇小說로 수나라의 이야기들로 구성되었다. 수양제에 관한 가장 이른 자료로서 이후『隋煬帝艶史』의 창작과 형성에 직접적인 영향을 주었다.

첫 번째는『海山記』인데 최초로 북송 劉斧의『靑瑣高議』에 보이며『古今說海』·『古今逸史』·『說郛』 및 魯迅의『唐宋傳奇集』에 수록되었다. 송대 작품으로 작자 및 연대미상이고 수양제의 출생으로부터 시작하여 楊素가 수양제를 도와 왕위를 찬탈하고, 서원 16원을 만들고, 미녀들과 사치한 궁중생활을 하며, 양제가 용주를 타고 유람하던 중 정변이 일어나서 揚州에서 朱貴兒가 욕하면서 먼저 죽고 수양제가 자결하는 내용으로 되어 있다.

두 번째는『迷樓記』인데『說郛』·『古今逸史』·『古今說海』·『唐宋傳奇集』에 수록되어 있다. 작자 미상인 宋代 작품이며, 수양제가 晩年에 주색에 빠져 정사를 돌보지 않고 궁궐을 구축하며 수천 명의 궁녀들과 황음한 생활을 하는 내용으로 되어 있다.

세 번째는『開河記』인데 북송인의 작품으로『說郛』·『古今逸史』·『古今說海』·『遂初堂書目』·『宋史·藝文志』에 수록되었다. 宋代의 작자미상인 傳奇小說이며『煬帝開河記』라고도 불린다. 작품은 주로 麻叔謀가 수양제의 조서를 받들어 수백만 명의 일꾼들을 동원하여 운하를 건설하는 이야기로 운하개척과정에서 일어나는 기이한 이야기들로 구성되어 있다.

네 번째는『隋遺錄』이며 작자미상이고『大業拾遺記』,『南部煙花錄』이라고도 불린다.『說郛』,『香艶叢書』,『百川學海』와 魯迅의『唐宋傳奇集』에 수록되어 있고, 권말에『隋書』의 遺稿로 결함된 부분을 보충하여 후세에 전한다는「跋」이 있다. 이 책은 수양제의 향락과 궁녀들과의 이야기로 수양제의 廣陵江都에서의 궁중 秘事, 배를 타고 江都를 유람하는 이야기, 수양제가 吳公宅雞台에서 陳後主와 麗華를 만나 시를 주고받는 이야기, 袁寶兒에 관한 이야기 등 궁중 고사를 주로 다루고 있다.

『隋煬帝艶史』는 수나라의 건립으로부터 시작하여 수문제가 즉위한 후 독고황후가 잉태하여 수양제를 낳는 이야기, 수양제가 친형을 몰아내고 태자위를 빼앗는 이야기, 궁녀들을 선발하고 운하를 건설하는 이야기, 수나라가 멸망하는 이야기로 이루어져 있는데 주로 수양제와 后妃들의 情事내용을 담고 있다.

『隋煬帝艶史』는 8권 40회로 이루어진 명대 역사소설로 "齊東野人編演 不經先生批評"이라고 되어 있고 笑癡子의 序와 橫李友人의 "委蛇先生" 題詞가 있다. 齊東野人의 본명에 대해서 논란이 많은데 최초로 노신이 『唐宋傳奇集·稗邊小史』 중에서 『隋煬帝艶史』의 저자는 馮夢龍이라고 지적하고 있지만 신빙성이 없다. 1987년에 孟瑤가 『中國小說史』에서 역시 馮夢龍이 『隋煬帝艶史』의 저자라고 했지만 노신의 주장을 이어 받은 것으로 추정된다. 그 후 于盛庭이 「關於隋煬帝艶史的作者」에서 『隋煬帝艶史』의 저자가 袁於令이라고 했지만 논거가 불충분하다.

현존하는 판본은 명대 1631년에 간행된 人瑞堂刊本이며 "齊東野人編演 不經先生批評"이라 적혀 있다. 속표지와 판심에는 "艶史"라 적혀 있고, 笑癡子의 序文과 艶史題辭, 野史主人이 쓴 「艶史序」, 「艶史凡例」 12조, 「隋艶史爵裏姓氏」가 실려 있다. 또한 정교하게 판각된 揷圖도 수록되어 있다. 이밖에 주목할 만한 판본으로 善本의 음란한 부분을 모두 삭제하고 서명을 『風流天子傳』(1895년)으로 바꾸어 홍콩서국에서 간행한 석인본이 있다.[10) 노신은 『唐宋傳奇集·稗邊小史』 중에서 『隋煬帝艶史』

10) 江蘇省社會科學院 明淸小說硏究中心 文學硏究所 編, 『中國通俗小說總目提要』, 中國

는 『隋遺錄』・『海山記』・『開河記』・『迷樓記』 등 야사필기를 집성하고
편집하여 만들어졌다고 하였다. 鄭振鐸의 『揷圖本中國文學史』, 齊裕焜
의 『明代小說史』와 段啓明・張平仁이 편찬한 『歷史小說簡史』 등에서도
비슷한 견해를 보이고 있다. 李時人이 편찬한 『中國古代禁毁小說漫話』
와 石昌渝 등이 편찬한 『中國古代小說總目』(白話卷) 등에서는 추가로 杜寶
의 『大業雜記』를 인용하였다고 하였다.[11]

『隋煬帝艶史』의 작자는 재료 선택과 '艶史'라고 지칭한 이유를 다음
과 같이 말하고 있다.

> 수나라는 事跡이 많다. 오늘 양제의 기이하고 염정적인 이야기를 기
> 록한다. 양제가 태어나 이야기가 생기고 양제가 죽음으로써 끝난다. 그
> 외의 수문제의 국정은 일체 기록하지 않았다. 양제는 천고의 풍류천자
> 로 一擧一動이 이목을 즐겁게 하고 사람마다 그 일을 부럽게 여겨 '염
> 사'라 지칭한다. 양제는 繁華하고 佳麗한 일들이 많은데 그중에서 幽情
> 雅韻한 일들만 기록하고 三幸遼東이나 避暑汾陽 등의 일은 평범하기 때
> 문에 기록하지 않는다.[12]

놀라운 것도 염이며 기쁜 것도 염이다. 기이한 것도 염이며 하물며
질투하는 것도 염이라 칭한다.…… 그렇다면 양제의 무엇으로써 염이
라 칭하였을까? 독자들이 직접 양제의 염사를 읽어보기를 권한다.[13]

---

11) 王亞婷,「隋煬帝艶史研究綜述」,『安徽文學』第9期, 2008, 11면.
12) "隋朝事跡甚多, 今單錄煬帝奇艶之事, 故始於煬帝生, 而終於煬帝死。其餘文帝國政, 一
概不載。煬帝爲千古風流天子, 其一擧一動, 無非娛耳悅目, 爲人艶慕之事, 故名其篇曰『艶
史』。煬帝繁華佳麗之事甚多, 然必有幽情雅韻者方采入, 如三幸遼東, 避暑汾陽等事, 平
平無奇, 故略而不載。"<隋煬帝艶史・凡例>
13) "有驚而稱艶, 喜而稱艶, 異而稱艶, 猶有妬而稱艶者 …… 試問煬帝之何以艶稱請君試讀
煬帝之艶史。"「笑癡子・隋煬帝艶史序」(김영,『朝鮮 後期 明代 小說 飜譯 筆寫本 硏究
: 새로 발굴된「셔유긔」,「高后傳」,「슈양의ᄉ」,「슈ᄉ유문」,「남송연의」를 중심으로』,

작자는 단순히 수양제와 관련된 내용을 그대로 수록한 것이 아니라 일정한 기준에 근거하여 이왕의 정사나 야사 및 소설 중에서 염사와 관련된 부분을 골라 선별한 것이라고 밝히고 있다. 수양제의 일생에서 일어난 황음무도하고 사치스런 생활과 그러한 생활로 인하여 맞게 되는 결과에 대해서 한층 더 부연하고 묘사하고 확대한 것이다. '艷史'는 남녀 간의 사랑과 정을 나누는 기존의 염정소설의 개념14)으로 일반인들이 체험하기 힘든 궁궐에서의 호화로운 생활과 수양제가 궁녀들과 나누는 愛情에 관한 즐겁고 기이한 이야기임을 알 수 있다. 明淸소설 작품가운데 보통 "艷史"라는 명칭이 들어있는 작품들은 대개 음사소설들이다. 그런데 이 『隋煬帝艷史』는 교화 목적의 염정소설의 하나로 분류되어 있다. 그것은 바로 역사적 사실을 바탕으로 허구를 가미했지만 교화의 측면을 강조하고자 하는 작자의 창작 의지가 담겨 있기 때문으로 보인다. 「凡例」에는 다음과 같은 기록이 있다.

> 모든 서적들의 立言은 대소를 막론하고 人心과 世道에 관한 것을 우선으로 삼는다. 염사는 비록 음탕하고 사치스러운 일들을 궁극히 하였지만, 그 가운데 은밀하고 냉철한 말과 詩詞의 類는 풍자의 의미를 함축하였다. 때문에 독자들이 한번만 읽어도 주색이 사람을 망치고 토목공사가 나라를 망하게 하였음을 깨닫게 되는 것이다. 이 작품이 귀감이 되어 교화에 도움되는 것이 어찌 적겠는가?15)

한국외국어대학교 박사학위논문, 2007. 91면 참조.)

14) 염정소설은 학자에 따라 염정소설, 정염소설, 연애소설 등 다양한 명칭으로 쓰이고 있다. 김태준이 염정소설이라는 명칭을 사용하기 시작하여 김기동은 애정문제를 표현하고 애정관계의 비중을 중시한 것, 조윤제는 주로 남녀의 사랑과 그 생활을 묘사한 작품, 정주동은 남녀간의 애정을 제1주제로 내세운 작품으로 보았으며 조동일은 애정의 문제를 긴요하게 다룬 것으로 염정소설의 개념을 규정하고 있다.(尹芬熙, 『염정소설의 전개방식과 그 의미연구』, 숙명여자대학교 석사학위논문, 1988, 1면 참조)

15) "諸書立言, 無論大小, 必有關於人心世道者爲貴.艷史雖窮極荒淫奢侈之事, 而其中微言

역사사실에 근거하고 정사와 야사 및 기타 사료들을 근거로 완성하였다고 하였다. 이는 아래 「凡例」를 통해서도 확인된다.

> 패관소설이 대개 정사를 부연한다는 것은 누구나 알고 있는 상황이다. 근래에 와서 野史類의 여러 책들이 뜬 구름 잡는 이야기를 하면서 市井의 이목을 어지럽히고 있다. 그러니 누가 근거가 없는 이야기가 도리어 사적들을 어지럽게 한다는 것을 알겠는가? 오늘 염사를 편찬하는데 비록 소설이라고 하지만 사실을 인용하고 정사를 좇아 한 가지 이야기도 교묘하게 만들지 않고 망언하지 않음으로 세인들을 감화시키려 한다. 출처가 있고 의지할 만하고 증거가 있기에 일시적으로만 존재하지 않고 천고에 길이 남을 것이다.[16]

『隋煬帝艷史』의 저자가 정사와 기타 사료들에 근거를 두고 재창작하였음을 밝히고 있다. 梁紹壬의 『兩般秋雨盦隨筆』 권7에 의하면 『隋唐演義』는 소설로 수양제와 당명황의 이야기를 다루고 있는데, 모두 그 저본이 있다. 토목공사, 어녀지차, 난쟁이 왕의와 후부인 그리고 시사는 『迷樓記』에 보이고, 양소와 결탁하여 음모하는 이야기, 서원 16원의 이름을 짓는 이야기, 미인들의 이름과 북해에서 陳後主와 만나는 이야기 및 楊梅와 玉李 꽃이 피어나고 司馬戭이 황제를 강요해 죽게 하고 주귀아가 순절하는 이야기는 『海山記』에 보이며, 『廣陵圖』에 관한 내용과 麻叔謀가 운하를 건설하면서 아이를 먹는 내용, 적거사가 동굴에 들어

冷語, 與夫詩詞之類, 皆寓譏諷規諫之意, 使讀者一覽知酒色所以喪身, 土木所以亡國, 則玆編之爲殷鑒, 有神於風化者豈鮮哉." <隋煬帝艷史・凡例>(김영, 앞의 논문, 91면 참조)

16) "稗編小說, 蓋欲演正史之文, 而家喩戶曉之近之野史諸書, 乃捕風捉影, 以眩市井耳目. 孰知杜撰無稽, 反亂人觀聽. 今艷史一書, 雖云小說, 然引用故實, 悉遵正史, 竝不巧借一事, 妄設一言, 以滋世人之惑. 故有原有委, 可徵可據, 不獨膾炙一時, 允足傳信千古. 今艷史一書, 雖云小說, 然引用故實, 悉遵正史, 并不巧借一事, 妄設一語, 以滋世人之惑. 故有源有委, 可徵可據, 不獨膾炙一時, 允足傳信千古." <隋煬帝艷史・凡例>

가서 수양제의 형상인 큰 쥐를 보는 내용 등은 『開河記』에 보이는데, 이러한 내용들은 이미 『隋煬帝艷史』에 나온다고 하였다.[17]

그럼 『隋煬帝艷史』가 어떤 형식으로 여러 史料들과 野史들을 정리하여 만들었는지에 대해 상세하게 알아보도록 하겠다.[18]

첫 번째는 『海山記』인데 양제의 출생과 양소와 결탁하여 선제를 죽이는 이야기, 양소와 낚시를 하는 이야기, 난쟁이 왕의의 이야기, 서원 16원을 만드는 이야기, 楊梅, 玉李 꽃이 피는 이야기, 진후주와 만나서 얘기를 나누는 이야기, 난쟁이 왕의가 죽고 주귀아가 순절하고 司馬德戡이 황제를 강요하여 자살하게 하는 이야기 등은 모두 『隋煬帝艷史』에 반영되었다. 예를 들어 『海山記』에 나오는 양제가 출생할 때 붉은 빛이 충천하고 소와 말이 울부짖으며 처음에는 용의 형상을 갖추었는데 10여리를 하늘로 날아오르다가 땅에 떨어져 큰 쥐 형상이 되었다는 내용이 있는데, 이 부분은 『隋煬帝艷史』의 제1회에 나온다.[19] 또한 『隋煬帝艷史』의 제4회에서 수양제와 양소가 결탁하여 선제를 죽이려는 음모를 꾸미고, 수양제가 등극하여 용좌에 올랐을 때 안절부절 못하고 정신이 혼미하여 여러 번 용좌에서 떨어진 내용[20]들도 역시 차

---

17) 歐陽健, 『歷史小說史』, 浙江古籍出版社, 2009, 38면 참조.

18) 李正心, 『隋煬帝艷史研究』, 福建師範大學 碩士學位論文, 2009, 5~14면 참조.

19) "才蒙之間, 只見肚腹中一聲響亮, 就像雷鳴一般. 只見一條金龍, 突然從自家身子裏飛將出去, 初猶覺小, 漸漸飛, 漸漸大, 直飛到半空中, 足有十餘裏遠近, 張牙探爪, 盤旋不已. 正覺好看, 忽然一陣狂驟起, 那條金龍, 不知怎麽竟墜下地來, 把個尾竟然跌斷. 仔細再一看時, 卻不是條金龍, 倒像一個大老鼠的模樣" <『隋煬帝艷史』 제1회>

20) "煬帝只因文帝死得曖昧不明, 良心中十分驚悸. 又見衆臣子洶洶階下, 又乍穿戴起這些法物, 況廟堂之上, 赫赫昭昭, 怎不畏懼! 走到跟前, 忽不覺神情惶悚, 手足慌忙, 那禦座又甚高, 才跨一只脚要上去, 不期被階下一聲奏樂, 心虛之人, 著了一驚, 把捉不定, 那只脚早踏了下來, 幾乎跌倒. 衆宮人看見, 連忙近前攙住, 就要趁勢兒扶他上去. 這也是天地有靈, 鬼神嫉慎, 煬帝脚才上去, 不知不覺忽然又踏將下來. 楊素在殿前看見光景不雅, 只得自走上來, 楊素雖然老邁, 終是武將出身, 有些力量, 分開左右, 只消一只手, 便輕輕的把煬帝攙上禦座" <『隋煬帝艷史』 제4회>

이가 미미할 정도로 『海山記』에서 인용하였다.

두 번째는 『迷樓記』이다. 『隋煬帝艶史』에 나오는 侯夫人이 자결하고 何稠이 禦童女車와 轉關車를 수양제에게 선물하고 方士가 大丹에 들어가고 왕의가 진언하는 이야기, 궁녀들이 노래 부르는 이야기 등은 여기에서 발췌했다. 구체적으로 『迷樓記』에는 후부인에 관한 내용이 있는데 궁중에 들어온 지 오래 되어도 수양제를 보지 못하자 자결하는 내용인데, 『隋煬帝艶史』의 제15회에서는 내용뿐만 아니라 「看梅」, 「妝成」, 「自感」 등의 시까지도 그대로 인용하였다.[21]

세 번째는 『開河記』이다. 수양제가 궁중에서 『廣陵圖』를 읽는 내용, 麻叔謀가 조서를 받고 운하를 건설하는 이야기, 유후묘에 관한 이야기, 中牟夫가 신선을 만나는 이야기, 적거사가 동굴에 들어가서 쥐를 보는 이야기, 麻叔謀가 아이를 먹는 이야기, 수양제가 사서를 보고 장성을 수리하는 이야기 등은 『隋煬帝艶史』에 나온다. 예를 들면 『開河記』에는 수양제가 『史記』에 나오는 長城을 수리하는 이야기를 보는 장면이 있는데 『隋煬帝艶史』에 "煬帝讀史修城 慶兒拯君魘夢"이라는 회목으로 제14회에 인용했다.

네 번째는 『隋遺錄』이다. 『隋煬帝艶史』의 제25회부터 제36회까지의 내용이 『隋遺錄』에서 인용하여 주요 서사구조를 이루었다. 예를 들면 『隋煬帝艶史』중의 「小窗」・「寄侍兒碧玉」 등의 시들은 그대로 한글자도 빠짐없이 『隋遺錄』卷上에서 베껴온 것이다.[22] 『隋遺錄』에 기록된 수

21) "卻是『看梅』詩二首。其一云 : 砌雪無消日, 卷簾時自颺。庭梅對我有憐意, 先露枝頭一點春。其二云 : 香清寒艶好, 誰惜是天眞。玉梅謝後陽和至, 散與群芳自在春。煬帝看了大驚道 : "宮中如何還有這般美才婦人！"忙再展開第二幅來看, 卻是『妝成』一首・『自感』三首。『妝成』云 : 妝成多自惜, 夢好卻成悲。不及楊花意, 春來到處飛。『自感』云 : 庭絶玉輦跡, 芳草漸成窠。隱隱聞簫鼓, 君恩何處多！" <『隋煬帝艶史』 제15회>

22) 因誦『小窗』詩云 : "午睡醒來曉, 無人夢自驚夕陽如有意, 偏旁小窗明。" 又誦『寄侍兒碧

양제와 陳後主가 吳公宅雞台에서 만나는 정경은 『隋煬帝艶史』제13회에 나온다. 다만 『隋煬帝艶史』에서는 두 번으로 나누어 만난 것으로 되어 있는데 작품을 連綴하고 거기에 작자의 세밀한 심리묘사와 대화가 포함되어 있어 작품의 질을 한층 높였다.

이외에도 『大業雜記』, 『隋唐嘉話』, 『資治通鑑』, 『隋書』 등에서 그 소재를 취해서 작자가 抄寫, 引用, 敷衍하여 『隋煬帝艶史』40회를 만들었다. 이러한 내용으로 보건대 『隋煬帝艶史』는 『隋遺錄』·『海山記』·『迷樓記』·『開河記』 등 당송의 野史筆記故事에 나오는 수양제가 제위를 빼앗고 운하를 개척하는 등의 궁중의 이야기들을 기본 소재로 재창작하였음을 알 수 있다.[23] 『隋煬帝艶史』는 기존에 존재하던 당송 고사에 내용을 대량 보충하고 이야기의 흐름을 자연스럽게 하기 위하여 창작성을 띤 작자의 상상력이 많이 동원되었다. 여러 작품을 連綴하고 거기에 작자의 세밀한 심리묘사와 대화가 포함되어 있어 작품의 질을 한층 높인 부분이 돋보인다.

『隋煬帝艶史』는 기존의 역사사실에 기반을 둔 작자의 창작이 가미된 작품이다. 소설의 기본 특징인 흥미와 교화의 효과를 동시에 가져옴으로써 『紅樓夢』 및 이후의 재자가인소설과 염정소설에 영향을 끼쳤다. 특히 저인확의 『隋唐演義』의 창작에도 많은 영향을 끼친 것으로 알려졌다.[24] 수나라와 관련된 수양제의 일대기는 이후의 수당관련 소설의

玉』詩云 : "離別腸應斷, 想思骨合銷, 愁魂若飛散, 憑仗一相招。" <『隋煬帝艶史』제12회>

23) 楊龍·薛煊, 「論隋煬帝艶史在隋唐小說演變中的價値」, 『忻州師範學院學報』第6期, 2008, 참조.

24) 『隋煬帝艶史』가 염정부분에 있어서 금병매의 영향을 받았다는 견해도 있고 『隋煬帝艶史』가 『紅樓夢』에 직간접적인 영향을 끼쳤다는 견해도 있다(李正心, 『隋煬帝艶史硏究』, 福建師範大學 碩士學位論文, 2009. 付洪偉, 謝勇, 「略論『隋煬帝艶史』對『紅樓夢』創作的影響」, 『廣州廣播電視大學學報』, 2014 참조.)

창작에 있어서 저본역할을 하였다.

『隋煬帝艶史』의 국내유입과 관련된 문헌기록은 많지 않다. 尹德熙(1685~766)의 문집『私集』권4 맨 후면에 자신이 읽은 128종의 서목을 적은『小說經覽者』(1762년)에 "隋煬艶史"란 서명이 남아 있다. 이외에 完山李氏가 쓴『中國小說繪模本』(1762년)의「小敍」에 "淫談怪說"이란 명목 하에『艶情快史』,『杏花天』,『肉蒲團』,『艶史』등 16종의 음사소설 작품이 나열되어 있다. 그 가운데『艶史』는『隋煬帝艶史』를 지칭한다.[25]『수양제염사』는 본문을 시작하기에 앞서 총 70폭의 삽도가 들어 있는데 제21회~제25회를 제외하고는 매회 두 폭씩이다. 그 중 제12회, 제31회, 제32회에는『金甁梅』에 버금가는 성행위를 묘사한 삽도가 있어 눈길을 끈다. 해당 회목 내용 역시 구체적이고도 노골적으로 서술하고 있다. 수양제의 음탕하고 탐욕스런 생활이 작품 대부분을 구성하고 있어 음사소설 범주 안에 넣었던 것으로 보인다.[26] 18세기 중반에 나온『小說經覽者』나『中國小說繪模本』의 기록으로 볼 때『隋煬帝艶史』는 이 책들이 형성되기 이전에 이미 국내에 유입되어 읽혔다고 볼 수 있겠다.

국내에는『隋煬帝艶史』원전 판본이 여러 종 소장되어 있는데 다음과 같다.[27]

　　　[1] 新鐫全像通俗演義隋煬帝艶史[木] 齊東野人 編演, 22卷12冊, 규장각
　　　[2] 新鐫全像通俗演義隋煬帝艶史[木] 齊東野人 編演, 8卷8冊, 本衙藏版, 고려대

---

25) 隋煬帝艶史 판본을 살펴보면 속표지와 版心에 "艶史"라 되어 있고, 서문과 범례 등에서도 "艶史序", "艶史題辭", "艶史凡例"라 표기되어 있다. 이를 통해 보건대 隋煬帝艶史라는 서명 외에 艶史로도 불렀음을 짐작할 수 있다.(김영, 앞의 논문, 93면.)

26) 김영, 위의 논문, 93면 참조

27) 김영, 위의 논문, 89~90면 참조

[3] 隋煬帝艷史[木] 齊東野人 編演, 8卷1冊(缺本), 중한번역문헌연구소
[4] 新鐫全像隋煬帝艷史[石] 齊東野人 編演, 8卷8冊, 上海民强書局(1922
년), 고려대
[5] 隋煬帝外史[木] 齊東野人 編演, 贅世子譯, 8卷8冊, (1760년), 서울대
중앙도서관
[6] 隋煬帝艷史[石] 齊東野人 編演, 8卷1冊(缺本), 중한번역문헌연구소

모두 人瑞堂刊本 계열이며 규장각에 목판본 1종, 고려대에 목판본·
석인본 각 1종, 중한번역문헌연구소에 낙질의 상태로 목판본과 석인
본 각 1종이 전한다. 규장각 소장본 [1]은 속표지에 "繪像艷史"라 적혀
있으며, 笑癡子의 敍와 「隋艷史爵裏姓氏」, 「凡例」 7조, 주요 등장인물 24
명의 圖像이 수록되어 있다. 한 책당 1회에서 4회에 이르기까지 불규
칙적으로 수록되어 있다. 목록에는 매회 5회씩 전체 8권으로 되어 있
는데 版心의 권차 표기와는 차이를 보인다. 즉, 제33회는 권7로 표기되
어 있는데 제34회를 시작하면서부터 첫 면에는 권10, 다음 면에는 권
16으로 판각되어 있다. 또한 제35회부터 제40회까지는 권17, 권18······
권22로 표기되어 있다. 내용의 차이는 없고 단순한 판각의 오류로 보
인다. 때문에 다른 판본들이 8권인데 반해 규장각 소장 『隋煬帝艷史』
는 22권의 형태를 보인다. 이외에 주목되는 판본으로 서울대 중앙도서
관 소장 『隋煬帝外史』가 있다. 전체 서명은 『通俗隋煬帝外史』이다. 총목
록은 한자와 일본어를 같이 판각하였으며 본문은 일본어로 되어 있다.
1760년(寶曆10년)에 간행되었다. 다른 판본들은 "艷史"라는 서명이 들어
가지만 이 판본은 특이하게도 "外史"라는 서명을 쓰고 있다. 이 서명
은 한글필사본 「슈양의스」, 「슈양외스」라는 제목과 일치한다. 한글필
사본의 서명이 이 판본의 서명에서 비롯되었을 가능성이 높다.[28)]

『隋煬帝艶史』는 조선조에 한글로 번역되어 향유되었다. 8권 40회를 번역한 연세대 소장 『슈양의스』는 낙질(권지이, 1책)이지만 비교적 이른 시기인 18세기에 번역된 전사본으로 추정된다. 전체 크기는 24.6× 20.7cm이며 전체 106면이다. 반엽 12행, 매 행 22자 내외의 정갈한 궁체로 쓰여 있다. 표지 좌측 상단에 "隋楊義史"라 제목이 쓰여 있다. "隋楊義史"란 제목은 "隋煬外史"의 오기인 듯하다. 표지 안쪽 面紙에는 그 권에 해당하는 8회의 章回名을 回次없이 상하로 대를 이루어 표기하였다. 표지 우측 하단 노끈으로 묶는 자리에 "共五"라 씌어있다. 전체 책 수는 5책이고 線裝本으로 5침으로 엮여져 있다. 첫 면에는 "슈양의스 권지이"라 적혀 있다. 잘못 필사된 부분, 누락 부분, 오자, 탈자에 대해서는 수정한 흔적도 보인다. 미려한 서체로 보아 궁중에서 필사된 것으로 보인다. 또한 표지·인명·지명 등에서 오기가 발견되는데 다른 국역본을 저본으로 하여 필사한 전사본으로 판단된다.[29]

연세대 소장 『슈양의스』 외에 해남 녹우당 소장 『슈양외스』(낙질, 2책)가 현존한다. 전체 5책 가운데 2책만 현존하며, 매면 12행, 매행 16자 내외의 궁체이며 본문 첫 면에 "슈양외스 권지일"과 "독고후몽농싱태ᄌ 슈문왕되쥬힝궁비"라는 회목이 쓰여 있다. 낙질의 권지일과 권지오 두 책이며 권지일과 권지오 말미에 "긔스"라는 필사기가 있다. 연세대본보다는 후에 필사된 것으로 보이며 고어의 형태로 보아 1809년에 필사되었을 것으로 추정된다. 또한 권지일에는 "셰츠 긔스 삼월 슌삼일 죵셔ᄒ다", 권지오에는 "긔스 슌미 지월 샹한의 작셔ᄒ다"라 쓰여 있어 3월부터 동짓달까지 9개월에 걸쳐 필사되었음을 알 수 있

28) 김영, 위의 논문, 89~90면 참조.
29) 김영, 위의 논문, 94면.

다. 연세대 소장본보다는 필사시기가 뒤지지만 남아 있는 분량을 통해 볼 때 원전 『隋煬帝艶史』에 대한 번역양상의 전모를 살펴볼 수 있는 중요한 자료이다.[30]

이외에 활자본으로 「슈당연의」가 있는데 활자본 「슈당연의」는 고유상이 1918년 회동서관에서 출간한 작품이다. 작품분량은 총 13회 111면으로 되어 있고 장회체 형식을 취하고 있다.

2.1.2 「슈당연의」의 저본 「슈양의ᄉ」

활자본 「슈당연의」는 원전 『隋煬帝艶史』의 전체적인 내용을 13회로 축약하여, 수양제가 왕위를 찬탈하고 미녀와 더불어 향락과 주색을 즐기고 대운하를 건설하여 백성을 도탄에 빠뜨렸다가 결국 나라가 패망한다는 등의 내용을 중점적으로 다루고 있다.

앞에서 살펴본 대로 『수양제염사』는 조선시대에 한글로 번역되었다. 활자본 『슈당연의』는 한글 번역본을 대본으로 제작된 것으로 추정할 수 있는 바, 조선시대 한글 번역본 두 종과 비교해 보기로 하겠다.

연세대본 『슈양의ᄉ』는 낙질이라 전체적인 내용을 파악하기 어렵다. 16회부터 23회까지는 주로 수양제가 정사를 돌보지 않고 향락을 일삼으며 麻叔謀를 명하여 운하건설을 시행하면서 겪게 되는 여러 가지 기괴한 내용을 담고 있다. 반면 녹우당본 『슈양외ᄉ』는 1회 및 37회에서 40회에 이르는 부분이 남아 있는데 수양제의 출생과 반란군의 침입 및 수나라의 멸망과정을 담고 있다.

연세대본 『슈양의ᄉ』, 녹우당본 『슈양외ᄉ』는 낙질이지만 현존하는

---

30) 김영, 위의 논문, 96면.

내용으로 보아 연세대본『슈양의〻』의 번역양상은 직역을 위주로 약
간의 생략과 의역을 한 것임을 알 수 있다. 開場詩, 散場詩, '且聽下回分
解'라는 상투어는 일괄 번역하지 않았고 '且說'과 같은 상투어는 중간
에 간간히 삽입했다. 녹우당본『슈양외〻』는 직역을 위주로 축약과 생
략의 번역양상도 보인다. 開場詩, 散場詩는 일괄 생략하였고 '且聽下回
分解' 등의 상투어는 불규칙적으로 생략하고 있다. 원전과 번역본 및
활자본의 목차를 살펴보면 다음과 같다.

『隋煬帝艶史』	연세대본 『슈양의〻』	녹우당본 『슈양외〻』	활자본 「슈당연의」
第一回 隋文皇帶酒幸宮妃 獨孤後夢龍生太子		제1회 독고후몽농싱태즈 슈문왕딕쥬힝궁비	
第二回 飾名節盡孝獨孤 蓄陰謀交歡楊素			
第三回 正儲位謀奪太子 侍寢宮調戲宣華			
第四回 不發喪楊素弄權 三正位阿摩登極			
第五回　黃金盒賜同心 仙都宮重召入			제1회 독고황휘몽중잉틱
第六回 同釣魚越公恣志 撻宮人煬帝生嗔			
第七回 選美女越公强諫 受矮民王義淨身			
第八回 逞富强西域開市 擅兵戈薊北賦詩			

第九回 文皇死報奸雄 煬帝大窮土木			
第十回 東京陳百戲 北海起三山			제2회 슈양뎨 락양에 십류원을 짓고 풍뉴로 즐기다
第十一回 泛龍舟煬帝揮毫 淸夜遊蕭後弄寵			
第十二回 會花蔭妥娘邀寵 舞後庭麗華索詩			
第十三回 攜雲傍輦路風流 剪彩爲花冬富貴			
第十四回 煬帝讀史修城 慶兒拯君魘夢			
第十五回 怨春偏侯夫人自縊 失佳人許廷輔被收			
第十六回 明霞觀李 北海射魚	제16회 명하관니 븍히샤어		
第十七回 袁寶兒睹歌博新寵 隋煬帝觀圖思舊遊	제17회 원보ᄋ도가 박신통 슈양뎨관도 스구유		제3회 서원으로브터 강도에 별궁을 짓다
第十八回 耿純臣奏天子氣 蕭懷靜獻開河謀	제18회 경순신주텬ᄌ긔 쇼회뎡헌ᄀ하모		
第十九回 麻叔謀開河 大金仙改葬	제19회 마슉무ᄀ하 대금선ᄀ장		제4회 황샹이 틴샹경 우훙을 보닉여 유후묘에 뎨ᄒ다

第二十回 留侯廟假道 中牟夫遇神	제20회 뉴후묘가도 듕모부우신		
第二十一回 狄去邪入深穴 皇甫君擊大鼠	제21회 젹거샤입심혈 황보군격대셔		
第二十二回 美女宮中春試馬 奸人林內夜逢魈	제22회 미녀궁듕츈시마 간인님닉야봉마		제5회 양뎨 곤의융복으로 천리마를 타고 치빙ᄒᆞ다
第二十三回 陶榔兒盜小兒 段中門阻諫奏	제23회 도랑ᄋᆞ교도ᄋᆞ 단듕문도관주		
第二十四回 司馬施銅刑懼佞 偃王賜國寶愚奸			제6회 마슉뮈 월여에 ᄀᆡ하역ᄉᆞ를 준공ᄒᆞ다
第二十五回 王弘議選殿脚女 竇兒賜司迎輦花			
第二十六回 虞世南詔題詩 王令言知不返			제7회 비셔랑 우셰람이 어젼에서 요동치ᄂᆞᆫ 됴셔를 짓다
第二十七回 種楊柳世基進謀 畫長黛絳仙得寵			
第二十八回 木鵝開河 金刀斬佞			제8회 양뎨 미미루에서 미인으로 즐기다
第二十九回 靜夜聞謠 清宵玩月			
第三十回 幸迷樓何稠獻車 賣荔枝二仙警帝			제9회 도인이 양뎨를 권ᄒᆞ야 산즁에 드러가라 ᄒᆞ되 듯지 아니ᄒᆞ다

제2장 수·당 두 왕조의 군주 형상과 윤리관의 구현 53

第三十一回 任意車處女試春 烏銅屛美人照艷			
第三十二回 方士進丹藥 宮女競冰盤			
第三十三回 王義病中引諫 雅娘花下被擒			제10회 변방이 요란ᄒ야 셔셩딕왕이 표문을 올니다
第三十四回 賜光綾蕭後生妒 不薦寢羅被嘲			
第三十五回 來夢兒車態怡君 裴玄眞宮人私侍			제11회 당공 리연의 ᄌ 세민이 관즁을 쳐드러오다
第三十六回 下西河世民用計 賜雙果絳仙獻詩			
第三十七回　水飾娛情 鑒形失語		제37회	제12회 양뎨 공즁에 문데의 ᄯ지지믈 뱃다
第三十八回 觀天象袁克進言 陳治亂王義死節		제38회 관텬상원틍진원 딘티란왕의ᄉ졀	
第三十九回　宇文謀君 貴兒罵賊		제39회 우문모군 귀ᄋ매젹	제13회 슈양뎨ᄂᆞᆫ 망국살신ᄒᆞ고 당틱종 세민은 삼빅년 긔업을 셰우다
第四十回 弑寢宮煬帝死 燒迷樓繁華終		제40회	

　목차를 비교해 보면 연세대본과 녹우당본은 원전의 목차를 직역하는 형식으로 그대로 번역했고, 활자본은 1회(독고황휘 몽즁잉틱)만 비슷하고 그 외의 목차는 전부 편집자의 의도에 따라 편집했음을 알 수 있다. 상당한 분량을 생략과 축약으로 번역을 했고 40회가 되는 원전의

회목을 13회로 줄였기 때문에 회목의 편집이 필요했을 것이다. 연세대본은 목차가 한글로 번역되어 있고 녹우당본은 37회와 40회의 목차는 없이 내용만 번역되어 있다. 활자본의 제1회는 원전의 1회~9회까지이고, 제2회는 10회~15회까지인데 1회와 2회는 원전의 상당한 부분을 생략했음을 알 수 있고, 3회부터는 2~3회의 내용을 한 회로 축약을 진행했다.

연세대본『슈양의ᄉᆞ』, 녹우당본『슈양외ᄉᆞ』 및 활자본「슈당연의」의 내용을 비교해보기로 한다. 연세대본『슈양의ᄉᆞ』와 녹우당본『슈양외ᄉᆞ』는 낙질이고 번역된 내용이 서로 다른 부분이기에 전체적인 부분은 확인할 수 없으나 현존하는 내용으로 번역양상을 살펴보기로 하겠다.

> 양뎨 대열왈 "딤이 어려셔브터 온갖 글을 닑어시딕 <u>텬문을 일즉 빈호디 못ᄒᆞ야 ᄉᆞ텬감 관원을 블너 무ᄅᆞ면 다만 모호ᄒᆞ야 ᄌᆞ셔티 아니니 내</u> 이러므로 텬문을 젼혀 아디 못ᄒᆞ더니 오늘 네 임의 텬문을 아노라 ᄒᆞ니 내 이제 궁듕의 ᄒᆞᆫ 놉흔 딕롤 니ᄅᆞ혀고 너를 봉ᄒᆞ여 <u>귀인을 삼아</u> 젼혀 <u>하놀을 술펴 ᄀᆞ음알게 ᄒᆞ고</u> 내 ᄯᅩᆫ 텬샹을 쌔쌔 보미 엇디 쾌티 아니리오!" <u>원ᄌᆞ연이 샤은ᄒᆞ고</u> 믈너나니 이날 양뎨 즉시 뎐지ᄒᆞ야 유ᄉᆞ를 블너 <u>현인궁 동녁히 놉흔 딕롤 니ᄅᆞ혀딕</u> 너ᄅᆞ며 놉기를 ᄉᆞ텬감 마을과 ᄀᆞ티 ᄒᆞ라 ᄒᆞ니 오라디 아냐 <u>딕</u> 임의 이럿더라. 양뎨 즉시 <u>딕</u> 우희 술을 두고 원ᄌᆞ연을 블러 밤의 딕 우희 올라 텬문을 보니 원ᄌᆞ연이 딕 우희 나아가 몬져 <u>삼원과 이십팔슈롤</u> ᄀᆞ라쳐 양뎨롤 보라 ᄒᆞ니 양뎨 닐오딕 "엇디 닐온 삼원고?" ᄌᆞ연 왈 "삼원이란 거슨 ᄌᆞ미·태미·텬미 세 별을 니ᄅᆞ미니 ᄌᆞ미원은 텬ᄌᆞ의 도읍흔 궁의 향ᄒᆞ엿고 태미원은 텬ᄌᆞ의 제휴 됴회 바드믈 향ᄒᆞ엿고 텬미원은 텬ᄌᆞ의 권형을 잡아 졍녕내믈 향ᄒᆞ여시니 별이 붉고 긔운이 쳥낭ᄒᆞ면 국개 화평ᄒᆞ고 혜셩 틱빅 ᄀᆞᆺ튼 별이 침노ᄒᆞ면 샤직이 어ᄌᆞ럽ᄂᆞ니라." 양뎨 ᄯᅩ 닐오딕 "엇디 닐온 이십팔슈고?" ᄌᆞ연 왈 "각·항·뎌·방·심·미· 긔란 별은 동방의셔 창농을

향호엿고 두·우·녀·허·위·실·벽 닐곱 별은 현무를 향호엿고 규·류·위·묘·필·슴·췌 닐곱 별은 셔방 빅호를 향호엿고 졍·귀·뉴·셩·댱·익·딘 닐곱 별은 남방 쥬쟉을 향호여 스믈여듧 별이 하늘히 둘너 분야를 각각 포옹호여시니 사오나온 긔운이 아모 별을 침노호면 아모 디방의 혹 병환도 이시며 혹 슈환도 이시디 쳥·황·젹·빅·흑 다숫 비초로 길흉을 분변호디 낫낫치 응호미 그르미 업느니라." <연세대본『슈양의ᄉ』제16회>

뎨 대희 왈 "원너 네 지죄 여ᄎᆞ호단다. 짐이 주유로 온갓 일을 알되 텬문을 일작이 빅호지 못호야 주텬관을 불너 주셰히 무르면 다 모호호야 분명치 못호기로 ᄀᆞ장 답답혼지라 내 너를 봉호야 관원을 슴느니 하늘을 ᄀᆞ음아라 짐의게 고호미 엇더호뇨." 주연이 ᄉᆞ은호고 물너가거늘 뎨 즉시 젼지호야 현인궁 동녁에 놉흔 디를 모흐라 호니 오리지 아냐 누디 임의 일웟더라 양뎨 몬져 디의 올나 삼십륙원과 이십팔슈를 ᄀᆞ르쳐 무르니 주연 왈 "삼원은 주미·틱미·쳔 셰별을 니르미니 별이 밝으면 국기 화평호고 혜셩·틱빅셩 ᄀᆞᄐᆞᆫ 별이 침노호면 ᄉᆞ직이 어지럽느이다." 뎨 무르디 "이십팔슈는 엇지미뇨." 디왈 "각·항·져·방·심·미·긔는 동방 쳥룡을 향호고 두·우·녀·허·위·실·벽은 북방 현무를 으호고 규·루·위·묘·필·ᄌᆞ·슴은 셔방빅호를 향호고 졍·귀·유·셩·쟝·익·진은 남방쥬쟉을 응호야 스물여달 별이 하늘을 둘너 각기 분야를 맛타 방위를 졍호얏시니 ᄉᆞ오나온 별이 아모 별을 침노호면 아모 디방에 혹 병화가 니러나며 쳥·황·젹·빅·혹 다샷별이 길흉을 분별호야 낫낫치 으호미 잇느이다." <활자본『슈당연의』제3회>

위의 인용문은『隋煬帝艷史』제16회[31)]의 원자연이 수양제와 더불어

---

31) 煬帝大笑道："朕自幼無書不讀, 只恨天文一道, 不曾窮究；前曾召台官來問, 怎奈他們指東劃西, 只是糊糊塗塗, 不肯明言。故他們往往奏災祥禍福, 朕也不甚聽他。今日你既能識, 朕卽於宮中起一高台, 就封你爲貴人, 專管內司天台事, 朕亦得時時仰觀乾象, 豈不快哉！"袁紫煙慌忙謝恩。煬帝卽賜她列坐在衆夫人下首。蕭後賀道："今日之選, 不獨得了許多佳麗, 又得袁貴人一內助, 皆陛下洪福所致也。"煬帝大喜, 與衆人直飮到夜深方散。次日, 煬帝卽傳旨, 叫有司在顯仁宮東南上起造一座高台, 寬闊高低, 俱照外司在

천문을 보면서 천문에 대한 이치를 살펴보고 길흉을 예측하는 내용이
다. 『隋煬帝艷史』의 직역에 가까운 번역문인 연세대본 『슈양의ᄉ』와
직역과 생략을 겸한 활자본 「슈당연의」를 비교해 보면 밑줄 그은 부
분은 거의 비슷한 부분이다. 'ᄆᆞᆷ알다', '뎐지ᄒᆞ다', '니ᄅᆞ미다', '사오
나오다', '낫낫치 응ᄒᆞ다' 등은 두 번역본에서 동일하게 사용되었다.
또한 원문은 '東南'인데 두 번역본은 모두 '동녁'으로 되어 있고 원문
은 '次日'에 누대를 설치하는 것으로 되어 있는데 두 번역본은 모두
'즉시'로 되어 있는 점이 같다.

    듕모인이 싱각ᄒᆞ되 '뷘 들히 쏘 밤듕을 당ᄒᆞ여시니 엇던 관원이 오ᄂᆞᆫ
고?'ᄒᆞ야 정히 경아ᄒᆞ더니 다만 보니 허다ᄒᆞᆫ 군인이며 의당이 관부 모
양 ᄀᆞᆺ디 아냐 완연ᄒᆞᆫ 왕쟈 ᄀᆞᆺ더라. 듕간의 일위 귀인을 옹위ᄒᆞ여 오니
그 귀인이 머리의 금관을 쓰고 몸의 뇽포 닙고 빅마 ᄐᆞ고 좌우의 ᄯᆞᆯ온
거시 다 비단옷 닙엇더라. 듕모인이 뎌 긔샹을 보고 황망이 수플 속의
수멋더니 그 귀인이 홀연 소ᄅᆡᄅᆞᆯ 놉히 ᄒᆞ야 잡아오라 ᄒᆞ니 좌위 일시의
듕모인을 잡아다가 달픠 ᄭᅮᆯ리니 듕모인이 혼빅이 몸의 븟디아냐 ᄯᅡ히
업듸여 머리ᄅᆞᆯ 두ᄅᆞ려 ᄯᅥᆯ기ᄅᆞᆯ 마디 아니ᄒᆞ더니 그 귀인이 분부ᄒᆞ되 "황
망티 말라. 너ᄅᆞᆯ 위ᄒᆞ미 아니라 내 ᄒᆞᆫ가지 거슬 너ᄅᆞᆯ 주어 네 황뎨의게
보내ᄂᆞ니 날을 위ᄒᆞ야 네 황뎨ᄃᆞ려 닐오되 네 빅벽을 도로 주ᄂᆞ니 열
히 만의 도로 보쟈 니ᄅᆞ라." 듕모뷔 황망이 답ᄒᆞ되 "쇼인은 긔하ᄒᆞᄂᆞᆫ 역

台式樣。衆官領旨。眞個是朝廷有倒山之力, 不旬日, 台已造完。煬帝見了大喜, 隨命治
酒台上, 這一夜卽召袁紫煙同登高台, 上觀玄象。袁紫煙領旨, 與煬帝并席而坐。先指示
了三垣, 又遍分了二十八宿。煬帝道：“何謂三垣？”袁紫煙道：“三垣者, 紫微・太微・
天市三垣也。紫微垣, 乃天子所都之宮也；太微垣, 乃天子出政令朝諸侯之所也；天市
垣, 乃天子主權衡聚積之都市也。星明氣朗, 則國家享和平之福；彗字幹犯, 則社稷有變
亂之憂。”煬帝又問道：“何謂二十八宿？”袁紫煙道：“角・亢・氐・房・心・尾・箕七
宿, 按東方蒼龍之象；鬥・牛・女・虛・危・室・壁七宿, 按北方玄武之象；奎・婁・
胃・昴・畢・觜・參七宿, 按西方白虎之象；井・鬼・柳・星・張・翼・軫七宿, 按南
方朱雀之象。二十八宿, 環繞天中, 分管天下地方。如五星幹犯何宿, 則知何地方有災,
或是兵變, 或是水喪。俱以青・黃・赤・白・黑五色辨之。”〈『隋煬帝艷史』 제16회〉

뷔라 엇디 황뎨를 보와 빅벽을 드리리잇고?” 그 귀인 왈 “다만 네 본관
의 드리면 이것 황뎨긔 드린 쟉이라. 만일 굼초고 내 말을 뎐티 아니ᄒ
면 내 잡아다 즉시 죽이리라.” 좌우를 녕ᄒ야 빅벽을 내여 맛긔니 듕모
인이 벽을 밧고 다시 뭇고져 ᄒᆫ대 그 귀인이 ᄇᆞᆯ셔 ᄆᆞᆯ을 ᄃᆞᆯ려 셔다히로
가니 수십 보를 ᄃᆞ나디 못ᄒ여셔 일딘 ᄇᆞ람과 등쵹과 인마를 다 보디
못ᄒᆞᆯ러라. <연세대본『슈양의ᄉᆞ』제20회>

　기인이 혜오ᄃᆡ “이런 뷘들에 엇더ᄒᆞᆫ 관원이 오ᄂᆞᆫ고”ᄒ고 졍히 경아ᄒ
더니 다만 보니 허다 궁쇽이며 의장이 씩씩ᄒᆞ야 왕쟈의 힝ᄎᆞᆺ ᄀᆞᆺ더라. 즁
간에 일위귀인을 옹위ᄒᆞ야 오니 머리에 금관을 쓰고 몸에 룡포를 닙고
빅란을 타고 좌우에 시호ᄒ니 다 금의를 닙엇더라. 기인이 그 위의를 보
고 황겁ᄒᆞ야 슈풀속에 숨엇더니 문득 그 귀인이 쇼리ᄒᆞ야 잡으라 ᄒ니
좌위 일시에 기인을 잡아다가 압히 ᄭᅮᆯ니고 귀인이 분부ᄒᆞᄃᆡ “너는 황망
치말나 너는 모ᄅᆞ미 네 황뎨ᄃᆞ려 니ᄅᆞ라 빅벽을 도라보ᄂᆡᄂᆞ니 십년만에
만나리라 ᄒᆞ라” 기인이 ᄃᆡ왈 “쇼인은 긔하ᄒᆞᄂᆞᆫ 녁뷔라 엇지 황뎨게 뵈
와 빅벽을 드리리 잇고” 귀인 왈 “네 황뎨게 뵈지 못ᄒᆞ야도 본관게 드
리라 만닐 내 말을 감초고 젼치 아니면 즉시 죽이리라” 좌우로 ᄒᆞ야금
빅벽을 ᄂᆡ여주니 기인이 바다 다시 뭇고져 ᄒᆞᆯᄉᆡ 그 귀인이 ᄇᆞᆯ셔 셔다히
로 달녀가니 ᄃᆞ시ᄂᆞᆫ 인마를 보지 못ᄒᆞᆯ네라. <활자본「슈당연의」제4회>

　예문은『隋煬帝艶史』제20회[32)]에 나오는 내용으로 中牟夫가 하천을

---

32) 中牟夫尋思道：“這山野地方，又是半夜三更，如何還有官府往來？” 正驚疑之際，只見人
馬執事早已走到前面，一隊一隊，甚是尊嚴，不像郡縣官府模樣。過去了許多儀從，然後
正中間簇擁著一位貴人出來。那貴人頭戴一頂有簪有纓的金冠，　身穿一件半龍半蟒的袞
服，騎了一匹白馬，左右跟隨都是錦衣花帽，中牟夫定睛細看，見是個王侯氣象，方才慌
了，忙忙的要往樹林中去躲。不期早被那貴人看見，叫一聲“拿來！”左右不由分說，便將
中牟夫帶到前面。中牟夫嚇得魂不附體，跪在地下，半字也不能說出，只是戰兢兢不住的
磕頭。那貴人吩咐道：“不要著慌，不難爲你。只要你帶件東西還你家皇帝，就說我還他
白璧一雙，十二郎當賓於天。” 中牟夫聽了忙說道：“小人乃開河的夫役，如何得見皇帝，帶
白璧還他？貴人道：“只交付與你本官就是。你若隱瞞不報，　我定拿來殺了！”隨叫左右
將白璧付與中牟夫。中牟夫接璧，再要問時，那貴人早已躍馬往西而去。去不上三五十
步，一陣風過，那些燈火人馬，俱忽然不見。<『隋煬帝艶史』제20회>

파는 대오에서 떨어져 뒤따라가는 도중 귀인을 만나 白璧을 수양제에
게 돌려주라고 하는 내용이다. 연세대본『슈양의ᄉ』의 제20회와 활자
본「슈당연의」제4회로 직역과 의역이 첨가된 부분이다. 두 번역본을
보면 '山野'가 모두 '뷘들'로 되어 있고, 원문에는 없는 '왕자의 행자같
더라'가 동일하게 첨가되었고, '半龍半蟒'이 모두 '용포'로 되어 있으며
'十二郎當賓於天'이 번역본에는 모두 '열 히 만의 도로 보쟈'와 '십년만
에 만나리라 ᄒ라'로 되어있어 비슷한 점이 많이 발견된다. 이외에도
원문의 '焚帛奠酒'를 모두 '폐빅을 슬오더니'[33]로, '豹'를 모두 '소'
로,[34] 원문의 '大苑馬'는 번역하면 대원마인데 대완마로, '巢元方'[35]을
'소언방, 소헌방'과 '쇼언방'으로 오기도 같게 나타난다. 이렇듯 연세
대본『슈양의ᄉ』와 활자본「슈당연의」는 상당히 많은 부분이 비슷하
고 오기도 같게 나타나면서 밀접한 연관관계를 형성한다.

다음은 녹우당본『슈양외ᄉ』와 활자본「슈당연의」를 비교해보기로
하자.

> 이에 뎐녕ᄒ야 진왕 양호를 셰워 황뎨를 삼고 스스로 대승샹이 되어
> 빅관을 총집ᄒ게 ᄒ고 그 아ᄋ 디급을 봉ᄒ야 허국공을 삼고 댱ᄌ 승긔
> 와 ᄎᄌ 승지를 다 벼슬ᄒ야 병권을 잡게 ᄒ고 그 나믄 심복인을 다 듕
> 샹ᄒ다. <녹우당본『슈양외ᄉ』제40회>

> 화습이 이에 왕의를 셰워 황뎨를 슴고 스스로 디승상이 되어 빅관을
> 총집ᄒ고 그 아ᄋ 의급을 봉ᄒ야 허국공을 슴고 장ᄌ 동긔와 ᄎᄌ 동디

---

[33] "二人拜禱畢, 遂同出殿外, 到紙爐邊來焚帛奠酒." <『隋煬帝艶史』제20회>
[34] "那怪獸生得有些奇異, 尖頭賊眼, 脚短體肥, 仿佛有一個牛大, 也不是虎, 也不是豹." <『隋煬帝艶史』제21회>
[35] "那太醫令姓巢名元方, 乃西京人氏, 積祖精醫, 原是太醫院一個吏目." <『隋煬帝艶史』제22회>

를 다 벼슬을 ᄒ이여 병권을 잡게 ᄒ고 그 남은 ᄉ름은 각각 중샹ᄒ다
<활자본 「슈당연의」 제13회>

위의 내용은 『隋煬帝艶史』제40회의 내용으로 녹우당본 『슈양외ᄉ』
의 제40회, 활자본 「슈당연의」의 제13회에 나오는 우문화급이 반란을
일으키고 정권을 잡아 봉급을 봉하는 장면인데 녹우당본 『슈양외ᄉ』
는 진왕 양호를 황제로 세우는 반면 활자본 「슈당연의」는 왕의를 황
제로 세운다. 또 장자와 차자의 인명이 서로 다르게 '승긔', '승지'와
'동긔', '동디'로 나온다. 활자본에 나오는 인물이 원본 『隋煬帝艶史』와
녹우당본 『슈양외ᄉ』가 서로 다른 것으로 나타난다. 조선에 유입되었
던 기록으로 보이는 『隋唐兩朝志傳』과 『隋唐演義』와 비교해보면 모두
양호를 황제로 세우고 장자와 차자가 모두 '승기(承基) · 승지(承趾)'로 나
온다.

　　양뎨 오히려 천연ᄒ거늘 녕호힝달이 모든 무스를 ᄭ지저 일시의 햐슈
　　ᄒ라 ᄒ니 이에 양뎨를 ᄭ어내여 빅깁으로 목즐나 죽이니 시년이 삼십
　　ᄉ러라　　<녹우당본 『슈양외ᄉ』 제40회>

　　뎨 오히려 지지ᄒ니 영호힝달이 문득 ᄭ지져 하슈ᄒ라ᄒ니 이에 군시
　　양뎨를 깁으로 목잘ᄂ 죽이니 시년이 삼십구셰러라 <활자본 「슈당연의」
　　제13회>

이 부분은 『隋煬帝艶史』40회[36])에 나오는 宇文化及이 반란하여 수양
제를 죽이는 내용인데, 수양제가 죽을 당시 시년이 원전은 삼십구세이

---

36) 煬帝猶延捱不舍。令狐行達遂叫衆武士一齊動手, 將煬帝擁了進去, 用白絹生生縊死, 時
　　年三十九歲。<『隋煬帝艶史』 제40회>

지만 녹우당본『슈양외ᄉ』에서는 삼십사세로『隋煬帝艶史』와 활자본「슈당연의」에서는 삼십구세로 두 번역본이 서로 차이가 난다. 녹우당본『슈양외ᄉ』가 번역이나 필사중의 오기로 보인다.

　이외에도 녹우당본과 활자본은 인명이나 인용에서 많은 차이점들을 보인다.

　　빈건통 등이 병을 거느리고 우계거 등 수십 인을 다 잡아 베히니 우계람이 그 형의 죽으믈 보고 져재의 가 그 죽엄을 안고 통곡ᄒ니 좌위 아문화급의게 고ᄒ니 <녹우당본『슈양외ᄉ』 제40회>

　　우셰남이 그 형의 죽으믈 보고 져직거리의셔 죽엄을 안고 통곡ᄒ니 좌위 우문화습에게 보ᄒᄃᆡ <활자본「슈당연의」 제13회>

　　"다 와시ᄃᆡ 복야소위와 급ᄉ랑 허건심이 두 사름의 본ᄃᆡ 듕명이 이시니 블너도 오지 아니왓ᄂ이다." <녹우당본『슈양외ᄉ』 제40회>

　　ᄃᆡ소관원이 다와 뵈오ᄂ 급ᄉ랑 허경심과 허셕심 두ᄉ름이 아니 오니 젼의 비록 벼슬ᄒᄂ 맛춤ᄂᆡ 강직ᄒ더니 오지 아니ᄒ니이다. <활자본「슈당연의」 제13회>

　　ᄭ짓기를 뭇디 못ᄒ야 난병의 칼히 흠ᄭᅴ뭇거 올나오니 가히 에엿브다 쥬귀ᄋ의 옥골향혼이 화ᄒ야 일강원혈이 되니라 <녹우당본『슈양외ᄉ』 제39회>

　　ᄭ짓기를 마지 아니터니 난병이 흠게 싀살ᄒ니 가히 어엿브다 쥬지이의 옥골화용이 화ᄒ야 일망원혈이 된지라 <활자본「슈당연의」 제13회>

　　"쥬샹이 무도ᄒ야 빅셩을 보채니 귀신과 사름이 ᄒᆫ가지로 노ᄒᄂᆫ디라. 쟝군의 거죄 진실노 텬시ᄆᆞ가 인망의 합당ᄒᆞ디라 우리 감히 명을 어

르르츠리오! <녹우당본『슈양외ᄉ』제40회>

  "쥬상이 무도ᄒ야 빅셩을 보쳐니 귀신과 ᄉ름이 흔가지로 노ᄒ엿시나
  우리 가히 곽광의 일을 효측ᄒ려ᄒᄂ니 너희 등은 맛당이 힘을 흔가지
  로 ᄒ야 좃치미 올치 아니냐" <활자본「슈당연의」제13회>

  위의 인용문을 보면『隋煬帝艶史』의 '虞世基, 虞世南'이 녹우당본에
는 '우계람, 우계거', 활자본은 '우셰남'으로 활자본의 번역이 정확하
며,『隋煬帝艶史』의 '仆射蘇威, 許善心'이 녹우당본에는 '복야소위, 허견
심', 활자본은 '허경심, 허셕심'으로 녹우당본이 원본과 비슷하며,『隋
煬帝艶史』의 '朱貴兒'가 녹우당본에는 '쥬귀ᄋ', 활자본은 '쥬지이'로
녹우당본이 정확하다.『隋煬帝艶史』의 '玉骨香魂, 都化做一腔熱血'는 녹
우당본에서 '옥골향혼이 화ᄒ야 일강원혈이 되니라'이고 활자본은 '옥
골화용이 화ᄒ야 일망원혈이 된지라'로 녹우당본이 비교적 원문에 가
깝다. 이처럼 녹우당본이나 활자본은 번역과정에서 많은 차이점을 보
이면서 서로 다른 번역양상을 나타낸다. 현존하는 번역본과 활자본의
차이점으로 볼 때 녹우당본『슈양외ᄉ』는『隋煬帝艶史』의 번역본 중의
다른 한 이본으로 볼 수 있겠다.
  연세대본『슈양의ᄉ』와 녹우당본『슈양외ᄉ』가 낙질이라 전체적인
맥락을 파악하지 못하지만 원전과 활자본「슈당연의」와의 비교로 두
번역본과의 번역양상을 대략적으로 살필 수 있었다. 번역양상을 살펴
본 결과 연세대본『슈양의ᄉ』와 녹우당본『슈양외ᄉ』는 조선시기에
씌어진 서로 다른 번역 이본으로 보이며 활자본「슈당연의」는 연세대
본『슈양의ᄉ』의 내용에 첨가된 부분이 거의 없는 점, 똑같은 오기, 동
일한 어휘 번역 사용 등으로 볼 때 원전과 녹우당본이 아닌 연세대본

『슈양의ᄾ』나 연세대본 계열의 번역본에 비교적 가깝다고 볼 수 있겠다.

활자본이 연세대본을 저본으로 약간의 수정과 생략을 거치는 과정에 조금의 차이가 보이는 것은 언어의 변화과정인 통시적인 차원에서 일어난 것이며, 직역위주의 번역본을 축약하는 과정에서 생긴 당연한 일이라고 할 수 있다. 오기가 똑같은 어휘로 나타나는 것은 연세대본을 저본으로 번역하였다는 일면도 감안하지 않을 수 없다. 반면에 연세대본 계열의 번역본이 존재했을 수도 있다는 측면도 고려해 볼 때 활자본에 더 가까운 저본이 있었을 가능성도 열어둘 필요가 있겠다.

2.1.3 건국과 멸망으로 본 교훈적 의미 강화

활자본 「슈당연의」는 수나라의 건국으로부터 시작하여 당나라 건국 초기까지의 시대를 배경으로 수양제가 왕위를 뺏고 낙양에 三山五湖를 일으켜 十六院을 지어 선발한 궁녀들과 즐기는 내용과 남과 북을 이어 놓는 운하를 건설하는 20여년의 이야기를 담고 있다. 수양제가 일으킨 대운하건설은 중국경제에 큰 발전을 가져오는 남북통로개척으로 그 가치는 인정하지만 수나라가 멸망으로 나아가는 契機가 되기도 한다. 수양제가 亡國之君이라는 인물로 부각되는 것은 그의 출생에서부터 시작된다.

휘 ᄉ은ᄒ고 궁에 도라와 잠간 조으더니 곤비흔 즁에 믄득 빅쇽으로셔 흔 소리 ᄂᄀ거늘 보니 홀연 금빗ᄀᄒ흔 룡이 빅쇽에셔 뛰여나와 쳐음은 젹더니 졈졈 크며 닙을 버리고 다라들거늘 믄득 보니 일진광풍이 니러나며 그 룡이 ᄯᅡ히 써러져 큰 쇼만흔 쥐 되거늘 놀나 ᄭᅵ니 침상일몽이라. 심ᄒ에 ᄀ장 의아ᄒ더니 믄득 잉퇴흔 지 십삭만에 일기 남ᄌ를 싱흔

니 홀연 궁문밧게셔 불이 낫다 ᄒ더니 흔줄기 홍광이 하늘에 쎼첫고 연
염이 창텬흔지라 익일에 문뎨 아라보시고 대희ᄒ샤 침뎐에 와보시고 몽
ᄉ와 화광이 빗최믈 듯고 이ᄂ 님군의 긔상이라 ᄒᄉ 깃거ᄒ시다가 쥐
되다 ᄒ믈 듯고 불쾌ᄒ야 일홈을 암히라ᄒ얏더니 ᄌ라믜 곳쳐 양광이라
ᄒ다.37)

  독고황후가 수양제를 잉태할 당시 중국고대에서 최고의 권리에 있
는 왕의 형상인 용이 소만한 쥐로 변하는 태몽을 꾸게 된다. 태몽에
용이 나온다는 것은 왕이 될 징조이며 중국에서 대대로 숭배하는 토
템의 하나이다. 반면 쥐는 나라를 멸망시키는 인물로 많이 그려지는
데, 수양제의 부친인 수문제는 이 얘기를 듣고 엄청 불쾌해 한다. 수양
제로 인하여 수나라가 멸망하게 되리라는 암시를 서두에서 미리 해두
면서 일종의 플롯을 형성한다.
  이와는 다르게 수나라를 건국한 수문제의 태몽은 다음과 같다.

  문황뎨 탄ᄉ일에 불근 긔운이 싸히 ᄀ득ᄒ고 긔이흔 상셰 만터라. 문
황뎨 ᄉ오 셰에 문뎐셔 노더니 흔 로승이 지나다 보고 놀나 양츙ᄃ려
왈: "ᄎ익 상뫼 비범ᄒ니 후일 반다시 귀히 될지니 소승이 다려다가 기
르고ᄌ ᄒᄂ이다."ᄒ고 즉일노 문황뎨를 뫼셔다가 길으더니 일일은 로
승이 나아가고 유뫼 문뎨를 안고 조으더니 믄득 두상의 은은히 붉곳치
니러나고 왼몸에 비늘이 도다 문뎨 룡의 형용이 되거늘 유뫼 디경ᄒ야
문뎨를 싸히 더지며 놀나 ᄭ엿더니 이쎡 로승이 도라와 아히를 밧비 안
고 탄왈: "앗갑다. 텬하를 늣게야 엇게 ᄒ엿다."ᄒ더라.38)

관상을 볼 줄 아는 귀인이 나타나 수문제가 귀한 인물이 되리라는

37) 「슈당연의」(인천대학 민족문화연구소, 『활자본 고소설전집』 7, 은하출판사, 1983.)
    485면.(이하 작품 인용은 작품명과 해당 면만 밝히기로 함.)
38) 「슈당연의」, 483면.

예언을 하고 수문제를 데려다 키운다. 수문제의 형상은 곧 용의 형상으로 수양제의 태몽과는 사뭇 다르다. 수문제가 수나라를 건국한 후 정사를 잘 돌보는 것과는 달리 수양제는 왕위에 오르자마자 술과 미녀를 좋아하고 운하를 건설하게 된다. 이러한 내용들은 수양제의 왕위찬탈과 왕위찬탈로부터 수나라멸망까지의 수양제에 대한 비판적인 태도를 시종일관 부각시키게 된다.

활자본 「슈당연의」는 수양제의 향락부분, 麻叔謀의 운하건설 등의 기본적인 줄거리는 대체적으로 유지시키면서 일정 부분 생략하였는데 모두 4개 부분으로 나눌 수 있다.

제1회~제3회(상반부)까지는 수양제의 왕위찬탈→선화부인과의 향락→王義간택→미녀선발→미녀들과의 향락을 위주로 『隋煬帝艶史』의 제1회~제18회까지의 내용을 압축하고 생략하여 다룬 내용이다. 또한 허정보에게 명하여 전국적으로 미녀를 선발하고 袁紫煙이 천문을 보는 장면도 다루고 있다. 여기에서 생략된 부분을 살펴보면 선화부인과의 향락, 王義간택부분인데 선화부인은 수양제의 부친인 수문제의 후궁으로 수양제가 패륜을 저지르고 향락을 누리는 이야기이다. 이 부분은 음란적인 부분이라 생략되었을 가능성과 『隋煬帝艶史』가 3회 정도의 많은 양으로 다룬 점으로 미루어볼 때 분량의 제한성도 고려해볼 필요가 있다. 또 원전에는 王義라는 인물이 나오는데 수양제에게 있어서 충신이고 긍정적인 인물로 부각되고 수나라의 멸망과 관련이 없는 내용이기에 생략한 것으로 보인다.

제3회(하반부)~제6회까지는 麻叔謀가 운하를 건설하는 내용으로 『隋煬帝艶史』제19회~제25회까지에 해당된다. 수양제의 명으로 마숙모가 운하건설을 담당하는데 한나라 張良의 무덤인 유후묘에서의 기괴한

일→狄去邪가 동굴에 들어가서 수양제의 前身인 쥐를 훈책하는 신선들의 이야기를 듣는 장면→마숙모가 아이고기를 먹는 이야기 등으로 운하건설과정에서의 기괴한 이야기들을 소재로 다루고 있다. 여기에는『迷樓記』·『海山記』·『開河記』·『隋遺錄』등의 전설이나 신화적인 요소가 들어간 이야기가 많이 인용되었는데 활자본「슈당연의」에서 3분의 1 정도의 분량으로 다룬 것으로 보아 독자들이 해외에 대한 기괴한 이야기들에 흥미를 갖는다는데 초점을 맞췄음을 짐작할 수 있다.

> 먼니보니 흔 묘당이 잇스되 아로삭인 기동이며 긔란들보며 공교로은 난간이 보기에 가장 굉장흔지라 즁인이 졈졈 묘당압히 갓가이 가더니 믄득 흑뮈스싀흐며 음풍이 삽삽흐고 급흔 비와 모진 우박이 폭쥬흐고 텬디 아득흐야 무슈흔 역부드리 쓰러지며 우박의 마즌 머리도 싯여지고 살이 다 웃쳐져 흐나토 셩흔직 업는지라…생략…로옹이 즈시보고 왈: "이는 요명을 지어 썻도다."흐고 지필을 드러 예슷글노써 뵈니 그 글에 흐얏스되 "누는 듸금션묘군이니 죽은지 일쳔셰라 마슉무를 만누 누를 곳쳐 고원에 무드리라"흐엿더라 슉뮈 졔 일홈셧시믈 더욱 경아흐야[39]

이 부분은 마숙모가 올 줄 알고 천년 전에 미리 글로서 암시해둔 대금선묘군의 무덤이다. 천년후의 일을 미리 짐작하듯이 적어놓은 글귀를 보고 마숙모는 제를 후하게 지내고 무덤을 높은 곳에 옮긴다. 이러한 부분은 인간세계에서는 범접할 수 없는 초월적인 능력을 발휘하는 신선이나 귀신들의 이야기들이다. 이러한 이야기들은 우리가 겪어보지 못하고 과학적으로 증명하기 힘든 기괴한 일들로 운하개발과정에서 자연스럽게 보여줌으로서 독자들의 흥미를 불러일으키게 된다. 또 대금선의 무덤을 지나서 수십 리를 가면 漢나라의 功臣 장량의 묘에

---

39)「슈당연의」, 507~509면.

雙璧을 받쳐 제사를 지내고 무사히 하천을 통과하는 내용40)과 한 사람이 병에 걸려 대오에 멀리 떨어져갈 때 신선이 나타나 유후묘에 제사할 때 가져간 白璧을 도로 황제에게 전해주라면서 10년 뒤에 수양제와 다시 만나게 될 것이라는 말41)과 함께 隋나라의 國運을 암시해준다.

　괴시 느아가 지비ᄒ니 황보국이 답례도 아니ᄒ고 말도 아니ᄒ며 다만 ᄒᆞᆫ 쳥의닙은 아젼을 명ᄒ야 젹괴시를 셤아리 셰우고 견지ᄒ야 아미를 잡아오라ᄒ니 무시 쳥녕ᄒ고 밧그로 나아가더니 셔루에 미엿던 큰 쥐를 잡아오니 원ᄂᆡ 괴시 벼슬홀졔 황뎨의 아명이 아미라ᄒᆞᆷ믈 드럿든지라 쥐를 잡아오믈 보고 마음에 혜오되 황제 정령이 쥐로다ᄒ고 놀나믈 마지 아니되 감히 소릭도 못ᄒ고 다만 귀를 기우려 드르니 황보군이 그 쥐를 ᄭᅮ짓되:"아미야 내 너를 길은지 오릭므로 잠간 츌셰ᄒ야 텬하지쥮되게 ᄒ니 이는 네게 큰 복이어늘 네 문득 하늘을 업슈히 너기며 스치ᄒᆞᆷ믈 궁극히 ᄒ고 또 욕심이 틱다ᄒ며 빅셩을 잔히ᄒ니 너를 죽여야 올흐리로다." 그 쥐 ᄒᆞᆫ 소릭도 못ᄒ고 업듸엿거늘 황보군이 ᄃᆡ로ᄒ야 왈: "츅싱이 뉘웃칠줄 모르니 큰 곤장으로 듸골을 치라" 무시 응명ᄒ고 큰 미로 그 쥐듸골을 치니 그 쥐 알프믈 견듸지 못ᄒ야 ᄲᅱ놀고 소릭지르니 무시 다시 치랴ᄒ더니 믄득 공즁으로셔 ᄒᆞᆫ 동지 텬셔를 들고 ᄂᆞ려와 치지말나ᄒ거늘 보군이 연고를 무른듸 동지 년상에 올나 텬셔를 읽어 왈 "아미의 명을 본듸 열두히를 허ᄒ얏시니 이졔 칠년이라 다시 다섯히를 더ᄒ야 깁슈건으로 목잘나 두고 그 미 마잣믈 면케ᄒ라"ᄒ고 동지 공즁

────────────

40) "ᄒᆞᆫ 묘당이 잇ᄂᆞᆫ지라 묘당 압히 니르려는 급ᄒᆞᆫ 비와 우박이 폭쥬ᄒ고 텬디 아득ᄒ며 슈다ᄒᆞᆫ 인븨 모다 쓰러져 인스를 찰히지 못ᄒᆞᆫ지라 그 즁에 셩ᄒᆞᆫ 군시 일시의 소릭 지르고 다라와 슘무게 이 스연을 고ᄒᆞ니… … 현관에 금즈로 유후지묘라 쓰고 졍뎐 우히 금으로 유후신상을 ᄒ야 안치고 좌우벽상에 넉스를 거려 진시황의 부거치든 일을 긔록ᄒ고 부교 우히셔 황셕공을 만나 신을 신기던 일을 일일이 그려시니" (「슈당연의」, 509~510면.)

41) "즁간에 일위 귀인을 옹위ᄒ야 오니 머리에 금관을 쓰고 몸에 룡포를 닙고 빅란을 타고 좌우에 시호ᄒ니 다 금의를 닙엇더라 기인이 그 위의를 보고 황겁ᄒ야 슈풀 속에 숨엇더니 문득 그 귀인이 쇼릭ᄒ야 잡으라ᄒ니 좌위 일시에 기인을 잡아다가 압히 ᄭᅮᆯ니고 귀인이 분부ᄒ되 너는 황망치 말나 너는 모릭미 네 황뎨드려 니르라 빅벽을 도라 보너ᄂᆞ니 십년 만에 만나리라ᄒ라" (「슈당연의」, 511면.)

으로 올나가니 황보군 왈: "져 축싱을 상계의 명곳 아니면 아조쳐 죽이
려 ᄒ얏더니 아직 날회ᄂ니 네 종시 목잘나 죽으믈 면치 못ᄒ리라"ᄒ고
무ᄉ를 명ᄒ야 텬삭으로 잡아 도라가라ᄒ고[42])

役事하는 인부들이 수십리를 파헤쳐 가다 밑도 끝도 없는 엄청난 웅
덩이를 발견하자 狄去邪라는 장군을 내려보내 탐험하게 하는 장면이
다. 특이하게도 적거사가 내려간 곳은 지하에 있는 신선세계였다. 황
보국이라는 신선이 묶어두었던 큰 쥐를 처벌하면서 수양제가 5년 뒤
에 수건에 목 졸려 죽을 것을 예시하고 있다. 수양제가 태어나기 전
태몽에서는 수양제의 정령이 소만한 쥐로 변하는 것을 서두에서 제시
하면서 악행으로 인해 처벌받게 된다는 이치를 설명해준다. 그러나 이
쥐는 아직 수명을 다하지 않았기에 목숨은 살려두면서 적거사에게 인
과응보라는 결말을 보여주면서 마숙모의 운해개발과 수양제의 악행을
멀리하도록 지시한다. 운하역사는 그 자체가 많은 재력과 노동력을 소
모하는 거대한 사업이기도 하지만 수많은 조상과 왕후장상들의 묘지
를 파헤치고 운하개척 중에 일어나는 일들 특히는 마숙모가 어린 아
이의 고기 맛에 길들여져 세 살도 채 안된 아이들을 훔치고 요리하는
과정[43])들은 수나라의 멸망에 일조하게 된다.
　　제7회~제8회(상반부)까지는 『隋煬帝艶史』의　제26회~제30회(상반부)까

---

42) 「슈당연의」, 514~515면.
43) 량이 집에 도라가 형뎨 서로 닐으고 즈못 깃거놀마다 어린 ᄋ희를 도젹ᄒ야 쎠드러
　　니 숙뫼 이를 먹은후는 양을 보아도 맛시업다ᄒ고 다만 도량아의 드리는 것만 바다
　　먹으니 일노브터 량아와 일심이 되어 출입ᄒ기를 집안ᄉ룸ᄀᆺ치ᄒ더라 일일은 숙뫼
　　량아드려 왈: "네 놀마다 양을 이으더 상을 밧지 아니니 ᄒ로도 아니먹고는 못견딀지
　　라 네 집에서 찌는 법을 ᄀ르쳐 너도 놀마다 오는 폐업고 ᄂ도 편히 집에 잇서 쎠먹
　　으면 량편일가ᄒ노라" 량이 왈: "소인이 뎡으로 놀마다 드리니 로야는 뭇지 마르쇼
　　셔" 숙뫼 왈: "내 아직 녕능에 잇스니 네 놀마다 와 도무려ᄒ거니와 내 먼니 가면 네
　　보니려ᄒ야도어려오니 다만 찌는 법을 니르라" (「슈당연의」, 522면.)

지의 내용으로 운하가 완공된 후 수양제가 십륙원의 미녀들과 龍舟를 띄워 운하에서 노니는 이야기이다. 이 부분 역시 수양제의 향락을 위주로 다룬 내용으로 동시에 麻叔謀가 죄를 받는 이야기도 다루고 있다. 이 부분은 향락의 고조부분이며 수나라가 멸망의 변두리에 서게 되는 단초를 제공한다.

제9회~제13회까지는 隋煬帝艶史』의 제31회(하반부)~제40회의 내용으로 도인이 수양제를 산속에 들어가라는 이야기→봉기군들의 침입→우문화급의 반란으로 수양제가 처참히 처형당하는 이야기이다. 이 부분은 수나라가 멸망에 이르는 과정을 상세하게 그리고 있다. 특히 수양제의 비극적인 장면을 생동하게 보여주는 제13회는 기존의 다른 회보다 상대적으로 생략(원전의 39~40회)한 부분이 비교적 적다. 처형당할 때의 朱貴兒의 대화나 수양제의 대화를 생동하게 보여줌으로 비극적인 결말을 구체적으로 서술했다.

> 양뎨 소셰도 아냣는지라 즁인이 이리 쎼밀고 져리 쓸고 발을 벗기고 옷시 다 뮈여졋는지라 …생략… 양뎨 듸곡 왈: "짐이 짐쥬도 먹지 못ㅎ게 ㅎ느뇨" 영호힝달이 문득 비단 흔필을 가져다가 노흐니 양뎨 쏘 깁을 보고 듸곡ㅎ기를 마지아니ㅎ니 덕감 왈: "폐하는 쌜니 즈결ㅎ소셔"데 오히려 지지ㅎ니 영호힝달이 문득 쑤지져 하슈ㅎ라ㅎ니 이에 군ㅅ 양뎨를 깁으로 목잘느 죽이니 시년이 삼십구셰러라[44]

이러한 부분은 지나친 향락과 사치로 수양제가 처참한 최후를 맞이하게 되는 대목이다. 수양제가 주색에 빠지고 지나친 향락과 사치, 대운하건설을 통한 백성들의 고초로 결국에는 죽음을 맞게 되는 수양제

---

44) 「슈당연의」, 589~591면.

의 최후를 잘 보여준다.

위의 네 부분을 살펴보면 활자본 「슈당연의」는 미녀선발→운하건설→향락→멸망과정 4개 핵심내용으로 귀납할 수 있다. 수양제가 우리들에게 나라를 멸망시킨 비관적인 인물로 그려진 향락과 운하건설부분은 활자본에서 중점으로 묘사되면서 독자들이 君主인 수양제의 궁중에서의 사치한 생활과 많은 史書들에 포함된 운하건설과정에서의 귀신이야기, 신선이야기로 독자들의 구미에 맞췄을 것으로 보인다. 수양제가 반란군에 의해 처형당하면서 수나라가 멸망하고 당나라가 건국되는 과정에서 한 나라의 군주로 지나친 향락과 미녀선발, 운하건설로 인한 사람들의 고통은 운하건설의 획기적이고 경제적인 발전기여보다는 나라를 도탄에 빠지게 하는 교훈적인 내용으로 우리에게 다가온다.

1920년대에 『이순신전』과 『태조대왕실기』와 같은 왕조소설들과 영웅소설들이 여러 출판사를 통하여 대량으로 출현한다. 이러한 정황들은 궁극적으로 상업적 이윤에만 치우치지 않고 사회적배경과 계몽사상에 연결시킬 수도 있을 것이다. 20세기 초에 번역된 영웅소설들을 보면 영웅인물을 본받으려는 독자들에게 있어서 식민지체제를 반대해서 싸울 動機를 불러일으킬 소지가 많았다. 이른바 활자본 「슈당연의」는 식민지체제의 압박과 착취를 수양제의 운하건설과 미녀선발에서의 폭정과 착취에 연관시켜 볼 수도 있겠다. 활자본 고소설은 이른바 우리말인 한글로 번역되어 수천편이 출간되었는데 1918년에 간행한 「슈당연의」는 당시 일제강점기라는 시대 상황을 고려하지 않을 수 없다. 일제는 강점 초기부터 한반도를 자국 영토로 영구히 편입하고 한국인을 일본인으로 만들려는 생각을 갖고 있었다. 일제는 동화가 아니고서는 조선을 영구히 지배할 수 없다고 인식했다.[45] '동화정책'의 국어사전의 정의는 "식민지를 경영하는 나라가 식민지 원주민의 고유한 언어·문화·생활양식 따위를 없애고 자국의 것을 강요하여 동화시키려는 정책"이다. 동화정책은 궁극적으로는 피지배민의 민족성을 말살하여 식민 지배국의 민족이 되게 하는 것을 목적으로 한다. 일제의 '동화주의'는 조선사회와 조선인을 각각 일본사회, 일본인으로 통합하겠다는 것이다. 사회제도를 일본식으로 변혁해 나감과 동시에 조선인을 일본인으로 정신 개조하겠다는 것이다.[46] 이러한 동화정책은 조선의 멸망과 조선인이라는 민족의 정체성을 상실하게 한다. 동화정책은 20세기 초중반에 활기를 띄면서 사회에 영향을 주고 있었는데 이러한 동화정책의 영향으로 민족주의적 경향을 지닌 출판물들은 간행을 하지 못하게 되고 오히려 활자본이 흥행하게 되었다. 이에 힘입어 간행된 활자본 「슈당연의」는 중국의 수나라 역사를 취급하여 독자들에게 보여주면서 민족심, 애국심을 불러일으키고 있다. 비록 직접적인 모국의 현실생활을 출판정책에 의해 반영할 수는 없었지만 타국의 역사사실로 나라가 멸망으로 나아가는 현실을 간접적으로 독자들에게 의식화시켰다고 보인다. 「태조대왕실기」, 「세종대왕실기」, 「숙종대왕실기」 등과 같은 왕조에 관련된 작품들은 현명한 군주의 형상과 모습을 되새기게 하면서 무능한 왕조와 군주로 인하여 멸망으로 나아가는 현실을 타개하고 새로운 국면을 만들어가는 전제가 독자이자 민중들로부터 출발하였을 가능성을 고려해 볼 필요가 있겠다. 활자본 「슈당연의」

---

45) 한일관계사학회 편, 『한일관계 2천년 보이는 역사, 보이지 않는 역사』-근현대, 경인문화사, 2006, 127면.
46) 홍양희, 「식민지 초기 교육 담론과 '동화주의': 차별교육과 '차이'의 정치학」, 『한일관계사연구』 50, 한일관계사학회, 2015, 258면.

는 40회로 되어 있는 긴 이야기를 13회라는 짧은 편폭으로 다뤘기 때문에 사건전개나 서술에 있어서 매끄럽지 못한 단점이 있다. 하지만 수나라의 멸망과정에 대한 내용전달에 있어서는 그 의미를 충분히 부여하고 있다고 보인다.

2.2 「당태종전」

2.2.1 「당태종전」과 『唐太宗入冥記』

「당태종전」의 원전에 관한 논의들이 많이 이루어지고 있지만 원전 추적이 용이하지 않다. 당태종의 入冥에 관련된 고사는 『授判官人官』, 『唐太宗入冥記』, 『隋唐演義』, 『西遊記』 등이 있다. 「당태종전」이 『受判冥入官』, 『唐太宗入冥記』, 『隋唐演義』 중에서 유사한 점이 가장 많이 발견되는 것은 『唐太宗入冥記』이며, 首尾가 缺失된 불완전한 자료이기에 「당태종전」의 구성 전체와의 비교가 불가능하여 양자 간의 구체적인 관계를 도출하는 데에 한계성이 있다.[47] 선행연구로 볼 때 「당태종전」은 『唐太宗入冥記』의 번역본에 가까운 것으로 보고 있지만 앞뒤 부분이 유실되고 자료상태가 깨끗하지 않아 확실하게 비교하기는 어렵다.

『唐太宗入冥記』는 敦煌寫本으로 원래 표제가 붙어 있지 않고 작자도 미상이다. 앞뒤 부분이 모두 없고 중간 부분만 남아 있다. 王慶菽이 자세히 교열을 가하여 잘못 이어진 단락을 바로 잡아서 『敦煌變文集』에 수록하였다. 표제는 王國維의 『敦煌發見唐朝之通俗詩及通俗小說』에서 소개할 때 "이 소설은 당태종입명고사를 기록하였다(此小說記唐太宗入冥

---

47) 김유진, 『당태종전 연구』, 한국교원대학교 석사학위논문, 1990, 92면 참조.

事)"고 하였고 魯迅의 『中國小說史略』에서 擬名을 『唐太宗入冥記』라 하였는데 모두 이를 따랐다. 이 작품이 형성된 연대에 대하여 원전이 완전하게 전하지 않기 때문에 추정이 비교적 복잡하다. 斯2630號 사본의 말미에 "天復 6년 丙寅歲閏12월 26일記 善斌書記"라는 題記가 나오는데 善斌이라는 사람은 이 내용을 베껴 쓴 사람이지 소설의 작자는 아니다. 이 소설이 씌어진 대략의 연대를 추정하기 위해서는 작품 내용에 의거할 수밖에 없는데 첫째로 내용 가운데 "太宗皇帝"라는 글자가 여러 번 나온다. 世民이 소생한 때에는 "태종"이라고 칭할 수 없고 다만 죽은 후이거나 高宗이 황제의 자리에 오른 이후라야만 가능하다. 둘째로 소설 가운데 『大雲經』을 베껴 쓴 일이 언급되어 있는데 역사의 기록에 따르면 天授 원년(690년)에 승려 法明 등 10인이 『大雲經』 네 권을 바쳤으며 武則天이 『大雲經』을 천하에 반포하였다. 아울러 『唐太宗入冥記』가 天授 원년 이후에 씌어졌다는 것과 따라서 이 소설이 『大雲經』시대의 지표가 되었다는 것 또한 알 수 있다.[48]

『唐太宗入冥記』의 殘本의 내용을 보면 다음과 같다.

> 당태종이 "저승사자"에게 이끌려 저승에 가게 되었는데 "저승사자"는 태종을 데리고 염라대왕전에 끌고 간다. 태종이 절을 올리지 않자 殿上의 높은 이가 꿇어 엎드리라고 호통을 쳤다. 이에 태종이 말하기를 "짐은 장안에서 지낼 때 아랫 사람들의 절을 받기만 했지, 남에게 절을 해본 일이 없소."라고 하더니 또 말하기를 "짐은 天子요, 염라대왕은 귀신들의 두목인데 어째서 날더러 절을 하라는거요?"하면서 여전히 절을 하지 않자 염라대왕은 뭇 신하들을 보기가 민망하고 수치심이 치밀어 올라 주위에 처분을 내렸다. "저승사자"는 태종의 生魂을 判官의 문밖으로 데리고 갔는데 그 판관은 崔子玉으로 생전에 輔陽縣尉라는 벼슬을

---

48) 오순방 외, 『中國古典小說總目提要』 1권, 蔚山大學校出版部, 1993, 34면 참조

살았다. 최자옥이 앞서 가고 황제가 그 뒤를 따라가다가 어느 병풍처럼
둘러막힌 담장 안으로 들어섰는데 거기에는 建成과 元吉 두 태자가 목
놓아 울고 있었다. …생략… 최자옥이 六曹官더러 生死文書를 가져오라
고 하고 태종이 이승에서 십년 동안 더 살 수 있게 해주었다. 최자옥은
이승의 높은 관직에 오르고 싶은 자신의 속마음을 태종에게 털어놓자
태종은 최자옥을 蒲州刺史 겸 河北 24州의 採訪使에 봉하였고 관직은
御史大夫에 명하였다. 태종이 저승을 떠나려고 할 때, 최자옥은 그에게
장안으로 돌아가거든 반드시 천하의 죄 지은 이들을 모두 풀어주고 돈
을 내서 大云經을 강론하게 하며 또 베껴 쓰게 하라고 당부하였다. 태종
이 약간의 허기를 느끼자 자옥은 "전하께서 만약 시장하시다면 신이 당
장 밥상을 대령하겠나이다."라고 하면서 주위에 분부를 내린다.(이하
缺)[49]

이 이야기는 唐의 張鷟가 편찬한 필기집인 『朝野僉載』 권6에 「授判冥
人官」이라는 제목으로 간략하게 보인다. 朝野佚聞을 기록하였는데 武后
의 朝廷이야기를 위주로 다루고 있다. 『唐太宗入冥記』에 관한 고사는
후세의 소설 창작에 큰 영향을 미쳤는데 『西遊記』 11회와 『隋唐演義』
68회에 나온다. 또한 서로 영향관계가 있는 「당태종전」, 『唐太宗入冥記』,
『授判冥人官』은 내용이나 서술면에서 비슷한 부분이 많다.

　許筠의 『西遊記跋』에 批評한 衍義도 모다 明의 中葉까지 된 것인바,
『隋唐衍義』도 羅貫中의 作으로서 淸初에 褚人穫의 개정을 지낸 것이요,
그 속에서 특히 수양제의 음탕한 생활장면만을 采出한 것을 艷史라고
하며, 당태종의 전기만을 摘輯한 것을 『唐太宗傳』이라고 한다. 이 당태
종전은 근년에 燉煌에서 발굴된 『唐太宗洞冥記』와 가까운 책이다.[50]

---

49) 王重民 外, 『敦煌變文集』, 人民文學出版社, 1957년. 오순방 외, 위의 책, 39~40면 참조
50) 金台俊, 『(증보)朝鮮小說史』, 학예사, 1939, 97면.

　　김태준은 허균의 「西遊記跋」을 제시하면서 「당태종전」을 『唐太宗入
冥記』와 비슷한 책으로 간주하고 있다. 여기에서 보면 『艶史』는 『隋煬
帝艶史』이고 『唐太宗洞冥記』는 『唐太宗入冥記』와 동일한 작품이거나 비
슷한 시기에 출현한 계열작품으로 추정된다.

　　다음으로 국내에 전하는 「당태종전」의 이본을 살펴보면 다음과 같
다.51)

　　1. 목판본
　　(1) 경판 26장본
　　「唐太宗傳」, 한남서림 발행, 국립중앙도서관 소장
　　「唐太宗傳」, 한남서림 발행, 서울대학교 도서관 소장
　　「唐太宗傳 全」 한남서림 발행, 고려대학교 도서관 소장
　　「당틱죵젼 단」, 한남서림 발행, 한국정신문화연구원 소장
　　「唐太宗傳」, 한남서림 발행, 『景印古小說版刻本全集』 1에 수록

　　(2) 경판 18장본
　　「당틱죵젼 단」, 한국정신문화연구원 소장
　　『景印古小說版刻本全集』 1에 수록

　　2. 필사본
　　(1) 29장본 「唐太宗傳」, 국립중앙도서관 소장
　　(2) 23장본 「唐太宗傳」, 김동욱 교수 소장

　　3. 활자본
　　(1) 「福善禍淫 唐太宗傳」, 동미서시, 박건회, (재)아단문고(1915년), 단
국대(1917년)

51) 김유진, 『당태종전 연구』, 한국교원대학교 석사학위논문, 1990, 5~6면. 인천대학 민
　　족문화연구소, 『활자본 고소설전집』 6, 은하출판사, 1983년 목록. 丁奎福, 「唐太宗傳
　　의 異本에 대하여」, 『모산학보』 제10집, 동아인문학회, 1998년 참조

  (2)「당틱종젼」 박문서관, (재)아단문고(1917년)

  (3)「당틱종젼」, 신구서림, 지송욱, 1917년.

  (4)「당틱종젼」, 한성서관, 지송욱, 1917년.

  (5)「당틱종젼」, 회동서관, 고유상, 1926년, 서울대 소장

  (6)「당틱종젼」, 대산서림, 1926년, 충남대소장

  (7)「당틱종젼」, 동양서원, 1927년.

  (8)「당틱종젼」, 동양대학당, 송경환, 1929년.

  (9)「당틱종젼」, 세창서관, 신태삼, 국회, 홍윤표, 조희웅(1951), 고려대,
연세대(1952년) 소장

  이외에도 경판 38장본[52]과 姜家藏本[53]이 있다고 하나 확인이 어렵
다. 경판 26장본은 5종이 있고 모두 한남서림의 版權紙가 붙어 있는 동
일본이다. 1920년에 경성 한남서림에서 白斗鏞이 발행한 것이다. 경판
26장본은 필사본으로서 경판 18장본과 조금의 차이는 있으나 동일본
으로 보고 있다. 국립중앙도서관본은 간기가 없어 구체적인 사항의 파
악이 어렵지만 내용은 경판 26장본과 일치한다. 김동욱소장본은 한국
정신문화연구원에 소장되어 있는데 45면의 분량이다. 이 판본은 인명
과 작품의 내용 등에서 다른 이본들과 큰 차이를 보인다. 동미서시본
은 박건회에 의해 1915년에 초판이 발행되었고 1917년에 재판이 발행
되었다. 총 72면으로 되어 있고 42면까지는 '당태종전'이 실려 있고,
뒤의 30면은 '복선화음편'이 실려 있다. '복선화음편'은 다른 활자본에
는 나타나지 않는 것으로서 「당태종전」에 이어 효와 덕, 충과 성, 선과
악 등의 이야기로 이루어진 설화 38편을 언급하고 있다. 이 활자본은
경판 26장본을 모본으로 하여 간행한 것이라 하였고 다른 활자본들은

---

52) 오세영 외, 『한국문학연구방법론』, 민족문화사, 1983, 부록 참조.
53) 丁奎福, 앞의 논문, 311면 참조.

'복선화음편'만 제외하면 동일한 계열이다.[54] 가장 이른 시기에 간행된 동미서시본은 다른 활자본들의 텍스트로 사용되었다.

기존의 논의들을 살펴보면 『唐太宗入冥記』가 「당태종전」에 가장 근접한 원전으로 되어 있지만 원전 자체가 많은 부분이 유실되었고, 또 번역본들 간의 번역양상만으로 저본을 추출하기가 어렵다. 원전과 번역본들과의 비교를 통하여 번역본들이 원전이나 기존에 나돌았던 번역본을 텍스트로 사용했다고 판단할 수는 있겠지만, 현재 원전이 불완전한 상태어서 구체적인 관계를 밝히는데 한계가 있다. 이에 다음 절에서는 번역양상은 제외하고 작품의 서사구조를 통한 의미를 밝히는데 중점을 두겠다.

2.2.2 불교의 윤리관으로 재해석한 권선징악

박건회가 1915년 동미서시에서 간행한 복선화음 「당태종전」은 총 72면으로 되어 있고 42면까지는 당태종이 입명하는 이야기를 실었고 43면부터는 복선화음편이라 하고 38편의 짤막한 효와 덕, 선과 악을 서술한 인물이야기를 실었다.

「당태종전」의 기본 줄거리를 살펴보면 대체적으로 다음과 같다.

> 1. 정관 13년 이세민이 즉위할 때 운수선생이 있었는데 천문지리와 과거, 미래를 통달하였다. 많은 어부들이 운수선생의 가르침을 받고 고기를 많이 낚았다.
> 2. 이를 알게 된 경하룡왕은 대신들과 상의하여 운수선생을 없애려고 계교를 꾸민다. 내기에서 이겼지만 천명을 거역한 경하룡왕은 벌을 받

---

54) 판본에 대한 선후관계는 丁奎福, 김유진의 앞의 논문 참조

게 된다.

3. 운수선생의 대책대로 태종황제를 찾아가 위징의 승천을 막게 한다. 황제와 위징이 바둑을 두다가 둘 다 졸면서 위징이 천상으로 올라가 경하룡왕을 참수한다.

4. 원한을 품은 경하룡왕이 황제의 꿈에 자주 나타나고, 지부에 들어가 건성, 원길과 더불어 원통한 뜻을 말하니 지부에서는 최사를 보내 황제를 잡아오게 한다.

5. 위징이 최판관(최옥)에게 쓴 편지를 가지고 붕어한 황제의 혼령이 지부에 들어가게 된다.

6. 황제는 최판관을 만나 십왕전에 들어가고 룡왕은 처벌을 받는다.

7. 최판관이 생사부에 두 획을 그어 당태종의 명을 십년 연장시킨다.

8. 冥府를 구경하게 된 황제는 인간세상에서 잘못을 저지른 사람들은 벌을 받고, 인덕을 쌓은 사람들은 극락세계로 가는 것을 보게 된다.

9. 인간세계로 돌아간 당태종은 십전명왕이 부탁한 사과와 수박을 지옥에 보내기 위해서 자처하여 죽으려는 사람을 찾는다. 리춘영이라는 사람이 아내 한씨가 죽자 세상에 살고 싶은 마음이 사라져 자처하여 죽으려고 한다.

10. 십전명왕은 사연을 듣고 처 한씨와 만나게 한다. 십전명왕은 춘영의 壽限이 다하지 않음을 알고 본인의 육신으로 회생하게 하고, 한씨는 창원공주의 육신으로 회생하게 한다.

11. 리춘영은 한씨와 결혼하고 부자가 다시 상봉한다.

12. 황제는 조서를 내려 불전공양을 지성으로 하고 장생이라는 사람을 찾게 하여 지부에서 진 빚을 갚는다.

13. 염왕의 말대로 설법대사인 홍닌대사를 찾고 홍닌대사의 제자 형산을 시켜 설법하게 한다. 남해관음이 거지의 모습으로 나타나서 황제의 마음을 시험한다.

14. 홍닌대사의 불명을 바꾸어 삼장법사라 하고 서역국에 보내여 팔만대장경을 가져 오게 한다. 태산에 이르러 바위에 500년 동안 갇힌 손오공을 구해주고, 한 곳에 이르러 사승과 저팔계를 제자삼고, 백룡이 변하여 백마가 되고, 서천으로 행하여 갈 때 81난을 겪고 서역에 도착하여 팔만대장경을 가져온다.

15. 황제가 불법을 천하에 반포하고, 삼장법사와 제자들은 서역에 가
서 신불이 되었다.

「당태종전」은 크게 세 가지 내용으로 나눌 수 있는데, 첫째는 당태
종이 地府에 들어가서 보는 여러 가지 상황들을 통하여 인과응보의 정
황을 보여주는 4~8에 해당하는 내용이다. 둘째는 리춘영이라는 민간
인이 죽음을 자처하여 지부에 들어가서 처 한씨와 상봉하여 인간 세
상에 다시 부활하는 9~11에 해당하는 부분이다. 셋째는 12~15까지
의 내용으로 인과응보의 실상을 파악한 당태종이 깨달음을 얻고, 인간
세계에서 팔만대장경을 구하고 불법을 세상에 반포하는 설법과정의
내용이다. 1~4단락은 당태종이 명부에 들어가게 된 계기를 말해주는
배경적 역할을 감당한다. 김기동은 불교사상이 두드러지게 나타난 작
품으로서 「南炎浮洲志」·「江都夢遊錄」·「洛陽三士記」·「九雲夢」·「香娘
傳」과 아울러 「당태종전」에 대해 언급한 바 있다.[55] 「당태종전」은 불
교의 因果應報와 來世觀, 循環論 사상에 기반을 둔 작품이며 불교전파
의 목적을 갖고 있는 작품이라고 했다.

「당태종전」은 불교의 윤리학에 바탕을 두고 선과 악의 善惡因果說
즉 應報說을 강조하고 있다. 인간세계에서 선한 일을 한 사람에게는
복을 누리게 하고 악한 일을 한 사람에게는 형벌을 가하는 應報의 구
분을 확실하게 규정하고 있다.

불교에서는 윤리 도덕적 행위의 성질에 대해서만 선악을 논할 뿐
아니라 일체 제법의 성질, 그 가치성을 판단함에 있어서도 선악의 규
범으로써 논하는데 그 규범의 구체적인 것이 소위 3性說 즉 善·惡·

55) 김기동, 『국문학상의 불교사상연구』, 진명문화사, 1973.

無記說이다. 선은 그 性이 安穩하여 可愛의 결과인 解脫涅槃을 초래할
것을 말하는 것이고, 악은 이와 반대로 그 性이 不安穩하여 不可愛의
결과인 惡趣苦를 초래하는 것을 뜻하며, 無記는 '若法與彼二法相違故로
名無記'라든가, '非前二業이라 立無記名하나니 不可記有善不善이니라'라
고 한 것 등과 같이 선도 아니고 악도 아닌 것을 말한다. 선과 악에는
각각 勝義·自性·相應·等起 의 4種이 있는데, 이런 선과 악의 윤리적
행위가 발동되는 始源을 보면 본능적이고 후천적임을 막론하고 정신
과 육체상으로 볼 때 대체로 정신상에 있는 것이다. 여기서 또 善心所
와 惡心所로 구분되는데 대체적으로 선의 心所로서 大善地法에 信·不
放逸·輕安·捨·慚·愧·無貪口·無瞋·不害·勤의 10종이 있고, 악의
심소로서 大不善地法에 無慚·無愧의 2종과 大煩惱地法에 癡·放逸·懈
怠·不信·惛沈·掉의 6종과 小煩惱地法에 忿·覆·慳·嫉·恨·憍·
害·諂·慳·誑 의 10종이 있다고 한다.[56]

　이러한 선과 악의 구별은 다양한데 「당태종전」에서는 형벌장소마다
악행에 관한 죄목을 나열하고 거기에 따른 죗값을 치르는 장면이 나
오고 선행을 일삼아온 데에 대해서는 후한 대접을 받는 선악응보의
내용을 자세히 다루고 있다. 당태종이 지부에 들어가서 목격하게 되는
선악응보의 내용을 보면 대체적으로 다음과 같다.[57]

　　<가> 흔 곳에 다다르니 수운이 참담ᄒᆞ고 비풍이 습습ᄒᆞᆫ딕 여러 디옥
　이 버려잇고 무슈흔 죄인을 형벌ᄒᆞ이 혹 스롬의 빅를 갈ᄂᆞ 창ᄌᆞ를 집어
　ᄂᆞ니 류혈이 낭ᄌᆞᄒᆞ거늘 황뎨 문왈: "뎌 죄인은 무슴 죄를 지어관딕 뎌

---

56) 이외에도 唯識에서는 선의 심소로서 11종, 악의 심소로서 번뇌의 6종, 隨煩惱의 20종
　　이 각각 있다고 한다.(김동화,『불교윤리학』, 雷虛佛敎學術院, 2001, 313~323면 참조)
57) 「당태종전」(인천대학 민족문화연구소, 『활자본 고소설전집』 2, 은하출판사, 1983.),
　　422~426면. (이하 작품 인용은 작품명과 해당 면만 밝히기로 함.)

리 ᄒᆞ나요” 판관 왈: “져 ᄉᆞᄅᆞᆷ은 인간에 잇슬 제 의슐ᄒᆞ야 ᄉᆞᄅᆞᆷ의 병을 보ᄆᆡ 그 병인의 안히를 통간ᄒᆞ야 병인을 죽게홈이 비록 졔 죽인 거슨 아니나 원졍긔죄ᄒᆞ면 살인홈으로 동죄라 이러홈으로 져러ᄒᆞᆫ 형벌을 밧ᄂᆞ이다.”

<나> ᄯᅩ ᄒᆞᆫ 곳에 다ᄃᆞ르니 여러 ᄉᆞᄅᆞᆷ들을 큰 ᄀᆞ마에 ᄉᆞᆯ무며 큰 안반을 놋코 약물을 ᄲᅢ리여 살녓다가 ᄯᅩ 죽이며 참혹ᄒᆞᆫ 형벌을 ᄒᆡᆼᄒᆞ니 황뎨 문왈: “져 죄인은 무삼 죄로 져리ᄒᆞᄂᆞ뇨” 판관이 “져 사ᄅᆞᆷ들은 셰상에 잇슬제 벼살을 홈이 츙량을 모히ᄒᆞ고 량민을 살육ᄒᆞ며 님군을 그른ᄃᆡ로 가게ᄒᆞ며 현인을 멀니ᄒᆞ고 소인을 갓가이ᄒᆞ며 지물을 탐ᄒᆞ고 불의지ᄉᆞ를 만이 ᄒᆡᆼᄒᆞ얏기로 이런 고초를 격고 녀러겁이 지ᄂᆞ도록 셰상에 싱환치 못ᄒᆞᄂᆞ이다.”

<다> 황졔 문왈: “져 죄인은 무삼 죄로 져리 ᄒᆞ나뇨” 판관 왈: “져 사ᄅᆞᆷ은 셰상에 잇슬 ᄯᅢ에 남의 험담ᄒᆞ기를 조히 여기며 남의 업는 허물을 지어내야 리간ᄒᆞ기를 잘ᄒᆞ고 남의 착ᄒᆞᆫ 일을 감초고 져근 허물을 지어ᄂᆡ야 남을 음히ᄒᆞ기로 이러ᄒᆞᆫ 형벌을 밧ᄂᆞ이다.”

<라> ᄯᅩ ᄒᆞᆫ 곳에 이르니 젼곡과 음식을 싸하놋코 ᄒᆞᆫ ᄉᆞᄅᆞᆷ이 몸이 열아름은 ᄒᆞ고 입이 젹기가 바늘구멍만ᄒᆞ야 음식을 먹고자 ᄒᆞ나 입이 젹어 못먹고 이를 무슈이 쓰며 방황실조ᄒᆞ거날 황뎨 무러 갈오ᄉᆞᄃᆡ: “져 사ᄅᆞᆷ은 엇지ᄒᆞ야 져러ᄒᆞ뇨” 판관이 엿ᄌᆞ와 갈오ᄃᆡ: “져 ᄉᆞᄅᆞᆷ은 셰상에 잇슬 제 아젼이 되어 ᄇᆡᆨ셩의 부셰를 바듬이 져근 말노 쥬고 큰 말노 바드며 형벌을 혹독히 ᄒᆞ야 ᄇᆡᆨ셩의 뇌물을 바다 욕심을 치우니 이럼으로 디부에 들어와 져러ᄒᆞᆫ 죄를 밧ᄂᆞ이다.”

<마> ᄯᅩ 여러 디옥에 혹 ᄉᆞᄅᆞᆷ을 칼노 ᄶᅵ르며 혹 도쳐로 치는 ᄃᆡ도 잇스며 혹 ᄉᆞ굴이 일신을 무려 혈육이 미란ᄒᆞ야 독창이 되야 신음ᄒᆞ는 소ᄅᆡ에 죠녹지셩이 하날에 ᄉᆞᄆᆞ치니 참불인견이러라. 황뎨 그 연고를 무르시니 판관이 ᄃᆡ답ᄒᆞ야 갈오ᄃᆡ: “져 ᄉᆞ람들은 셰상에 잇슬 제 탐남무

도ㅎ고 남을 모히ㅎ며 남의 혼인을 리간ㅎ며 남의 직물을 모손케 ㅎ며 남의 골육을 리간ㅎ기를 조화ㅎ기로 이러흔 앙화를 밧ᄂ이다."

<바> 또 흔 곳에 일으니 철셩이 외외ㅎ고 흑뮈 창텬흔딕 무수흔 귀 졸이 심히 만흔지라 다 ᄀㅣ머리에 귀신의 얼골이요 몸이 푸르고 터럭이 붉그며 눈이 푸른 즈도 잇스니 혹 창검도 들고 혹 쥬쟝도 들며 혹 궁시 와 병긔도 가지고 문 좌우젼후에 안지며 혹 셧스니 상뫼 흉악ㅎ며 검극 이 셜이 ᄀㅈ튼지라 판관이 문직흰 귀졸다려 드러ᄀㅣ기를 쳥흔딕 곳 문를 열거늘 샹과 홈게 드러가보니 무수흔 남녀죄인을 혹 허믈도 벗기며 혹 눈도 ᄲᅦ히며 혹 불로지지며 혹 쇠꼬치로 쑤시며 온갖 형별을 다ᄒ니 초 독지셩이 진동ㅎ는지라 황톄 문왈: "져 죄인들은 무슴 죄로 져런 고초 를 밧는요" 판관이 "져 사룸들은 인간에 잇슬 제 일일 부모의게 불효ㅎ 며 동긔간 불목ㅎ며 직물만 중히 아라 텬륜을 모르는 놈, 간음ㅎ고 스특 ㅎ야 삼종지의 모로ᄂ 연, 중변노와 취리ㅎ야 남의 가산 집탈흔 놈들이 이런 죄을 밧고 앙급ᄌ손ㅎᄂ이ᄃ"

<사> 그 곳을 다 지내고 또 흔 곳을 다다르니 문에 써쓰되 오국지문 이라 하얏거날 그안에 수십 인이 철상 우해 칼을 쓰고 안ᄌ는딕 무수흔 귀졸들이 빅ᄀ지로 독흔 형별을 ᄀㅈ쵸와 하로 낫ᄌ로 살녀다ᄀ 쳔번을 죽이니 그 죄인이 불승고초ㅎ거늘 황톄 문왈: "져 스룸들은 무슴 죄를 지엿관대 져 고쵸를 밧ᄂ요" 판관왈: "이는 다 력딕에 불츙ㅎ야 님군을 그른 도로써 셤기며 나라를 망케 ㅎ는 오국지신이라"ㅎ더라. ᄎ쳥하문 ㅎ라.

<아> 차셜 황톄 그런 디옥을 다 구경ㅎ시고 나오시다가 흔 곳을 바 라보시니 셔긔이이ㅎ고 향풍이 진진ㅎ며 션악이 ᄌ아진 가온대 여러 사 룸이 혹 치교도리며 당번과 보빅를 밧치고 무수흔 션관이 옹위ㅎ야 가 거날 황톄 무러 굴이ᄉᄃ: "져런 스룸은 인셰에 무슴 젹션을 ㅎ야 져딕 지 위의 거록ㅎ고" 판관이 엿ᄌ오딕: "져 사룸들은 셰상에 잇슬 쩍에 님 군를 츙셩으로 셤겨 나라를 틱슨박셕갓치ㅎ고 어버이를 지효로 셤기며 형졔를 무익ㅎ고 불샹흔 사룸을 구졔ㅎ며 직물을 만이 헛터 빈곤흔 스

롬을 구제ᄒ며 흉년지세를 만나 류리ᄒ는 ᄉ룸을 건지니 그 음덕을 입어 싱환츌세ᄒᆫ 지 만흔지라 이러홈으로 일홈이 션적에 치부ᄒ야 몸이 션관되야 츌입녜좌ᄒ며 금졍옥익을 먹어 여련농슈ᄒ고 샹계에 쾌락을 누리ᄂ니다"

<자> 또 그 뒤에 무슈ᄒ 즁과 거ᄉ를 금연을 틱와 가거늘 황졔 무르신딕 판관이 엿자와 갈오딕: "그즁은 셰상에 잇슬 졔 불음불탐ᄒ며 불경을 지셩으로 공부ᄒ야 주주야야로 염불ᄒ기를 지셩으로 ᄒ고 부쳐게 공양을 만히 ᄒ며 또흔 져의 부모을 위ᄒ야 쳔변슈륙을 만히 ᄒ며 굼ᄂᆫ ᄉ룸 밥을 주고 홀버슨 나를 옷슬 주며 흥상 션심을 일습아 슴힝공뷔 완연히 도셩넘립ᄒᄋᆻ기로 후셰에 몸이 귀히 되야 황후의 작록을 바다 빅년을 안락ᄒ다가 현상으로 올ᄂ가 신션이 되고 빅자쳔손이 딕딕로 영귀ᄒ야 과분양의 힝락을 누리압고 녀인은 황후왕비되야 영화를 즁신토록 누리다가 또흔 현상으로 올나가 션녜되ᄂ니이다"

<차> 황졔 쳥과에 긔연이 장탄ᄒ시고 갈오ᄉᆞ딕 셰상ᄉ룸의 션악이 목젼에 보응홈이 이럿틋 소소ᄒ야 여차 헌져ᄒ니 엇지 두렵고 샹쾌치 아니리요 ᄒ시며 갈오ᄉᆞ딕: "셕일에 한 쇼렬황졔 후쥬에게 유언ᄒ야 갈오딕 악홈이 젹다ᄒ고 ᄒ지 말며 션홈이 젹다 말고 아니치 말ᄂ ᄒ야 게시니 이 말삼이 죡히 써 거울갓도다. ᄉ룸이 션악이 마음을 짜라 응홈이 그림직 얼골을 짜름 갓고 산곡에 소릭 응홈과 갓튼지라 엇지 압실지ᄂᆡ와 조차지간이라도 가히 명심ᄒ야 몹쓸 일을 삼가지 ᄋᆞ니리요"ᄒ시고 희허장탄ᄒ심을 마지아니ᄒ시니 판관이 갈오딕: "셰샹사룸이 극히 어리셕고 또 미혹ᄒ며 범과ᄒ는 직 만삽기로 ᄋᆡ달민망홈이 측양업ᄂ이다"ᄒ거늘

<카> 황졔 미소ᄒ시고 판관으로 더부러 한담ᄒ시며 흔가지로 힝ᄒ야 흔 뫼흘 너머가시더니 이곳은 졍히 무변딕히라 슈즁에 큰 뫼히 잇스니 일홈은 셜피산이러라 그 장려홈을 보시고 황졔 무러갈오딕 : "져 뫼히 엇지 져딕지 놉고 굉장ᄒ뇨" 판관이 쥬왈: "져 산일홈은 셜피산이요 그 산즁에 흔 신션셰계 잇스니 명왈 무간셰계라 져 셰계를 보고ᄌ ᄒ올진

딕 무흔 어진 덕을 닥가야 가히 보느이다. 황상은 그만 도라가수이다"ᄒ
고 흐ᄀ지로 십리는 가더니

위의 내용에서 악행에 관련된 사연을 분석해보면 다음과 같다.
<가>를 보면 醫師가 환자의 아내와 간통하여 환자를 죽게 방치해두는
죄로서 배를 가르는 형벌을 받게 된다. 이 사람의 악행을 보면 다른
사람의 아내를 貪한 죄라고 할 수 있다. 아내와 간통한 것은 婬한 것이
고, 비록 본인이 죽인 것은 아니지만 환자를 죽게 방치해둔 것은 殺人
罪와 동일하다고 했다. <나>는 벼슬을 하면서 충신들을 모해하고 양
민을 죽이고 왕을 그릇되게 하고 현인을 멀리하면서 소인을 가까이하
고 재물을 탐하고 불의지사를 많이 한 죄로 큰 가마에 넣고 삶으면서
죽였다가 다시 살리는 형벌을 가한다. 충신들을 모해하고 양민을 죽이
고 왕을 그릇되게 하는 것은 他有情에 대하여 悲潛이 없이 損惱함으로
써 不害를 하지 않고 남을 逼迫하는 害罪에 해당하며, 재물을 탐하는
것은 역시 貪慾과 관련되며 소인을 가까이 하고 불의지사를 많이 한
것은 暴惡의 사람과 惡德을 행하고 愧를 장애하여 악행을 일삼는 無愧
로 볼 수 있고, 賢者를 輕拒하는 無慚이다. <다>는 다른 사람을 험담하
고 이간질하며 착한 일을 감추고 허물을 지어내면서 음해하여 죄를
받는다. 이는 남을 詭詐함으로써 진실을 방해하여 不正한 생활을 하는
誑이라고 볼 수 있다. <라>는 관리가 되어 백성의 부세를 많이 받고
형벌을 가혹하게 하고 뇌물을 받아 욕심을 채운 죄로 지부에서 그 욕
심을 반성시키고자 입을 바늘구멍 만하게 만들어 飮食을 못하게 한다.
우주간의 일체제법에 대한 染著心으로 無貪의 선근을 지탱한 貪과 많
은 뇌물을 받고 욕심을 많이 채우며 베풀지 않는 행위는 남에게 惠捨

할 줄을 모르고 隱藏・吝惜한 慳에 해당한다. <마>는 인간 세상에 있을 때 탐낭무도하고 타인을 모해하며 혼인과 골육지간을 이간하고, 타인의 재물을 훼손하는 죄이다. 이것은 <다>의 誑과 비슷하고 名利獲得에 腐心하는 동시에 남의 富貴榮達을 투기함으로 타인을 질투하는 嫉라고 볼 수 있다. <바>는 부모에게 불효하고 동기간에 불목하며 재물만 중히 여기고 천륜을 모르며, 간음하고 사특하여 삼종지의를 모르는 사람, 타인의 가산을 집탈한 사람으로 나누고 있다. 불효하고 다른 사람을 핍박하여 재산을 약탈한 不孝와 害의 心所라고 볼 수 있다. <사>는 불충하여 군주를 그른 도로 섬기고 나라를 망하게 하는 오국지신으로 善法을 毁犯하게 되는 것을 업용으로 하는 不正知와 正定을 장애하여 惡慧를 나타내는 散亂의 惡心所에 해당한다. <아>부터는 위와 반대로 살면서 적선한 사람들이 복과 쾌락을 누리는 應報이다. 군주를 충성으로 섬기고 부모에게 효도하며 불상한 사람을 구제하고 빈곤한 사람들에게 재물을 나누어주는 등 행위를 일삼는 사람들이고, <자>는 불음불탐하고 불경과 염불을 지성으로 하고 부처에게 공양을 많이 하며, 다른 사람을 구제하는 등의 선행을 하는 사람들이 신선이 되어 대대로 부귀영화를 누리고 있다. <아>와 <자>는 악행을 멀리하고 선행을 일삼는 사람들로, 實有를 깊이 信忍하고, 有德을 깊이 信樂하며 有能을 깊이 信欲하여, 마음을 깨끗하게 함으로 不信을 對治하고 선을 樂으로 하는 것을 본업으로 하는 믿음과, 부지런하고 修善斷惡에 勇悍한 精進, 타인에게 해를 주지 않는 不害, 탐욕을 멀리하는 無念과 暴惡과 惡法을 경거하는 愧, 諸法의 理事를 명확히 이해하여 不迷하는 無癡 등으로 분석할 수 있다.

<가>~<사>가 악행을 일삼는 사람들이 명부에서 죄를 받는 자들

이라면 <아>와 <자>는 선행을 일삼아 복을 누리는 사람들로 분류된다. 이 부분에서는 권선징악이라는 주제를 강력히 부각시켜 악행자의 파멸을 막고 종교적 구원의식을 고양하는 의미가 있음을 염두에 둘 필요가 있다. <차>는 당태종이 죄와 선에 대한 보응을 통하여 覺悟하는 대목이고, <카>는 설피산이라고 하는 곳에 신선세계가 있는데 무간세계라 칭한다. 이른바 무한한 덕을 쌓아야 가는 불교에서의 극락세계인 것이다. 각오는 불교의 근본인 깨달음인 것이다. 불이란 원래 깨달은 사람을 가리키는 것이다. 澄觀은 『大華嚴經略策』에서 다음과 같이 말하고 있다.

> 무릇 진실의 근원은 둘이 아니고, 미묘한 뜻은 항상 고르나, 다만 미혹되고 깨달음이 같지 않으므로 중생과 부처가 있게 되는 것이다. 진실에 미혹하여 망념을 일으키면 임시로 중생이라고 부르고, 망념임을 체득하면 곧 진실이므로 부처라 칭한다.[58]

여기에서 보면 중생과 부처의 차이는 미혹과 깨달음의 차이로 볼 수 있는데 三藏十二部의 경전과 팔만 사천 법문이라 불리는 불교의 결론적인 출발점과 귀결점은 모두 깨달음이다.[59] 당태종이 본 죄인들에게 형벌을 가하는 사람들은 모두 미혹된 사람들이라 할 수 있다. 「당태종전」에서는 당태종이 인간세계로 돌아갈 때 미혹하는 두 번의 과정이 있다.

> <가> 문득 일인이 잇셔 몸에 누른 옷슬 입고 머리에 누른 관을 쓰고 로변에 흔가히 안즈다가 황뎨을 보고 크게 깃거ᄒᆞ야 갈오듸; "나ᄂᆞᆫ 인

58) 賴永海 지음, 박영록 옮김, 『중국불교문화론』, 동국대학교출판부, 2006, 177면.
59) 賴永海 지음, 박영록 옮김, 위의 책, 168~169면.

간으로 가더니 졍히 동힝이 업셔 한탄ㅎ던 바에 다힝이 그 딕를 만나니
모롬이 혼가지로 힝흠이 엇더ㅎ뇨"ㅎ고 날을 짜라오라 ㅎ거늘 틱종이
판관의 일으던 말을 싱각ㅎ시고 공경대왈: "너 쏘혼 인간길노 가다가
다른 대 단녀 가고져 ㅎ느니" … … 믄득 그 비암이 소리를 벽력갓치 질
너 황뎨를 부르다가 탄식ㅎ야 갈오대: "져 스룸을 다려다가 하느히 오
빅년씩 느호드면 내몸이 환츌인도홈이 쉬을가 ㅎ얏더니 이졔는 속졀업
시 너 홀노 일쳔 년을 지니게 되얏스니 이를 장차 엇지ㅎ리요"ㅎ며 슬
피통곡ㅎ며 가느지라[60]

<나> 혼 곳에 다다라느 큰 스장이 잇고 쏘혼 거록혼 졍ㅈ 잇느대 긔
골이 쥰슈ㅎ고 풍신이 현거로운 무스드리잇셔 혹 활도 쏘며 풍류를 나
아오며 가셩이 요량ㅎ야 졍히 비반이 낭ㅈ혼지라 틱종의 지나ㄱ심을 보
고 손을 드러 불너 갈오대: "져긔 가시느 진 모로거니와 잠신 드러오스
혼즌 슐노 졍을 밋고 그윽혼 졍회를 펴고자ㅎ노라"ㅎ고 간졀이 쳥ㅎ거
날 틱종이 마음에 고히여겨 ㅈ셔이 슬펴보시니 이는 사룸이 아니요 모
도 어린 긴비암이라 이왕에 최판관의 일으던 말을 싱각ㅎ시고 크게 의
심이 발ㅎ사 일언을 대답지 아니ㅎ시고 힝도를 급히ㅎ야 힝ㅎ야[61]

<가>는 한 사람이 당태종을 불러 인간세계로 가는 길로 안내하겠
다고 유인하는 내용이다. 당태종은 최판관이 인간세계로 돌아갈 때 당
부하던 말이 떠올라 거절한다. <나>는 맛있는 음식과 술을 차려놓고
당태종을 유인하여 같이 회포를 풀자고 하는데 당태종은 역시 거절한
다. 두 번의 미혹과정을 거쳐 당태종은 드디어 인간세계로 돌아가는데
심적 난관인 迷惑을 물리치는 한 단계를 스스로 해결하였다. 또 당태
종이 인간세계로 돌아가서 불전을 공양하고 불법을 널리 전파할 때
신선인 남해관음이 걸승의 형상으로 나타나 당태종과 홍닌대사를 시

---

60) 「당태종전」, 432면.
61) 「당태종전」, 433면.

험한다.[62] 불교에 대한 정성과 설법하는 홍닌대사의 도덕을 시험하면서 2차 테스트가 끝난다. <가>와 <나>는 미혹에 빠지지 말라고 경고하는 메시지를 전해주는 동시에 가난한 사람과 굶주린 사람들을 위해 자비를 베풀고 불전을 성심으로 공양하고 도덕을 쌓는 부처가 되는 길을 보여주는 대목이다.

불교에서 윤회와 재생인연이라는 윤리로 「당태종전」에서는 사랑으로 승화시키면서 주인공의 현실해탈과 자비를 통한 재생인연을 강조한다.

이른바 인간이 사랑에 빠지는 요인을 분석한 이론 중 최근에 가장 그럴듯한 이론은 '통제 소재'(Lotus of Control)라고 하는 인성차원을 제시하고 있다. 인성심리학자인 로터(Rotter, 1966)에 의하면 통제 소재라는 인성 차원은 인과 기제로서의 개인적 능력에 대한 기대를 가리킨다. 인간은 내적으로 통제된다고 생각하는 사람과 외적으로 통제된다고 생각하는 사람으로 구분된다는 것이다. 내적으로 통제되는 사람은 자신에게 일어나는 일들이 자신의 통제 하에 있다고 보는 경향이 있다. 쉽게 말해서 그들은 자신이 자기 운명의 사령관이라고 생각한다. 반면에, 외적으로 통제되는 사람들은 자신에게 일어나는 사건이 자신의 통제권 밖에 있다고 생각하며, 행운이나 운명 또는 보다 강력한 타인들에 의해 좌우된다고 보는 경향이 있다.[63]

---

62) 그 중이 대왈: "소승은 본대 류리걸승이옵더니 금일 불공에 구경도ᄒᆞ고 오리 쥬리든 장복을 치오고즈ᄒᆞ와 이러트시 당돌ᄒᆞᆷ을 무릅쓰고 올나 왓소오니 원컨대 일시 비불니 먹이심을 바라ᄂᆞ이다."ᄒᆞ거늘 홍닌대ᄉᆞ 울어러 그 형상을 ᄌᆞ셰보니 비록 추비악심ᄒᆞᄂᆞ ᄌᆞ비지심이 잇는 고로 불샹이 녀겨 쥬츈을 셩비ᄒᆞ야 나오니 그 중이 먹는거슨 엇스나 다만 음식이 경각에 업는지라 쏘 음식을 더 먹고자 쳥ᄒᆞ니 디시 더욱 풍비ᄒᆞ게 차려나오니 순식간에 먹고 못지아니ᄒᆞᄂᆞᆫ 말을 ᄒᆞ야(「당태종전」, 448면.)

63) 로버트 스턴버그 외 편, 고선주 외 역, 『사랑의 심리학』, 하우, 1994, 72~82면.

「당태종전」에 나오는 리춘영이라는 남성은 사랑을 외적으로 통제된다고 생각하는 경향이 강하게 드러나면서 이별의 슬픔과 고통을 스스로 이겨내지 못하고 현실을 회피하려는 태도로 죽음을 선택하게 된다. 사랑이 떠난 현실 앞에서 어쩔 수 없는 무능한 사람으로 보이기도 하는데, 반면에 이러한 슬픔과 고통은 사랑에 대한 절실한 그리움으로 부각되어 타인으로부터 동정을 받는 대상이 되기도 한다. 그의 죽음은 이별의 슬픔을 이기지 못한 현실해탈의 결과라고 할 수 있다.

당태종은 지옥에 갔을 때 십전명왕의 부탁으로 사과와 수박을 가져다 주기로 했다. 지옥에 가져가려면 누군가 죽어야 그를 통해 가져갈 수 있다. 이에 당태종은 죽고 싶은 사람은 천금을 주겠다며 공고문을 붙이자 이에 자처하여 죽으려는 리춘영이라는 한 남성이 있었다.

> 추시 경셩 숨십리 밧게 흔 스룸이 잇스니 셩은 리요 명은 츈영이라 근본이 명공후에로 여러ᄃᆡ 벼슬 못ᄒᆞ고 농업을 일솜아 가산이 부요ᄒᆞ고 나히 이십이요 무ᄐᆞ형뎨ᄒᆞ고 존당이 구몰ᄒᆞ고 다만 어린ᄌᆞ식 ᄒᆞ나뿐이니 텬셩이 공검졍직ᄒᆞ고 ᄯᅩ흔 인후ᄒᆞ니 원근향인이 칭찬 아니리 업더라 기쳐ᄂᆞᆫ 한씨니 ᄯᅩ흔 졍품이 유한졍졍ᄒᆞ고 유순공검ᄒᆞ며 부뷔 샹ᄃᆡ여빈ᄒᆞ며 가되 가장 법되여셔 부뷔화목ᄒᆞ야 셰월을 물결갓치 보내더니 일일은 한씨 홀년 병이 드러 죽음이 츈녕이 홀노 슬히 통곡ᄒᆞ기를 마지아니ᄒᆞ고 의구를 갓쵸와 션녕에 안장ᄒᆞ고 고독히 지ᄂᆡ니 ᄌᆞ식은 어미를 찻고 주야로 호곡ᄒᆞ니 그 형상이 춤 불인견이라 츈녕이 비록 관홍흔 마음이나 이 형샹을 더욱 슬허 셰샹에 슬고싶은 마음이 업ᄂᆞᆫ지라 항상 부모ᄋᆞᄌᆞ의 졍리를 싱각고 음식이 목에 나리지 아니ᄒᆞ고 만ᄉᆞ에 뜻시 엇셔 남보기에 실셩흔 듯ᄒᆞ나 츈영의 ᄋᆞᄌᆞ흔 마음이 엇지 텬륜에 그르다ᄒᆞ리요 이리 탄식ᄒᆞ고 날을 보내더니 쳔만의외에 이 쇼문을 듯고 셩문에 방을 본후 ᄌᆞ현ᄒᆞ야 죽고져 ᄒᆞ니 하회 엇지된고 아릭를 썩남ᄒᆞ라[64]

리춘영은 결혼하여 처자를 두고 있었는데 처 한씨의 갑작스런 죽음으로 슬픈 나날을 보내게 된다. 너무도 사랑했던 한씨가 어린 자식을 두고 떠나간 것은 그에게는 큰 충격으로 다가왔다. 매일 슬퍼하며 세상을 살아간 용기가 없던 리춘영은 당태종의 공고문을 보고 죽으려고 결심한다. 리춘영이 자처한 죽음은 사랑을 위한 죽음이고 몸부림이었다. 로버트 스턴버그는 사랑의 세 가지 요소로 친밀감, 열정, 결심/헌신(책임)을 들고 그 요소들의 결합관계에 따라 사랑의 유형으로 여섯 가지를 제시한 바 있다. 친밀감 요소만 있는 경우를 '좋아함'이라고 하였고, 열정요소만 있는 경우를 '도취성 사랑'이라고 하였으며, 결심/헌신 요소만이 있는 경우를 '공허한 사랑'이라고 하였다. 그리고 친밀감과 열정요소가 결합된 사랑을 '낭만적 사랑'이라고 하였고, 친밀감과 헌신요소가 결합된 경우를 '우애적 사랑', 열정과 헌신요소의 결합을 '얼빠진 사랑'이라고 하였다. 끝으로 친밀감과 열정과 헌신요소의 결합의 형태를 '성숙한 사랑'이라고 하였다.[65] 여기에서 보면 리춘영 부부의 사랑은 결혼에 이르기까지 '성숙한 사랑'이라고 할 수 있다. '낭만적 사랑'에서 결혼까지 결심하여 남부럽지 않게 살아가던 이들은 항상 주위사람들한테 칭찬을 받는 존재였다. 하지만 한씨가 떠난 이후부터는 이들의 사랑은 낭만(낭만적 사랑)을 잃게 된다. 이른바 결심과 헌신만을 남겨둔 '공허한 사랑'만 남게 된다.

리춘영은 죽기로 결심하고 인생을 포기하고 지옥에 들어간다. 이들의 사연을 듣게 된 십전명왕은 지옥에 있는 한씨의 혼을 불러 서로 만나게 한다. 다시 상봉하게 된 부부는 기쁨을 금치 못한다.[66] 춘영의

---

65) 로버트 스턴버그 외 편, 고선주 외 역, 앞의 책, 72~82면.
66) 부뷔 셔로 붓들고 일희일비ᄒᆞ야 셔로 통곡ᄒᆞ며 반기ᄂᆞᆫ 형상이 가히 방인으로 ᄒᆞ야금 ᄎᆞ마 보지 못ᄒᆞᆯ니라.(「당태종전」, 439면.)

헌신으로 이들은 다시 만나게 되고, 지고지순한 이들의 사랑은 염라대왕도 감동시키게 된다. 죽음이라는 우주적 질서에 대한 해답이 신화적 복귀로 결집되던 상징형식과 함께, 불교의 정신에 입각한 윤회환생 방식은 종교적 인과응보사상을 작품에 직접 반영하며 하나의 유형으로 자리하게 되었다.[67] 「왕랑반혼전」과 같은 경우는 인생에서 저지른 죄과를 피할 수 없었던 주인공이 그 업보로 말미암아 죽음을 당했지만, 윤회에 의한 환생을 통하여 새로운 삶을 다시 살아가게 된다는 방식을 취하고 있지만, 「당태종전」에 나오는 춘영은 고통스런 현실을 극복하는 방편으로 죽음을 택하는 경우이다. 그의 죽음은 사랑의 상처를 견디지 못하는 因에서 발생하여 명왕의 도움으로 부부가 인간세상에서 再遇하는 果의 결실에 결정적인 작용을 하게 된다. 이것은 인과응보를 통한 윤회재생의 표현이며 이들이 복을 누릴 수 있는 계기가 된다.

「당태종전」의 재생인연은 명부에서의 춘영과 한씨의 만남과 인간세상에 다시 태어나서 복을 누리는 만남으로 귀결시킬 수 있다. 소설에서 '만남'은 여러 가지 의미를 지니면서 스토리 전개에 중요한 역할을 맡게 된다. 주제를 상징하는 의미를 지니는 경우, 단순히 소재적 의미를 지니는 경우, 하나의 무대장치 내지는 장식적 의미의 만남, 세계관적 변화를 도모하기 위한 장치로서의 만남, 생산과 소비 사이의 소통과정에서의 장애를 피하기 위한 작가의 의도를 반영하는 만남 등 다양한 형태의 만남이 있을 수 있다. 리영춘과 한씨의 만남은 남녀 주인공의 사랑도 모든 외계적인 장애를 뛰어넘으려고 하는 '성숙한 사랑'의 양상을 지닐 가능성이 높다고 하겠다. 동양적 순환론을 바탕으로 한 이러한 만남은 독자들에게 신비로운 영적인 체험과 모르고 있

---

67) 김수중, 『한국의 서사문학과 민속』, 보고사, 2013, 104면.

었던 초월적 세계에 대한 호기심을 충족시켜 준다는 장점도 있지만, 결말처리의 단순성으로 인해 독자들에게 단선적인 쾌감만을 줄 우려도 있다.[68]「목시룡전」,「제마무전」,「이계룡전」과 같은 작품들은「당태종전」과 더불어 불교의 재생인연과 윤회설에서 맥락을 같이 한다고 볼 수 있다.[69] 십전명왕의 분부대로 한씨의 처는 창원공주의 육신에 들어가서 재생하게 한다. 십전명왕은 선과 악을 가리는 권력자이다. 불교에서 선과 악을 논한다면 거기에 따른 賞罰을 결정하는 사람은 명왕이다. 리춘영과 한씨의 재생은 남을 깊이 사랑하고 가엾게 여겨서 베푸는 혜택인 불교의 자비관과도 연관시킬 수 있다.

이른바「당태종전」은 佛敎思想에 기반을 두고 당태종을 주인공으로 설정하여 독자들에게 인과응보, 윤회재생의 불교사상을 보여주는 작품이다. 불교에 보이는 罪와 罰 및 功과 賞이 대조적으로 분명하게 나타나면서 불교의 윤리관을 잘 드러내주고 있다. 특히 지옥과 극락의 세계를 생생하게 묘사함으로써 윤리사상을 통하여 勸善懲惡의 효과를 선명하게 보여주고 있다.

고전소설에 나타난 사상성이 三敎思想의 혼합으로 나타나듯이, 권선징악 또한 三敎思想과 모두 관련된다. 중국을 비롯하여 우리나라도 三敎가 서로 유기적 관련을 맺고 있었다. 그리하여 儒敎는 道佛化된 儒敎

---

68) 박태상,『조선조 애정소설 연구』, 태학사, 1996, 129면 참조

69)「목시룡전」,「제마무전」,「이계룡전」,「유씨전」,「남영부주지」등 작품은「당태종전」과 비슷한 맥락을 보여주고 있는데, 모두 지옥에 갔다가 다시 인간세상으로 환생하는 과정과, 미끄러지거나 다리가 끊어지거나 놀라면서 인간세상으로 오는 스토리들은 연관성이 있다. 이외에도『심청전』에서 부처님께 쌀 300석을 주는 내용과 심봉사와 再遇하는 일,『이생규장전』의 이생과 최씨가 인간세상에서 살다가 최씨의 冥壽가 다하여 떠나는 이야기들은 모두 불교에 바탕을 두고 있으며 輪廻再生의 思想을 보여주고 있다.「당태종전」은 輪廻轉生하는 작품으로서 한씨가 창원공주의 육신으로 轉生하는 것이다.

요, 道・佛은 儒教化된 道・佛로서 서로 다른 인생관을 지닌 것 같으면
서도 공통적 인생관을 지닌 것이기도 하다. 이러한 공통적 기반 위에
권선징악이라는 것은 三教에서 모두 중요시했던 개념의 하나였다. 따
라서 권선징악의 주제는 儒・佛・道 사상을 나타낸 고전소설 어디서
나 공통적이다.[70] 이러한 권선징악의 예는 우리 고전소설에서 흔히 찾
아볼 수 있는데 악인 형상인 놀부가 착한 동생인 흥부에게 갖은 냉대
와 악독한 짓을 하다가 개과천선하여 화목하게 사는「흥부전」, 凶女가
능지처참 당하는「장화홍련전」, 악녀 형상을 가진 교씨가 타살되는「사
씨남정기」등등은 모두 악인과 선인의 형상을 대조적으로 부각하면서
악한 자는 벌을 받고 선한 자는 복을 받는다는 권선징악의 사상을 주
입시키고 있다. 복선화음「당태종전」은 총 72면인데 43면부터는 福善
禍淫편이라 하고 38편의 짤막한 효와 덕, 선과 악을 서술한 인물이야
기를 실었는데, 善한 사람은 福을 받고 惡한 사람은 禍를 받는다는 이
치를 담은 인물들의 이야기들을「당태종전」에 이어 또 다시 보여주고
있다. 권선징악의 특징은 소설을 읽는 독자들이 대조적인 인물에 興起
되어 감정개입이 크고 善人의 편에 선다는 것이다. 그것은 소설이 지
닌 독특한 장르적 특성으로 인하여 사람들이 善惡에 쉽게 감흥을 받아
여타의 글보다는 그 효과가 크다고 할 수 있다.

'권선징악'은 문학의 '영원한 주제'로 인간의 역사 그리고 문학이
존속하는 한 더할 데 없는 '최선의 주제'이며,[71] 이른바「당태종전」은
이러한 주제를 계승시키고 勸戒的 의미로 독자들에게 다가간 작품이
라고 할 수 있다. 일제 강점기 시기에 출현한「당태종전」은 압박과 착

---

70) 강재철,『권선징악 이론의 전통과 고전소설』, 인하대학교 박사학위논문, 1993, 146면.
71) 강재철, 위의 논문, 172면.

취의 어려운 환경 속에서도 특히 人性의 敎化에 도움을 준 작품으로
보인다.

제 3 장

전형적인 영웅 인물의
재현과 변모

전형적인 영웅 인물의 재현과 변모

수당 고사 관련 활자본 고소설 가운데 영웅의 형상을 재현하고 있는 작품으로 「설인귀전」과 「설정산실기」가 있다. 이들 소설은 설인귀와 설정산이라는 영웅 주인공을 내세워 요동을 정벌하고 서번을 토벌할 때 드러나는 영웅상을 그리고 있다. 설인귀는 역사적인 인물이고 설정산은 허구로 부각한 인물로써 설인귀와 설정산 두 부자간의 이야기를 東征과 西征을 배경으로 다룬 작품이다.

「설인귀전」은 『삼국지연의』 못지않게 많은 독자를 확보한 소설이다. 「설인귀전」 원전에 관한 논의가 활발히 이루어지면서 일찍이 김태준은 「설인귀전」이 중국소설이라는 점과 군담소설이 「설인귀전」의 영향을 받아 나타났을 것이라는 견해를 다음과 같이 피력한 바 있다.

> 설인귀에 관한 사실은 唐書 혹은 唐書를 부연한 『說唐全傳』에도 있지마는 元曲『合汗衫』, 淸曲『法場換子』 등도 또한 그것이며 또 소설에도 『정동설인귀전』·『정서설인귀전』·『남당설가장연의』·『설당정동전전』 等 書가 명·청 이후에 몹시 유행되었고, 수년전에 남사차타생이 표점한

42회본「설인귀전」도 모두 동종의 書이다. 그런데 조선에서는「설인귀
전」42회는「백포소장 설인귀전」이라는 명칭 하에 번역되고『설가장연
의』와『법장환자』의 사실 같은 것은「설인귀전」권2, 권3속에 들어있다.
…생략…「소대성전」・「장익성전」・「장풍운전」과 같은 군담류가 많이「인
귀전」의 감와에서 벗어나지 못하는 것은 조선의 군담류가「인귀전」과
같은 원형에서 흘러오는 것이 아닌가 한다.[1]

「설인귀전」은 貞觀 말 '遼東征伐'에서 唐將으로 활약한 실존인물인
'薛仁貴'를 그린 작품이다. 설인귀와 관련된 작품들은 중국에서는 宋・
元・明・淸代에 걸쳐 話本, 說唱, 小說 등의 여러 가지 형식으로 전파되
어 왔다. 이러한 인기를 실감하며 조선시대에 이미 국내에 전파되어
읽히고 번역되면서 20세기 초에 활자본의 대거 출현에 힘입어 활자본
「설인귀전」이 출현하게 된다.

「설정산실기」는 남녀의 만남과정에 얽힌 갈등과 결연까지의 우여곡
절을 세밀하게 그림으로써 독자들의 소설적 관심을 불러일으켰다. 남
성을 능가하는 여장군상의 작품에는「황운전」・「홍계월전」・「박씨전」
등이 있고, 이들은「설정산실기」와 함께 여성 독자들의 흥미를 끌었을
것이다. 미혼의 여성이 사랑을 성취함으로써 정체성을 찾고자 하는 것
을 그린 소설이「운영전」이라면 기혼의 여성들의 행위를 그린 것은「위
씨절행록」,「홍계월전」이다. 또「위씨절행록」이 자신의 혈연적인 친연
관계와 자신의 내면적 자각을 통하여 정체성을 탐색하고 있다면,「홍
계월전」은 외향적인 행위를 통하여 탐색하고 있다. 미혼 여성이 남성
과의 관계를 가까이함으로써 자신의 욕구를 충족시키고 자신의 존재
의미를 찾고자 하는데 반해서, 기혼 여성은 가족으로부터 특히 남편을

---

1) 김태준, 앞의 책, 106~107면.

포함한 시가의 가족으로부터 자신을 분리하여 개체화하여 인식하고자
한다.[2] 「설정산실기」도 여성이 사랑과 혼인의 책임을 지고 실행하려
하고 남성은 최대한 책임을 회피하려는 경향으로 발전하였으며 재주
와 미모를 겸비한 남녀가 혼인을 화두로 갈등을 겪게 되는 영웅소설
의 변이형이다.

3.1 「설인귀전」

3.1.1 「설인귀전」과 『說唐薛家府傳』

薛仁貴(614~683)는 絳州 龍門사람으로 唐代의 名將이다. 太宗 정관말년
에 병사로 가담하여 태종과 고종 두 군주의 武將으로 유명하다. 『舊唐
書』·『新唐書』·『資治通鑑』에 모두 설인귀에 대한 이야기가 전한다. 『新
唐書』를 보면 다음과 같은 기록이 있다.

> 설인귀는 絳州 龍門사람으로 어려서 살림이 빈곤하고 농사를 주업으
> 로 삼았다. 선조의 산소를 옮기려고 할 때 설인귀의 아내 柳氏가 말하기
> 를:"낭군은 세상을 능가할 재능을 갖고 있는 인재로서 시기와 때를 만
> 나야만 재능을 발휘할 수 있습니다. 오늘 천자가 친히 遼東을 정벌하기
> 위해 맹장을 구하고 있는데 이런 기회는 얻기 힘듭니다. 낭군은 이 기회
> 에 이름을 떨쳐 부귀공명을 이룬 다음에 귀향하여 산소를 옮기셔도 늦
> 지 않을 것입니다." 이에 설인귀는 장군 張士貴를 찾아가 정벌에 가담하
> 였다. 安地에 이르러 會郎將 劉君昴가 적들에게 포위되자 설인귀는 포
> 위망을 뚫고 적장을 베어 말안장에 매달았다. 적들은 모두 굴복하고 이
> 로 인하여 이름을 알리게 되었다. 王師가 安市城을 공격하자 고려의 莫

---

2) 김연숙, 앞의 책, 217면 참조.

離支가 파견한 장군 高延壽가 20만 대군을 거느리고 산을 근거지로 주둔하였다. 태종은 여러 장수들에게 여러 갈래로 공격하라고 명하였다. 설인귀는 자신의 용맹을 믿고 공을 세우려고 마음먹었다. 백포를 입고 미늘창을 쥐고 허리에는 궁 2개를 차고 함성을 지르면서 달리니 가는 곳마다 대적할 자가 없었다. 뒤에 군사가 이르니 적들은 분주히 도망갔다. 태종이 이를 보고 사자에게 물었다. "선봉에서 백포를 입은 자는 누구냐?" 사자가 말하기를 "설인귀입니다." 태종은 설인귀를 불러 용맹함을 칭찬하고 금백을 하사한 뒤 유격장군을 봉하였으며 云泉府 果毅의 직책을 주어 北門長上을 통솔하게 하였다. …… 永淳2년(683년) 70세 나이로 졸하였다. 左驍衛大將軍 幽州도독에 봉하고 고향에 장사를 지내게 하였다.3)

柳氏가 설인귀에게 종군을 권유했다는 기록은 『舊唐書』에는 없다. 宋의 朱辯은 『曲洧舊聞』 권9에서 "新唐書에 기재된 일은 舊唐書의 倍로, 모두 小說에서 取한 것들이다. …… 나는 史官들에게 만약 별다른 이야기를 넓히고자 한다면 마땅히 사람들의 이야기를 들은 바를 모아서 기록해야 한다고 말하고 싶다"라고 밝히고 있는데, 처 柳氏가 종군을 권유했다는 기록은 아마도 『新唐書』의 「列傳」을 편찬한 宋祁(998~1061)가 민간에 전해 내려오는 傳承說話를 수집하여 기록한 것으로 여겨진다.4) 설인귀에 대한 고사는 중국 고대 史官들의 문화전통의 영향을 많

---

3) 薛仁貴, 絳州龍門人, 少貧賤, 以田爲業. 將改葬其先, 妻柳曰 : "夫有高世之材, 要須遏時乃發. 今天子自征遼東, 求猛將, 此難得之時, 君蓋圖名以自顯. 富貴還鄉, 葬未晚。"仁貴乃往見將軍張士貴應募. 至安地, 會郎將劉君卬爲賊所圍, 仁貴馳救之, 斬賊將, 系首爲鞍, 賊皆慴伏, 由是知名. 王師攻安市城, 高麗莫離支遣將高延壽率兵二十萬拒戰, 倚山皆屯, 太宗命諸將分擊之. 仁貴恃驍悍, 欲立奇功, 乃著白衣自襟顯, 持戟, 腰鞬兩弓, 呼而馳, 所向披靡 ; 軍乘之, 賊遂奔潰. 帝望見, 遣使馳問 : "先鋒白衣者誰" 曰 : "薛仁貴." 帝召見, 嗟異, 賜金帛, 口馬甚重, 授遊擊將軍・云泉府果毅, 令北門長上. ……永淳二年卒, 年七十. 贈左驍衛大將軍・幽州都督, 官給輿, 護喪還鄉裏. (歐陽修 外, 『新唐書』, 中華書局, 1975, 4143면.)

4) 민혜란, 『설인귀설화 연구』, 전남대 석사학위논문, 1988, 10면 참조.

이 받아 元代에 話本으로 발전하였는데, 그중에서도 戲曲의 비중이 비교적 크다.

중국 문학사에서는 일반적으로 백화소설의 출발점을 송대 화본소설로 간주하였다. 그러나 1879년 敦煌石窟이 발굴되면서 많은 민간 문학 작품 중 唐人 抄本인 『廬山遠公話』·『韓擒虎話本』·『葉淨能話』·『秋胡小說』·『唐太宗入冥記』 등 화본소설이 출현한다.[5] 이로써 화본소설은 더 이른 시기인 唐代에서부터 시작하였음을 증명해준다.

白話를 사용하여 고사를 이야기하는 방식은 민간기예 중 하나인 說話와 밀접한 관계를 가지고 있다. 설화를 행했던 설화인들은 전래되어 오던 고사를 근거로 이야기하였거나 혹은 史傳 기록을 근거로 하여 고사를 이야기하였다. 물론, 이들은 고사를 이야기하면서 나름대로 윤색하거나 개작하여 청중들에게 흥미를 이끌어 내는 등의 발전을 거듭하였다.[6] 이른바 설화인들이 고사를 이야기할 때 쓰던 대본이 화본이다. 이러한 화본은 설화인들의 이야기 각색과 街談巷語를 거쳐 화본소설로 탄생하게 된다. 宋代 설화는 歌唱보다는 講說을 위주로 하여 복잡한 고사를 이야기하는데 중점을 두었다. 說話四家 중 소설만은 틀림없이 講과 唱을 병행하였다.[7] 이른바 화본소설은 歌唱, 說唱, 講唱, 講說문학과 맥락을 같이 한다고 할 수 있다.

『說唐薛家府傳』과 연관이 있는 작품으로 元代의 화본인 『薛仁貴征遼事略』이 있다. 이 화본은 작자미상이고 명대 『文瀾閣書目』 권6 「雜史類」에 가장 먼저 기록되어 있다. 趙萬里가 1950년대에 영국 옥스퍼드대학

5) 박완호, 「돈황 화본소설 연구」1, 『중국인문과학』 제12집, 중국인문학회, 1993, 237면.
6) 박완호, 위의 논문, 239면.
7) 김학주, 『중국문학개론』, 신아사, 1999, 370면.

도서관에 소장중인 『永樂大典』 제5244권 "遼"字韻에 수록되어 있는 것을 촬영하고 校注하여 轉寫한 것이다. 이 책의 줄거리는 다음과 같다.

貞觀 18년 당태종 이세민이 제위에 있었는데 천하가 태평하고 변방 여러 나라들이 조공을 바쳤다. 당시 해외의 高麗國 동쪽으로는 新羅와 伯濟, 龜茲, 危樓 등 네 나라가 있었다. 하루는 태종이 조회를 여는데 백제사신이 당도하여 아뢰기를 遼지방을 지나오다가 요국의 막리지 대장군 葛蘇文에게 잡혀 조공품을 모두 빼앗기고 얼굴에 먹으로 글씨를 새기어 당나라 조정을 조롱했다고 했다. 태종이 듣고 크게 노하여 몸소 대군을 이끌고 遼國(고구려)을 정벌하여 설욕하기로 했다. 출정 전에 태종이 꿈을 꾸었는데 갈소문에게 쫓기다가 홀연 한 백포 소년장수가 나타나 아가를 구하고 갈소문을 격퇴시켰다. 꿈에서 깨어난 후 袁天剛 등의 간언을 받아들여 꿈속의 장수를 얻고자 전국에 방을 내어 의병을 모집했다. 이 때 絳州 龍門縣 사람인 薛仁貴라는 자가 있었는데 가정이 빈한하였지만 무예에 능하고 병법에 통하였다. 그는 絳州 병마총관 張士貴의 의병에 입대하여 요동정벌에 나섰다. 설인귀는 정벌 도중에 程咬金과 馬三寶 등을 도와 적을 물리치는데 온 힘을 다했지만 장사귀가 중간에 공을 모두 가로챘다. 思鄉城을 지날 때 태종이 입성 후에 포위되었다는 말을 듣고 설인귀가 선봉을 서고 이세적이 후원군으로 나서 태종을 포위에서 구출해 냈다. 태종은 이 때 비로소 설인귀를 보고 꿈속에서 만난 백포 소년장수임을 깨닫고 크게 기뻐했다. 설인귀가 葛蘇文을 만나 싸움을 걸었는데 활을 쏘아 갈소문이 달아나니 설인귀가 뒤를 추격하는데 장사귀와 劉君昴가 남몰래 활을 쏘아 인귀를 해치고자 했으나 다행히 왼쪽 팔에 맞았다. 태종은 이 사실을 알고 크게 노하여 劉君昴는 사형에 처하고 장사귀는 섬으로 유배를 보낸다. 이 때 天山射雕王 頡利可罕이 元龍, 元虎, 元鳳 등 세 장수와 삼만명의 군사를 이끌고 요국을 구원하러 와서 唐將과 활쏘기를 겨뤘다. 설인귀는 연속 세발의 화살로 頡利可罕과 元虎, 元鳳을 쏘아죽이고 元龍과 창으로 맞서 천산군을 대패시켰다. 갈소문이 군사를 다시 정돈하여 도전하였으나 모두 패하고 마침내 인귀에게 사로잡혔다. 요국왕이 성을 바치며 항복을 청하고 태종

은 갈소문을 죽이고 요국왕을 고구려국왕에 봉하고 군사를 돌려 돌아갔
다.8)

『薛仁貴征遼事略』은 『舊唐書』 제83권과 『新唐書』 제111권에 보이지
만 이 소설처럼 백제사신이 겁탈당한 이야기나 인귀의 계책으로 바다
를 건넌 일, 요국공주를 심산유곡에서 만난 일, 막리지와의 접전, 장사
귀와 유군묘가 인귀의 공을 갈취한 일 등은 나오지 않는다. 또 兩唐書
의 『張士貴傳』에 기록된 장사귀는 虢國公에 봉해지고 죽은 뒤에 昭陵
에 매장되었으니 섬으로 귀양 보냈다는 말은 소설가의 허구라고 할
수 있다.9) 『舊唐書·薛仁貴傳』의 기재에 의하면 설인귀가 화살 세발로
천산을 평정하는 내용이 있는데10) 唐高宗 때에 일어난 사건으로 『薛仁
貴征遼事略』은 唐太宗이 료국을 정벌할 때의 이야기와 접목시켰다. 또
한 백제가 당나라에 조공을 바칠 때 遼國이 길을 막는 일은 갈소문이
집정하기 이전이었는데, 『薛仁貴征遼事略』에서는 당태종이 遼國을 정
벌하는 직접적인 원인으로 삼았지만 실제로는 갈소문이 신라를 자주
침략하는 데에서 비롯되었다. 당시 당태종이 요국은 정벌하는 과정에
서 별다른 성과가 없이 철군하고 당고종 시기에 재차 출정하면서 요
국을 평정하고 갈소문도 이때 죽게 되는데, 이러한 내용들은 『薛仁貴
征遼事略』에서 모두 당태종 때의 일로 귀속시켰다.

『薛仁貴征遼事略』 외에도 雜劇으로는 張國賓의 『薛仁貴榮歸故里』·『薛

---

8) 오순방 외, 앞의 책, 96~98면 참조
9) 오순방 외, 위의 책, 98면 참조
10) "時九姓有衆十餘萬, 令驍健數十人逆來挑戰, 仁貴發三矢, 射殺三人, 自餘一時下馬請
降。仁貴恐爲後患, 並坑殺之。更就磧北安撫餘衆, 擒其僞葉護兄弟三人而還。軍中歌
日：'將軍三箭定天山, 戰士長歌入漢關。'"(劉昫 等, 『舊唐書』 卷83 「列傳」, 中華書局,
1975, 2781면.)

仁貴衣錦還鄉』, 無名氏의『比射轅門』(유실), 無名氏의『摩利支飛刀對劍』 및 元末明初 無名氏의『賢達婦龍門隱秀』 등이 있다. 이 작품들은 후세의 說唱문학이나 傳奇, 講史 등에 많은 영향을 끼쳤고 명대 成化年間에『薛仁貴跨海征遼』가 출현한다. 이 책은『薛仁貴征遼事略』의 내용과 비슷하지만『薛仁貴征遼事略』에 없는 내용들을 추가로 첨가해 넣어 작품을 더욱 다채롭게 만들었다. 이러한 수당 영웅 관련 고사들의 출현은 명대 중엽 이후의『白袍記』,『金貂記』등 전기소설의 발전을 추진하게 되고, 명대말기의 연의소설『說唐薛家府傳』(薛仁貴征東)에도 많은 영향을 주게 된다.

「설인귀전」의 원전인『說唐薛家府傳』은 일명『薛仁貴征東全傳』이라고도 하는데 6권 42회로 되어 있다. 如蓮居士가 다시 엮음이라 표제되어 있고 尙友齋梓行本이며 善成堂本이다. 福文堂에서 小型本을 간행했는데, 노란 종이의 속 지면은 상단에 가로로 '道光 18년에 새로 새기다'라고 새겨져 있으며, 중간에 두 줄로 "薛仁貴征東全傳"이라는 서명이 있으며, 오른쪽에 "原本校正"이라 새겨져 있다. 왼쪽에는 "只字無譁"라 쓰여 있고, 아래쪽에는 "福文堂藏本"이라 쓰여 있다. 책의 전면에는 그림이 5장 있고 다음 부분은 목록이며, 목록은 본문의 글과 함께 "說唐薛家府傳"이라고 쓰여 있다.[11]

또 淸代의 鴛湖漁叟가 校訂한『說唐演義後傳』(說唐後傳)이 있는데 모두 55회이다. 이 책의 1회~16회는 唐太宗이 掃北하는 내용으로, 唐軍이 木陽城내에 갇혔을 때 羅成의 아들 羅通이 적군을 물리치고 당태종을 구해주는 이야기인데『羅通掃北』(15회),『說唐小英雄傳』(16회)의 내용과 일치하다. 15회~55회는 薛仁貴가 당태종을 도와 征東하는 이야기

11) 오순방 외 역,『中國古典小說總目提要』2권, 蔚山大學校出版部, 1996, 709면.

로 『說唐薛家府傳』(42회)의 내용과 일치하다.

『說唐薛家府傳』의 줄거리는 다음과 같다.

　山西 絳州府 龍門縣에 성이 薛恒이라는 부자 영감이 살고 있었는데, 그의 아들 薛雄이 薛仁貴라는 아들을 낳았다. 어느 날 밤 태종이 꿈을 꾸었는데 蓋蘇文이 나타나 그를 죽이려 하자, 백마를 타고 方天戟을 든 설인귀가 구해주었다. 태종은 張士貴로 하여금 龍門에 이르러 병사를 모으고 설인귀를 찾도록 하였다.

　설인귀는 부모님이 돌아가신 뒤 十八般武藝를 모두 능숙하게 배웠으나, 뜻밖에도 가산을 탕진하여 굴을 파고 굴속에서 살았다. 柳員外의 딸 金花가 부친의 핍박을 받자 유모와 함께 달아났다. 인귀와 금화는 고묘에서 서로 만나 부부가 되었다. 인귀가 입대하려고 하자 장사귀는 여러 가지 이유로 쫓아내었다. 程咬金의 도움으로 재입대한 인귀는 장사귀의 부대에서 취사병으로 종사하게 되었다. 태종은 尉遲恭을 원수로 삼고 친히 요동정벌에 나섰다. 인귀는 정벌하는 도중에 신선을 만나 5가지 보물과 책을 얻었다. 장사귀가 인귀를 계곡으로 유인하여 죽이려 하였으나 신선의 도움으로 동굴에 숨어 지내게 되었다. 하루는 태종이 사냥을 하다가 도중에 개소문을 만난 위급한 상황에서 마침 인귀가 동굴로부터 나와 그를 구해주었다. 인귀는 여러 차례 전쟁을 치른 후 개소문을 죽이고 고구려는 항복했다. 태종은 군사를 이끌고 귀국하여 장사귀를 처형하고 인귀를 평료왕에 봉하였다. 입대할 때 樊家莊에서 구해준 번 원외의 딸이 찾아오자 약속대로 아내를 삼고 王茂生을 도총관으로 삼았다. 이로서 설인귀의 가족은 대단원을 이룬다.

『說唐薛家府傳』은 많은 허구를 개입하여 역사사실을 부연하고 있는 작품이다. 時機와 朝代를 넘어서서 장사귀라는 인물과 설인귀를 연결시키면서 작품의 갈등구조를 극대화하고 있다. 『薛仁貴征遼事略』과 『薛仁貴跨海征遼』 등의 영향을 받아 탄생된 『說唐薛家府傳』은 역사소설이다. 『薛仁貴征東』으로 더 많이 알려진 이 작품은 속편인 『征西說唐三傳』

의 출현에 일조하게 되고, 이 두 작품은 자매작이며 널리 영향력을 과
시하면서 다른 나라에 전파되어 읽혀지기도 하였다.

지금까지 국내에 전해진 薛仁貴 故事 관련 版本들을 보면 刊行年代가
추정 가능한 판본으로 비교적 이른 판본으로는 乾隆 1년(1736)刊本이 있
고 淸末에서 民國 초기에 간행된 것으로는 道光 12년(1832)刊本, 淸光緖
15년(1889)刊本, 江左書林本, 上海 簡靑齋書局本, 錦章圖書局本 등이 전해
졌다.[12]

국내에 전승된 설인귀 고사의 원전에 대해서는 일반적으로 淸末에
유행하기 시작한 『薛仁貴征東全傳』의 번역본이라고 보고 있으나, 중국
설인귀고사의 원천은 元代 평화로 추정되는 『薛仁貴征遼事略』과 明代
성화 년간에 간행된 說唱詞話인 『薛仁貴跨海征遼故事』로 보는 것이 일
반적이다. 『薛仁貴征東全傳』이 국내에 유입된 가장 이른 기록으로는 趙
秀三(1762~1849)의 『秋齋集』권7 「紀異 傳奇叟」에 나온다.

> 傳奇叟는 동문 밖에 살고 있었다. 諺文 稗說을 낭송하였는데 예를 들
> 면 『숙향전』, 『소대성전』, 『심청전』, 『설인귀전』 과 같은 전기류들이다.
> 매달 초하루는 第一橋 아래, 초이틀은 第二橋 아래, 초사흘은 梨峴에 앉
> 아서, 초나흘은 校洞 입구에 앉아서, 초닷새는 大寺洞 입구에 앉아서,
> 초엿새는 鐘閣樓 앞에서 읽는데 이렇게 올라갔다가 초이레부터는 다시
> 내려온다. 이렇게 내려갔다가 다시 올라가고, 올라갔다가 또 다시 내려
> 오고 하여 한 달을 마친다. 다음 달에도 또 이와 같이 한다. 재미있게
> 연설하여 청중들이 겹겹이 둘러싼다. 강독하다가 가장 궁금하고 긴장한
> 대목에서 갑자기 강독을 멈추면 청중들은 다음 회가 궁금하여 다투어
> 돈을 던지는데 이것을 일컬어 邀錢法이라고 한다.[13]

12) 閔寬東・張守連, 「薛仁貴 故事의 源泉에 관한 一考-설인귀 고사의 국내 수용과 전승
을 중심으로」, 『중국소설논총』 제34집, 한국중국소설학회, 2001, 89면.
13) 傳奇叟居東門外, 口誦諺課稗說. 如淑香, 蘇大成, 沈淸, 薛仁貴等傳奇也. 月初一日坐第

위의 기록을 통해 국내소설이나 『설인귀전』과 같은 중국소설들이 18세기에 꾸준히 口誦되었음을 알 수 있다. 위에서 인용한 기록은 趙秀三의 『秋齋集』에서 볼 수 있는데 趙秀三은 1762년에서 1849년까지 생존했던 인물로 이때는 英祖 38년에서 憲宗 15년의 시기이다. 따라서 위의 자료는 薛仁貴고사가 朝鮮 憲宗(1827~1849년) 때 이미 민간에 널리 전파되었음을 보여준다고 할 수 있으며[14] 대개 18세기에 유입된 것으로 추측해 볼 수 있다.

중국에서 유입된 국내소장 薛仁貴 관련 판본을 살펴보면 다음과 같다.[15]

[1] 說唐薛家府傳, 蘇如蓮居士(淸) 編次, 光緖1(1875년), 羊城古經閣藏版, 동아대학교

[2] 繡像說唐小英雄傳[石], 작자미상, 1冊(결본), 고려대학교

[3] 異說後唐傳三集薛丁山征西樊梨花全傳[木], 中都逸叟(淸)編次, 淸朝년간, 5권3책(권1~2, 5~7), 한국학중앙연구원, 山氣文庫

[4] 異說後唐傳三集薛丁山征西樊梨花全傳[木], 中都逸叟(淸)編次, 淸朝년간道光20(1840), 10권6책, 고려대학교

[5] 繡像征東全傳, 작자미상, 4권4책(권1~4), 民國3년(1914), 上海錦章圖書局, 동아대학교

[6] 繡像說唐征西全傳[石], 刊寫事項미상, 6권6책, 석인본, 경북대학교

[7] 繡像征東傳鼓詞全部, 刊寫事項미상, 1권1책(결본), 경기대학교

[8] 征東傳鼓詞[石], 6권6책, 석인본, 박재연소장본

[9] 薛仁貴征東全傳[石], 江東茂記書局, 1929년, 4권4책(42회), 박재연소장본

一橋下, 二日坐第二橋下, 三日坐梨峴, 四日坐校洞口, 五日坐大寺洞口, 六日坐鍾樓前, 溯上旣自七日沿而下, 下而上, 上而又下, 終其月也. 改月亦如之. 而以善讀, 故傍觀匝圍. 夫至最喫緊甚可聽之句節, 忽默然而無聲. 人欲聽其下回, 爭以錢投之, 曰此乃邀錢法云.(『秋齋集』권7 「紀異 傳奇叟」)

14) 박재연, 「白袍將軍傳」, 『中國小說研究會報』제4호, 한국중국소설학회, 1995, 11면 참조

15) 閔寬東·張守連, 앞의 논문, 86~87면 참조

지금까지 국내에 전해진 薛仁貴 故事 관련 版本들을 보면 刊行年代가 추정 가능한 데 비교적 이른 판본으로는 乾隆 원년(1736)刊本이 있고 淸末에서 民國 초기에 간행된 것으로는 道光 12년(1832)刊本, 道光20(1840)刊本, 光緖 원년(1875년)刊本, 淸光緖 15년(1889)刊本, 民國3년(1914)刊本, 江東茂記書局(1929년) 등이 전해진다.

中國版本의 유입현황을 살펴보면 주로 小說에 편향되어 전해졌음을 볼 수 있다. 淸代에 유행한『說唐後傳』,『說唐薛家府傳』외에도『說唐征西全傳』등이 전해졌음을 볼 수 있다.『說唐後傳』55回 중에 42回는『說唐薛家府傳』의 내용이고『說唐薛家府傳』는『薛仁貴征東全傳』과 같은 내용이다.16) 여기에서『說唐薛家府傳』·『繡像征東全傳』·『薛仁貴征東全傳』은 우리가 지금 흔히 말하는『薛仁貴征東』이고, 中都逸叟(淸)編次의『興說後唐傳三集薛丁山征西樊梨花全傳』과 道光20년(1840)의『異說後唐傳三集薛丁山征西樊梨花全傳』·『繡像說唐征西全傳』은 공통으로 불리는『薛丁山征西』이다.

『설인귀정동』은 일찍이 조선에 전래되어 번역되었고 많은 독자를 확보한 중국소설로서 필사본, 방각본, 활자본 등이 두루 존재한다.『설인귀정동』이 국내에서 방각되고 필사되고 활자본으로 재구성된 이본들을 귀납해보면 다음과 같다.17)

1. 방각본
(1) 30장본
題名은 '셜인귀젼 단'이다. 單卷으로 매 면 15행, 매 행 평균 25자이며

---

16) 江蘇省社會科學院 明淸小說硏究中心 文學硏究所 編, 앞의 책, 490~495면 참조
17) 인천대학 민족문화연구소,『활자본 고소설전집』6, 은하출판사, 1983; 이윤석,「설인귀전이본고」,『연구논문집』, 효성여대, 1983; 박재연 編,『中國小說繪模本』, 강원대학교 출판부 1993; 이유진,『설인귀전 이본연구』, 고려대학교 석사학위논문, 2009 참조

刊記는 없다. 파리 東洋語學校에 소장되어 있는데 金東旭편 『景印古小說板刻本全集』 제4책에 수록되어 있다. 작품의 전반부가 경판 17장본과 동일하다.

(2) 17장본

題名은 '셜인귀젼 상'이다. 이 판본은 이능우 교수 소장본인데 『景印古小說板刻本全集』 제1책에 수록되어 있다. 이 판본은 30장본의 판본을 몇자 새로 새겨 상하로 권을 나눈 것 가운데 상권이다. 낙권으로, '요동정벌' 전개 중 내용이 끊어진다. 17장까지의 내용이 경판 30장본과 동일하다.

(3) 경판 40장본

題名은 '셜인귀젼'이다. 현재 러시아 상트페테르부르크 동방학연구소에 소장되어 있다.

2. 필사본

(1) 국립중앙도서관본

題名은 '薛仁貴傳'이다. 4권 4책으로 1권 61면, 2권 73면, 3권 64면, 4권 65면이다. 매 면 10행이며 매 행 평균 23자이다. 필사년도는 미상이다.

(2) 영남대학교 도서관본(낙질)

題名은 '薛仁貴傳'이다. 이 판본은 현재 2권 2책이 남아 있다. 1권은 102면, 2권은 93면인데 매 면 11행, 매 행 25자이며 필사년도는 미상이다.

(3) 연세대학교 도서관본

題名은 '셜인귀젼'이다. 5권 5책으로 1권 78면, 2권 68면, 3권 73면, 4권 61면, 5권 70면이다. 매 면 12행 매 행 평균 22자이며 제5권의 끝에 "세지을묘팔월샹슌의필셔ᄒ노라"라고 되어 있다. 을묘년은 1855년 혹은 1915년으로 추측된다. 回名이 존재하지 않는다.

(4) 이화여자대학교 도서관본(낙질)

題名은 '셜인귀젼'이다. 이 판본은 현재 2, 3, 9, 10권 4책이 남아 있다. 매 권 31장씩이며 매 면 11행 매 행 평균 12자이다. 각 권의 끝에 필사년도를 써놓았는데 제2권은 '셰무신 밍츈 필셔', 제3권은 '셰무신 밍츄 하슌 필셔', 제10권은 '셰무신 즁츄 즁슌 필셔'라고 되어 있다. 여기서 무신년이란 1848년 혹은 1908년으로 추측된다.

(5) 고대본
앞표지와 뒤표지의 題名이 '白袍將軍傳', '薛仁貴傳'으로 각각 다르다. 고려대에 소장되어 있다. 단권으로, 총 84면으로 이루어져 있으며, 한 면에 10행씩 필사되어 있다. 『설인귀전』 이본 중 유일한 한문본이다.

(6) 박순호본
題名은 '셜인귀젼이라'이다. 한글필사본고소설자료총서 23권[18]에 영인되어 있다. 총 58면으로 이루어져 있고, 한 면에 14~15 행씩 필사되어 있다. 간기는 존재하지 않는다.

3. 활자본
(1) 東美書市本
이 판본은 상하 2권으로 되어 있다. 상권은 1915년 5월에 박건회가 조선서관과 동미서시에서 공동으로 발행했고, 하권은 동미서시에서 발행했다. 장회로 나뉘어 있어서 상권은 1~21회(88면)이고, 하권은 22~42회 (81면)이다.

(2) 京城書籍組合刊本
이 판본은 1926년 12월 경성서적업조합에서 발행한 것으로 역시 장회로 나뉘어져 있다. 상권은 1~21회(87면), 하권은 22~42회 (79면)이다.

(3) 新舊書林本
이 판본은 1917년 7월 신구서림에서 박건회가 발행한 본으로 장회로 나뉘어 있지는 않고 상하권으로 되어 있다. 상권은 71면 하권은 66면이다.

---

18) 월촌문헌연구소 편, 『한글필사본고소설자료총서』 23권, 오성사, 1986.

이외에도 박문서관 1926년, 덕흥서림 1934년, 百合社 1936년, 세창서관 1952년 盛文堂書店 등에서 간행한 것으로 상하로 나뉘어져 있고, 李能雨 2책, 趙潤濟 1책, 朴在淵 1책본이 있다.

위에서 확인되듯이 설인귀 관련 판본은 필사본 6종, 방각본 3종, 활자본 4종이 현존하고 있다. 방각본 3종은 모두 해외에 소장되어 있고, 필사본 6종은 연세대 이화여대 고려대 영남대 등 대학도서관 소장본과 국립중앙도서관 소장본 그리고 박순호 소장본이 있다. 우선 京板 30장본과 17장본이 있는데 17장본은 30장본의 17장까지를 간행한 것으로 17장본과 30장본은 동일 판본임이 밝혀졌다. 京板 17장본은 日本 天理大에 소장되어 있고 京板 30장본은 프랑스파리의 東洋語學校에 소장되어 있다. 또 러시아 상트페테르부르크 동방학연구소에는 京板 40장본이 소장되어 있다.

活字本은 4종이 있는데 1915년 東美書市에서 발행한 것은 고려대에, 경성서적조합에서 1926년 발행한 것은 영남대에, 1917년 新舊書林에서 발행한 것은 국립중앙도서관에, 1934년 世昌書館에서 발행한 것은 선문대 박재연교수가 소장하고 있다.[19] 연대본, 활자본과 박순호본, 고대본, 경판 30장본과 국도관본, 경판 40장본을 비교하여 보면 연대본, 활자본이 선본이고 연대본과 활자본은 원전과 줄거리가 동일하며, 나머지 본들은 갈등을 표현하는 데 주력하여 서술하면서 서로 차이를 보인다.[20] 이렇게 많은 이본들이 존재하는 가운데 활자본「설인귀전」은『說唐薛家府傳』을 저본으로 번역한 것으로 보인다.

활자본「설인귀전」과『說唐薛家府傳』의 비교를 통해서 번역양상을

19) 閔寬東・張守連, 앞의 논문, 88면 참조.
20) 이유진, 앞의 논문, 98~100면 참조.

살펴보기로 한다. 1915년에 박건회가 간행한 백포소장 「설인귀전」은
상편 88면과 하편 81면으로 되어 있으며 목차는 모두 42회이다. 원전
과 번역본의 목차를 살펴보면 다음과 같다.

	『설당설가부전』	활자본 「설인귀전」
제1회	龍門縣將星降世 唐天子夢擾靑龍	龍門縣將星降世 唐天子夢擾靑龍 룡문현에 장성이 세상에 닉리고 당텬 지 꿈에 청룡이 요른ᄒ다
제2회	小羅通匹配醜婦 不齊國差使進貢	小羅通匹配醜婦 不齊國差使進貢 소라통이 취부와 빅필ᄒ고 부졔국이 사즈을 보닉 진공ᄒ다
제3회	擧金獅叔寶傷力 見白虎仁貴傾家	擧金獅叔寶傷力 見白虎仁貴傾家 금사즈을 들다가 슉뵈 힘이 상ᄒ고 빅 호을 보민 인귀집를 가우라다
제4회	大王莊仁貴落魄 憐勇士金花贈衣	大王莊仁貴落魄 憐勇士金花贈衣 딕왕장에서 인귀 락박ᄒ고 용ᄉ를 불 상이 역여 금화 옷슬 쥬다
제5회	老員外忿恨害女 柳大洪設計救妹	老員外忿恨害女 柳大洪設計救妹 로원외 분ᄒ야 쌀을 히ᄒ고 류딕홍이 설계ᄒ야 미즈을 구원ᄒ다
제6회	富女逃難賴乳母 窮漢有幸配淑女	富女逃難賴乳母 窮漢有倖配淑女 부녀가 눈을 도망ᄒ민 유모을 즈뢰ᄒ 고 궁한이 다힝이 슉녀를 착ᄒ다
제7회	射鴻雁路逢故舊 贈盤纏一齊投軍	射鴻雁路逢故舊 贈盤纏一齊投軍 홍안을 쏘다가 갈에서 고구를 만나고 반뎐을 쥬미 일졔이 투군ᄒ다
제8회	樊家莊洪海訴苦 風火山三寇被獲	樊家莊洪海訴苦 風火山三寇被獲 번가장에서 홍히 괴로오을 ᄒ소ᄒ고 풍화산에서 세 도적이 지핌을 입다
제9회	樊繡花願招勇婿 薛仁貴二次投軍	樊繡花願招勇壻 薛仁貴二次投軍 번슈화가 용서를 원ᄒ고 설인귀 두 번 투군ᄒ다

제10회	打山老虎將薦賢　贈令箭三次投軍	打山老虎將薦賢　贈令箭三次投軍 산호랑을 치미 로장이 현인을 천거ᄒ고 령전을 쥬어 삼츳 투군ᄒ다
제11회	尉遲恭征東爲帥　薛仁貴活擒董逹	尉遲恭征東爲帥　薛仁貴活擒董將 울지공이 정동원슈가 되고 셜인귀 산 이로 동장을 잡다
제12회	仁貴巧擺龍門陣　太宗羨慕英雄士	仁貴巧擺龍門陣　太宗羨慕英雄士 인귀가 공교이 룡문진을 치고 티종이 여웅ᄉ을 사모ᄒ다
제13회	小將軍獻平遼論　瞞天計唐君過海	小將軍獻平遼論　瞞天計唐君過海 소장군이 평요논을 드리고 ᄒ날을 속 이는 계교로 당군이 바다을 지니다
제14회	金沙灘仁貴大捷　思鄕嶺慶紅認弟	金沙灘仁貴大捷　思鄕嶺慶紅認弟 금사탄에서 인귀 크게 익이고 사향령 에 경홍이 아오을 찻다
제15회	薛禮三箭定天山　番將驚走鳳凰城	薛禮三箭定天山　番將驚走鳳凰城 셜레가 세 살노 텬산을 정ᄒ고 번장이 봉황성에서 놀나 다라나다
제16회	汗馬城黑夜鏖兵　鳳凰山老將遭難	汗馬城黑夜鏖兵　鳳凰山老將遭難 한마성에서 밤에 군ᄉ을 뭇지르고 봉 황산에서 로장이 난을 만나다
제17회	尉遲恭囚解建都　薛仁貴打獵遇帥	尉遲恭囚解建都　薛仁貴打獵遇帥 울지공이 가둠을 건도로 풀고 셜인귀 산양ᄒ다가 장슈을 만나다
제18회	太宗被困鳳凰山　蘇文飛刀斬唐將	太宗被困鳳凰山　蘇文飛刀斬唐將 티종이 봉황산에서 곤홈을 입고 소문 이 칼을 날녀 당장을 버히다
제19회	薛萬徹殺出番營　張士貴妒賢傷害	薛萬徹殺出番營　張士貴妒賢傷害 셜만철이 번영을 살출ᄒ고 장ᄉ귀 어 진이을 미워ᄒ야 상히다
제20회	梅月英逞蜈蚣術　李藥師賜金鷄旗	梅月英逞蜈蚣術　李藥師賜金鷄旗 미월영이 오공술을 쓰고 리약ᄉ 금게 긔을 쥬다
제21회	蓋蘇文敗歸建都　何宗憲冒認功勞	蓋蘇文敗走建都　何宗憲冒認功勞 합소문이 픽ᄒ야 건도로 다라날 하종 헌이 공노을 무릅쓰다

제22회	敬德犒賞查賢士　仁貴月夜嘆功勞	敬德犒賞查賢士　仁貴月夜嘆功勞 경덕이 흐괴하고 상하야 현스을 사실 한 인귀 달밤에 공로를 탄식하다
제23회	番將力擒張志龍　周青怒鎭先鋒將	番將力擒張志龍　周青怒鎭先鋒將 번장이 장지룡을 힘으로 사로잡고 쥬 청에 로하야 션봉장을 잡으다
제24회	仁貴病挑安殿寶　敬德怒打張士貴	仁貴病挑安殿寶　敬德怒打張士貴 인귀 병중에 안전보와 싸오고 경경이 로하야 장사귀을 치다
제25회	藏軍洞救火頭軍　越虎城困唐天子	藏軍洞救火頭軍　越虎城困唐天子 장군동에서 화두군을 구하고 월호성에 서 당텬즈가 곤하다
제26회	護國公魂遊仙府　小爵主掛白救駕	護國公魂遊仙府　小爵主掛白救駕 호국공의 혼이 텬부에 놀고 소작쥬가 상옷 입고 구가하다
제27회	秦懷玉沖殺四門　老將軍陰靈顯聖	秦懷玉沖殺四門　老將軍陰靈顯聖 진회옥이 사문을 츙살하고 로장군의 음영이 현성하다
제28회	孝子大破飛刀陣　唐王路遇舊仇星	孝子大破飛刀陣　唐王路遇白虎星 효즈가 크게 비도진을 파하고 당왕이 길에서 빅호성을 만나다
제29회	雪花鬃跳養軍山　應夢臣救眞命主	雪花鬃跳養軍山　應夢臣救眞命主 셜화종이 양군산을 뛰고 응몽신이 진 명쥬을 구하다
제30회	張環殿上露奸計　仁貴攻關得龍駒	殿上張環露奸計　攻關薛禮得龍駒 뎐상에서 장환의 간게가 드러나고 관 을 치민 셜례가 룡구을 엇다
제31회	長安城活擒反賊　讓帥印威重賢臣	長安城活擒反賊　讓帥印威重賢臣 장안성에서 반적을 싱금하고 원슈인을 사양하미 위가 현신에 중하다
제32회	賣弓箭仁貴巧計　逞才能二周歸唐	賣弓箭仁貴巧計　逞才能二周歸唐 궁전을 파랏쓰니 인귀의 공교한 계교 요 지능을 밧쳐 이쥬가 당나라에 도라 가다

제33회	猩猩膽砧傷唐將　紅幔幔中戟陣亡	猩猩膽砧傷唐將　紅幔幔中戟陣亡 성성담이 방지로 당장을 상ᄒ고 홍만만이 창을 맛교 죽다
제34회	寶石基采金進貢　扶餘國借兵圍城	寶石基採金進貢　扶餘國借兵圍城 보석긔에서 금을 킈여 진공ᄒ고 부여국에서 차병ᄒ야 셩을 애우다
제35회	程咬金誘惑蘇文　摩天嶺討救仁貴	程咬金誘惑蘇文　摩天嶺討救仁貴 뎡교금이 쇼문을 달늬여 혹게ᄒ고 마텬영의 인귀의게 구완을 말ᄒ다
제36회	薛仁貴破圍城將　蓋蘇文失計飛刀陣	仁貴大破圍城將　蘇文失計飛刀陣 인귀 크게 위셩장을 파ᄒ고 소문이 게교를 비도진에 일다
제37회	扶餘國二次借兵　朱皮山播弄神通	扶餘國二次借兵　硃皮山播弄神通 부여국에 두 번 군ᄉ을 빌고 쥬괴산에셔 신통을 부리다
제38회	香山弟子除妖法　唐國元戎演陣圖	香山弟子除妖法　南國元戎演陣圖 향상 졔ᄌ가 요법을 제어ᄒ고 남국원융이 진도을 연습ᄒ다
제39회	蘇文誤入龍門陣　仁貴智滅高麗師	蘇文誤入龍門陣　仁貴智破高麗師 소문이 그릇 룡문진에 드러가고 인귀 지혜로 고려사을 파ᄒ다
제40회	唐天子班師回朝　張土貴欺君正罪	唐天子班師回朝　張土貴欺君正罪 당텬ᄌ 반ᄉ하야 회조ᄒ고 장사귀 긔군흠으로 졍죄ᄒ다
제41회	平遼王建造王府　射怪獸誤傷嬰兒	平遼王建造王府　射怪獸射死嬰兒 평요왕이 왕부를 짓고 괴이ᄒ 김싱을 쏘다가 영아을 죽이다
제42회	柳員外送女赴任　薛仁貴雙美團圓	柳員外送女赴任　薛仁貴雙美團圓 류원외 딸을 보늬여 부임ᄒ고 셜인귀 쌍미인이 셔로 모듸다

위의 목차를 살펴보면 활자본 「설인귀전」은 한자와 한글 목차를 동시에 사용하고 있다. 한자목차를 보면 '幸'이 '倖'으로, '婿'가 '壻'로, '采'이 '探'로, '朱皮山'이 '硃皮山' 등으로 음이 같은 한자로 오용해서 사용한 경우가 있으며, '功勞'가 '勞功'으로, '張環殿上'이 '殿上張環'으

로, ‘仁貴攻關’이 ‘攻關薛禮’와 같이 순서가 바뀐 경우도 있다. 또한 의미상 변화가 없이 다른 한자로 표기한 ‘董逵’이 ‘董將’, ‘仙府’가 ‘天府’와 같은 경우가 있으며 ‘唐國元戎’이 ‘南國元戒’로 ‘舊仇星’이 ‘白虎星’으로 바뀐 것처럼 표기상의 오류로 보이는 경우도 있다. 원전에 나오는 開場詩나 揷入詩들은 대부분 생략하고 있지만 원전의 줄거리는 그대로 유지하고 있다. 활자본 「설인귀전」은 대체적으로 줄거리는 그대로 유지한 채 축약과 생략의 양상을 보이고 있다.

팅종왈: “짐의 쑴에 홀노 말을 타고 진 밧게 나와 보니 나의 디방이 안니기로 고이히 녀기던 추에 뒤흐로셔 흔 스룸이 푸른 얼골에 붉근 갑옷슬 입고 손에 젹동도을 들고 말을 치쳐 짐을 히흐랴 흐기로 아모리 보아도 구홀 스룸이 업는지라 말을 노하 다라나니 산뢰 긔구흐야 겨오 도망흐더니 압히 큰 물이 잇는지라 바다를 건너 닷고져 흐더니 흔 장시 빅젼모를 쓰고 빅포를 입고 빅마를 타고 방텬화극을 들고 짐을 구흐니 싸로든 장시로 흐야 빅포쟝군과 싸호더니 빅포쟝군이 화극으로 질너 죽이고 짐을 구흐기로 그 셩명을 뭇고 짐을 싸라와 봉작을 바드라 흐니 그 장시 왈: “신의 셩명은 셜인귀오며 다른 날 나아가 셩가를 뫼시리다”흐고 히샹으로 드러가더니 물속으로셔 쳥룡이 닌다라 입을 버리고 말죠추 숨키고 드러가니 이 몽시 엇더흔고” <「설인귀전」 제1회>

天子叫聲: “先生, 寡人所夢甚奇。朕騎在馬上獨自出營游玩, 并无一人保駕, 只見外邊世界甚好, 單不見自己營帳。不想后邊來了一人, 紅盔鐵甲, 青面獠牙, 雉尾双挑, 手中執赤銅刀, 催開一騎綠馬, 飛身赶來, 要殺寡人。朕心甚慌, 叫救不應, 只得加鞭逃命。那曉山路崎嶇, 不好行走, 追到一派大海, 只見波浪滔天, 沒有旱路走處。朕心慌張, 縱下海灘, 四蹄陷住泥沙, 口叫: “救駕’。那曉后面又來了一人, 頭上粉白將中, 身上白綾戰襖, 坐下白馬, 手提方天戟, 叫道: “陛下, 不必惊慌, 我來救駕了！” 追得過來, 与這青面漢斗不上四五合, 却被穿白的一戟刺死, 扯了寡人起來。朕心歡悅, 就問: “小王兄英雄, 未知姓甚名誰？救得寡人, 隨朕回營, 加封厚爵。” 他

就說：“臣家內有事，不敢就來隨駕，改日還要保駕南征北討。臣去也！”
朕連忙扯住說：“快留个姓名，家住何處，好改日差使臣來召到京師封官受
爵。”他說：“名姓不便留，有四句詩在此，就知小臣名姓。”朕便問他什么
詩句。他說道：“家住遙遙一点紅，飄飄四下影无踪。三歲孩童千兩价，保
主跨海去征東。”說完，只見海內透起一个靑龍頭來，張開龍口，這个穿白的
連人帶馬望龍嘴內跳了下去，就不見了。寡人大称奇异，哈哈笑醒，却是一
夢。<『說唐薛家府傳』第1回>

위의 인용문은 원전과 번역본 제1회에 나오는 내용이다. 당태종이
赤銅刀를 든 사람이 자기를 죽이려고 하자 방천화극을 든 설인귀라는
사람이 황제를 구해주는 꿈을 꾸게 된다. 원전에는 설인귀와 황제의
대화가 많이 이루어지고 있지만 번역본에는 간략하게 서술하고 있다.
원전에는 설인귀라는 이름을 제시하지 않고 詩句를 남겨 이름을 예측
하게 하면서, 시구를 풀어 설인귀라는 이름을 맞추는 내용이 나오지만
번역본에는 본인이 설인귀라고 직접 서술하고 있다. 또 중간에 인물에
대한 구체적인 소개나 장면묘사 등은 간략하게 번역하고 있지만, 전체
적인 맥락은 그대로 유지되고 있다.

장ᄉ귀 쥬왈: “셜인귀를 깁히 밋을 일이 업습고 신의 ᄉ회 하종헌이
빅포 입고 빅마 타고 화극을 쓰오니 만일 동졍ᄒ랴 ᄒ시면 이 ᄉ롬이
족히 감당ᄒ리이다.” 퇴종이 명ᄒ야 불너 드리라 ᄒᄉ 보시니 꿈에 보던
ᄉ롬이 아니어늘 무공다려 무르시니 무공이 장ᄉ귀를 ᄭ지져 왈: “네
ᄉ회가 엇지 응몽현 신이 되리요. 망녕된 말말고 슈히 가셔 셜인귀를 차
져 쥬문ᄒ라” 장ᄉ귀 감히 답지 못ᄒ고 물너 나와 산셔로 가니 <「셜인
귀젼」제1회>

張士貴叫聲：“陛下在上，這薛仁貴三字看來有影无踪，不可深信。應夢
賢臣不要到是臣的狗婿何宗憲。”朝廷說：“何以見得？”士貴道：“万歲在

上, 這應夢賢臣与狗婿一般, 他也最喜穿白, 慣用方天戟, 力大无窮, 十八般
武藝件件皆能。是他若去征東, 也平伏得來。"
　　朝廷說："如此, 愛卿的門婿何在？"士貴道："陛下, 臣之狗婿現在前營。"
　　朝廷說："傳朕旨意, 宣進來。"士貴一聲答應："領旨。"同內侍卽刻傳旨。
何宗憲進入御營, 俯伏塵埃說："陛下龍駕在上, 小臣何宗憲朝見, 愿我王万
歲万万歲。"原來何宗憲面龐却与薛仁貴一樣相似, 所以朝廷把宗憲一看, 宛
若應夢賢臣一般, 對着茂公看看。茂公叫聲："陛下, 非也。他是何宗憲, 万
歲夢見這穿白的是薛仁貴, 到絳州龍門縣, 自然還陛下一个穿白薛仁貴。"朝
廷說："張愛卿, 那應夢賢臣非像你的門婿, 你且往龍門縣去招兵。"張士貴不
敢再說, 口称："領旨！" <『說唐薛家府傳』 제1회>

　이 부분은 황제가 꿈에 백포장군 설인귀를 보았다고 하자 장사귀가
나서서 본인의 사위 하종헌이 꿈에 나타난 백포장군이라고 말하는 내
용이다. 번역본은 원전에 보이는 장사귀와 당태종의 대화체를 축약하
고 大臣인 서무공이 망언하지 말라며 꾸짖는 내용으로 되어 있다. 원
전에 보이는 서무공의 형상은 장사귀의 사위 하종헌이 백포장군이 아
니라는 말만 할 뿐이지만 번역본은 이와 다른 모습을 보여주고 있다.
　이렇게 번역본은 원전의 대화체를 많이 생략하고 장황한 묘사와 줄
거리 서사에 굳이 필요 없는 부분은 과감하게 축약하고 있다. 원전의
내용전달에 있어서 왜곡되거나 줄거리의 흐름을 방해하지는 않지만,
인물의 형상을 잘 나타낼 수 있는 주인공이나 제3자의 대화체를 일정
하게 삭제하면서 주인공 설인귀의 인물형상의 부각에 있어서 원전처
럼 생생한 전달이 안 되는 느낌이 있다.

3.1.2 영웅의 고난담과 崇力思想

「설인귀전」은 당나라가 고구려 원정에 나가면서 치르게 되는 설인귀와 연개소문의 싸움으로 설인귀를 주인공으로 설정하고 있다. 「설인귀전」의 대체적인 줄거리는 다음과 같다.

> 1. 정관 연간에 산서 강주부 용문현의 설가장에서 설인귀가 태어난다. 당태종은 요동을 평정하려 장사귀를 용문현에 보내 꿈에 나타난 백포장군과 병사를 모집하게 한다.
> 2. 설인귀는 부모를 여위고 가산을 도맡게 되자 가난한 사람을 돕고 무예와 궁마를 익히다가 가산을 탕진하게 된다. 설인귀는 왕무생의 중매로 혼인을 치르고 기러기를 잡아 생계를 유지한다.
> 3. 설인귀와 한 스승에게서 무예를 배운 주청이라는 사람이 찾아와서 함께 투군한다.
> 4. 장사귀가 십만 웅병을 거느리고 천개산에 이르니 산적 동규가 길을 막고 나서자 설인귀가 동규를 죽이고 선공을 세운다. 천개산에서 사오십리를 가다가 큰 굴에 들어간 설인귀는 신선을 만나 전포, 강편, 활, 보검, 천서(백호편)를 얻게 된다.
> 5. 전선을 모두 만들자 장사귀는 십만 병사를 거느리고 흑풍관에 이른다. 설인귀를 선봉으로 한 화두군은 흑풍관 장수인 팽철호를 죽이고 금사탄에 이르러 팽철표를 죽이고 금사탄을 정복한다. 천산에 이르러 설인귀는 三箭으로 요호, 요룡, 요삼 삼형제를 죽이고 공을 세운다.
> 6. 당태종이 봉황성에 이르러 사십 여리 떨어진 곳에 있는 봉황산의 명성을 듣고 구경하려고 한다. 설인귀가 지원군을 이끌고 봉황성에 가서 포위된 당태종을 구한다. 향산노군 문인 이정이 내려와서 단약을 주어 설인귀 등을 구하고 월영의 진언을 파하는 법을 알려주어 월영을 죽이자 합소문은 달아난다.
> 7. 황제의 명을 받아 독목관에 이르니 총관 안전보, 부총관 남천벽과 남천상이 지키고 있었는데 모두 만부부당지용이 있어 장사귀의 아들 장지룡과 사위 하종헌이 싸우지만 당해내지 못하고 사로잡게 된다. 장

사귀는 산속에 숨어있는 설인귀와 형제들을 불러 독목관을 취하고 장지룡과 하종헌을 구한다.

8. 당나라 군사가 월호성에 이르니 고건장왕과 아리정이 공성계로 성을 비워두고 있었다. 황제를 월호성으로 영접하고 장국공 왕대야가 병들어 죽자 장사귀를 흑풍관으로 보낸다. 매복해있던 건장왕은 일시에 성을 포위하고 주피산에 가서 비도를 얻으러 갔던 합소문도 합류한다. 이때 호국공 진숙보의 명으로 그의 아들 진회옥과 라통이 월호성에 도착한다. 서무공의 계책으로 장사귀는 마천령을 치게 하고 설인귀는 백옥관을 치게 함으로서 실력을 증명하게 한다. 험난한 마천령을 파하기 힘들자 장사귀는 장안에 장수가 없는 틈을 타 반역하려고 한다. 이에 설인귀는 백옥관을 함락하고 등주를 지나 장안에 이르러 장사귀의 반역을 막고 옥에 가둔다.

9. 대원수가 된 설인귀는 마천령과 경천주를 취하게 된다. 합소문이 십만대군과 맹장들을 거느리고 설인귀가 없는 틈을 타 월호성을 포위한다. 설인귀는 용문진으로 합소문의 군사를 물리치고 동해에서 합소문을 죽인다. 합소문이 죽자 고건장왕은 부여왕과 더불어 당태종에게 항복한다.

10. 장안에 이르러 태종은 장사귀 부자를 처형하고 설인귀는 평요왕이 되어 고향으로 간다. 자신이 살던 굴 근처에 이르러 합소문이 화한 영혼인 괴물을 죽이려다 기러기를 사냥하던 아들을 실수로 죽이게 된다. 설인귀의 소식을 듣고 번가장의 홍해부부가 딸 수화를 데리고 전에 했었던 혼약을 성사시키기 위해 찾아온다. 류부인의 동의로 수화와 혼인을 치르고 설인귀가 표를 올리자 황제는 이들에게 관직을 봉한다.

「설인귀전」은 설인귀라는 인물을 중심으로 그의 출생담으로부터 시작된다. 가난한 어린 시절에서 부유한 집안의 딸과 혼인을 하고 여러 차례의 실패를 거듭하여 從軍에 성공하기 까지 영웅소설의 구조를 이루고 있는데, 천상계의 고귀한 존재가 아니라 평범한 가정에서 태어났음을 보여주고 있다.

용문현의 태평장에 문무백관의 후손인 설항에게 두 아들이 있었는데 장자는 설웅이고 차자는 설영이라 하였다. 장자 설웅의 처 반씨가 나이 30이 지나도록 아들이 없었는데 하루는 길몽을 꾸면서 설인귀를 낳게 된다.

> 반씨 일몽을 어드니 쏨에 별이 셔러져 품속으로 들며 잉틱ᄒ야 십삭 만에 ᄒ낫 남ᄌ를 나흐니 일홈을 인귀라 ᄒ다. 그 아히 ᄌ라되 일졀 언어를 아니ᄒ니 부뫼 벙어린가 의심ᄒ야 ᄉ랑치 아니ᄒ더라[21]

설인귀의 출생은 여타 영웅출생담처럼 별이 품속으로 들어가 영웅이 탄생하는 비범함을 보여준다. 기존의 소설들은 영웅들이 가난한 환경에서 탈피하여 출세하는 모습을 보여주는 경향이 많다. 「설인귀전」도 이와 마찬가지로 설인귀를 태어날 때부터 말을 전혀 하지 않는 벙어리로 설정해놓는다. 설인귀의 출생은 영웅의 고난담의 시작을 의미하고 있다. 설인귀는 15, 6세가 되도록 말을 하지 못하다가 남가일몽(南柯一夢)에서 백호로 화신(化身)하는 꿈을 꾸게 된다. 설인귀의 형상이 백호임을 부연설명해주는 내용이며, 이때부터 말을 시작하고 영웅의 비범함을 드러내게 될 계기를 마련한다.

설인귀는 부모를 여위고 가산을 도맡은 후, 스승을 모시고 육도삼략(六韜三略)을 공부하여 십팔반무예에 능통하고, 궁마를 익히고 가난한 사람을 구제하면서 가산을 탕진하게 된다. 마지못해 삼촌인 설영을 찾아가 굶주림을 해결하려 하지만 쫓겨나고 만다. 수욕을 당한 설인귀는 자살하려고 시도했지만 왕무생의 도움으로 살아난다. 이렇듯 당사자나 친척이 해결할 수 있는 것은 아무것도 없었다. 설인귀의 이러한 소

---

21) 「설인귀전」(인천대학 민족문화연구소, 『활자본 고소설전집』 6, 은하출판사, 1983) 363면.(이하 작품 인용은 작품명과 해당 면만 밝히기로 함)

극적 대처와는 달리 팔을 걷어붙이고 나선 사람이 바로 왕무생이었다. 이어 왕무생의 소개로 류원외의 일가에서 일하게 된 설인귀는 여러 명이 감당할 인력과 식성으로 외모와 힘이 비범함을 보여주었다. 평범한 일반인들과 달리 영웅적 기개를 갖고 있음을 보여주는 것으로 주인공의 영웅성을 드러내려는 의도적 표현이라고 볼 수 있다. 설인귀는 왕무생의 중매로 류원외의 딸과 결혼하게 된다. 여기서 보면 출생부터 결혼에 이르기까지 주인공은 소극적 자세의 고난해결에서 벗어나지 못하고 있음을 알 수 있다.

설인귀의 2차 고난담은 고구려 정벌군에 投軍하는 것으로 시작된다. 설인귀와 한 스승에게서 무예를 배운 주청이라는 사람이 찾아와서 함께 투군하자고 제의한다. 설인귀와 주청이 투군장을 올려 투군할 때 주청은 기패관이 되고 설인귀는 장사귀의 시기에 의해 촉휘죄(觸諱罪)로 쫓겨나게 된다.

> 쟝스귀 티소왈: "이놈이 엇지 무례흐고 좌우로 져놈을 동여 원문 밧게 나가 참흐라" 도부쉬 일시에 인귀를 끄러 원문 박그로 나가라흐니 인귀 티호 왈: "소인이 무슴 죄 잇고" 쥬청이 티경흐야 연망이 쓰러 고왈: "쇼인이 져 스름과 결의형제흐야 흔가지로 투군흐얏시니 무슴 일에 촉범흔지 모르거니와 멀니 투군흐라 왓든 일을 싱각흐야 용셔흐소셔" 쟝사귀 소왈: "이 놈이 만일 투군흐라 왓셧시면 엇지 본슈의 촉휘을 흐리요" 쥬청 왈: "이는 모르고 촉범흔 일이니 살녀보닉소셔" 쟝스귀 왈: "쥬청의 낫을 보와 용셔흐노라"[22]

장사귀는 투군을 관리하는 임무를 맡은 도총관으로 설인귀가 투군하자 본인의 이름을 범했다는 이유로 쫓아낸다. 투군을 포기하고 번가

---

22) 「설인귀전」, 389~390면.

장에 있는 객관에 잠시 투숙할 때 산적에 의해 강제로 혼인을 치르게 되는 수화라는 여자를 구하고 산적 두목인 이경홍, 강홍패, 강홍본과 더불어 의형제를 맺는다. 수화를 구해준 은혜로 혼인을 기약하고 다시 투군하러 간다. 설인귀는 촉휘죄를 면하기 위해 설례라는 이름으로 다시 투군하지만 상서롭지 못한 흰옷(백포)을 입었다는 이유로 또 쫓겨나게 된다. 설인귀가 집으로 향하던 중 큰 산에 이르러 노국공 정교금이 충(호랑이)에 의해 쫓기는 것을 구해주어 令典을 받게 된다. 노국공의 영전으로 재차 투군하자 장사귀는 마지못해 받아들이지만 설인귀의 존재를 숨기기 위해 설례라는 이름으로 화두군(취사병)에서 일하게 한다. 투군 과정에서 설인귀는 아주 소극적이고 무의식적인 태도를 보인다. 장사귀한테 일방적으로 당하면서 주관적인 의식은 펼치지 못하고 항상 주위사람들에 의해 피동적으로 살아가는 것으로 이야기는 진행된다. 정벌에 나선 당나라 군대는 주인공의 도움으로 연개소문의 진을 타파하면서 승승장구한다. 하지만 장사귀의 거듭 되는 기만술과 자신의 공로를 빼앗기면서도 설인귀는 불평 없이 수긍하면서 장사귀를 위해 헌신하는 기계적인 인물로 되었다.

당태종이 설인귀의 존재를 알고 장사귀를 처벌하려고 할 때 장사귀는 설인귀와 그 형제들을 천선곡에서 불태워 죽이려하지만 신선의 도움으로 그들은 화를 면한다. 이들 형제는 범인이 접근할 수 없는 선계인 장군동에 머물게 된다. 이렇게 2차 고난 극복의 모티프는 주인공 당사자의 소극성에도 불구하고 타인이나 신선의 도움을 얻어 고난을 성공적으로 타결해나가는 양상을 보여준다.

3차 고난은 기존의 1, 2차 고난처럼 주인공의 소극성과는 달리 적극적이고도 완전한 해결 방식을 취하고 있다. 가장 큰 고난대상인 장사귀가 파직 당하자 병권을 틀어쥔 주인공은 적극적으로 각 성을 함락하고 여러 위기에서 벗어난다. 하지만 인간의 힘으로 당해낼 수 없는 신선이 등장하면서 주인공 스스로의 완전한 고난 극복 방식이 될 수는 없었다.

> 디션이 디로ᄒ야 칼을 드러 인귀를 취ᄒ 디 인귀 화극을 들어 십여 합을 싸호더니 져 도인이 엇지 인귀의 용력을 당ᄒ리오 가만니 입으로 붉은 구슬을 토ᄒ야 셜인귀의 낫ᄎ 바라고 치니 광치 조요ᄒ야 눈이 바이거늘 인귀 자셔이 보지 못ᄒ고 머리를 숙여 피ᄒ더니 그 구슬이 바로 인귀의 이마를 맛치민 션혈이 소사ᄂ고 압품을 견디지 못ᄒ야 크게 불너 왈: "오날은 니죽으리로다."ᄒ고 말게 써러지거늘 도인이 구슬을 거두고 칼을 드러 인귀를 버히려ᄒ더니 쥬청이 디호왈: "요도는 나의 원슈를 상치 말나"ᄒ고 도인을 마져 시살ᄒ고 셜현도 등 즁장이 일시에 니다라 원슈을 구ᄒ야 셩으로 도라오니 인귀 혼미ᄒ야 졍신을 슈습지 못ᄒ고 다만 실낫갓흔 숨결이 목안에 미미ᄒ거늘 졔장이 은안젼에 이르러 틔죵게 쥬ᄒ디 …생략… 차셜 향산로군 문인 리졍이 표단우에 안져 도를 강ᄒ더니 마음니 령통ᄒᄉ 손곱아 빅호셩이 난을 만나믈 알고 구름을 멍에ᄒ야 월호셩에 일으러 슈부 압히 이르니 …생략… "네 만일 구슬을 찻고ᄌ 흘진디 본상을 쾌이 내라" 디션이 심즁에 붓그러우나 마지 못ᄒ야 이의 몸을 흔들어 변ᄒ야 본상을 니거늘 모다 보니 흔낫 거복이라 일월졍화을 만이 바다 졍화줘 되민 인형을 일운 빅러니[23]

「설인귀전」은 설화적 요소가 들어간 작품으로 신선이 여러 차례 등장하는데 주인공이 신선의 도움으로 天書를 얻고 위기에서 벗어나는 내용은 신화적 소재가 가미됨을 알 수 있다. 신선들이 모두 퇴장하자 설인귀는 본인의 힘으로 연개소문을 죽이고 요동의 정벌을 마친다. 1, 2, 3차 고난담은 소극적인 행동에서 주인공 스스로 극복해나가는 적극

---

23) 「설인귀전」, 516~520면.

적 형태로 변하게 되는 영웅담의 전형적인 스토리이다. 「설인귀전」은 고구려왕이 당태종에게 항복하면서 전쟁이 끝나지만 여기에서 작품이 마무리되는 것이 아니라 결말부분에서 대단원과 결혼의 내용을 부각 시켜준다. 고향에 돌아간 주인공은 본인이 힘들 때 도와주었던 왕무생 등 지인들에게 후한 봉작을 주고 숙부인 설영도 용서하기로 한다. 여 기서 흥미로운 점은 왕무생의 중매로 류원외의 딸과 이미 결혼을 한 상태였지만, 투군할 때 산적들을 퇴치하면서 했었던 혼약으로 번수화 와 결혼한다는 것이다.[24] 이른바 일부다처의 영웅군담적 소설의 성격 을 보여주고 있다.

「설인귀전」은 『삼국지연의』나 『수호전』과는 달리 영웅적인 한 인물 의 일생을 기술한 작품으로 영웅의 일대기를 다룬 군담소설과 서사구 조가 같다. 설인귀의 출생과 결혼 및 초년의 고난과 정동과정에서의 영웅적 활약상은 모두 군담소설 주인공의 일생과 상통하는 성격이다. 장사귀는 설인귀보다 앞선 시기에 있던 역사적 인물로써 두 사람의 갈등구조는 사실상 존재하지 않는다. 이러한 사실적 기록들이 작품 속 에서는 왜곡되어 갈등구조를 조성하고 고난을 만든 것은 영웅적 면모 를 뚜렷이 부각시키려는 의도와 연관된다. 「설인귀전」에 보이는 역사 적 사실의 왜곡은 작가의 소설의식과 독자들의 이상형적인 영웅성에 부응하면서 만들어진 독자지향적인 의식의 반영이라고 할 수 있다.

이른바 활자본 고소설에서 「설인귀전」과 같은 영웅군담소설이 적극 적으로 수용되고 있었던 까닭은 결국 일제 강점기라고 하는 시대적

---

24) "왕이 홈텬관으로 퇵일ᄒ라 ᄒ니 길일이 다만 수일이 격ᄒ얏는지라 광록시로 더연을 비셜ᄒ고 텬디게 비례ᄒ고 화촉지례를 ᅙᆼᄒ 후 날이 져물미 왕비 궁인를 명ᄒ야 자 신젼에 동방을 비셜ᄒ고 번소져를 인도ᄒ야 왕을 뫼셔 동방화촉지례를 지닐시 견권 지졍과 운우지락이 측양치 못ᄒ녀라"(「설인귀전」, 536면.)

환경과 밀접히 관련되어 있다고 할 수 있다. 일제에 의해 국권을 상실하게 되자 우선 항일의 수단으로 전국 도처에서 많은 인사들이 순국의 길을 택하였다. 금산군수 홍범식은 합병의 비보를 듣고 목매어 자결했고, 러시아 공사 이범진은 순종황제에게 올리는 서한과 2천 5백 루블을 남겨놓고 자결했다. 진사 황현은 아편을 마시고 자결했으며, 망국의 소식을 듣고 솔잎으로 연명하던 조장하는 한달만에 순국했다. 내시 반하경은 할복 자결하였고, 송주면은 강물에 몸을 던져 순국했다. 사간원 정언 이중언은 을사오적을 참할 것을 상소한 후 은거하던 중 단식 순국했으며, 훈련첨정 정동식은 포고문과 토적문을 써놓고 자결 순국하였다. 의관 송익면이 자결 순국하였으며, 도살업을 하던 황돌쇠가 순국하는 등[25] 각기 신분과 계급은 달랐어도 나라 잃은 비통한 심정은 한가지였다. 요컨대, 이민족의 침입으로 억압과 수탈에 신음하던 민중들은 영웅이 출현하여 자신들을 구원해 주기를 열망하게 되었고, 그로 인해 자연 崇力 혹은 尙武의 사상을 가지게 되었다는 것이다.

본격적인 항일운동은 무력투쟁에서 시작되었다. 일제의 무단 통치에 맞서 13道倡義軍을 중심으로 전국 각지에서 소규모 義兵들이 무력항쟁을 전개하였고, 大韓光復團(1913), 獨立義軍府(1919) 등 비밀결사체가 조직되어 국권회복운동을 펼쳤으며, 해외 한인들도 興士團(미국, 1913), 朝鮮國民軍團(하와이, 1914) 義烈團(만주, 1919), 北路軍政署(만주, 1919) 등을 조직하여 군대를 양성하고 군사훈련을 실시하였다. 특히 安重根(1909), 姜宇奎(1919), 羅錫疇(1926), 李奉昌(1932), 尹奉吉(1932) 등의 義擧에서 보이듯 항일운동은 더욱 과격한 수단에 의존하게 되었고, 이로써 사회 전반에

---

25) 역사신문편찬위원회, 『역사신문』6, 사계절출판사, 1997, 10면.

崇力思想 혹은 尚武思想이 팽배하게 되었다.26) 일제의 무단통치에 우리 민족이 선택할 방향은 너무도 자명한 것이었고, 그것은 두 말할 나위 없이 무장투쟁으로 일제에 맞서는 것이었다.

이렇게 볼 때, 역사적 인물인 설인귀를 주인공으로 다룬 활자본 고소설인 「설인귀전」의 수용은 당대의 민족적 현실과 관련된 것으로 사회 전반에 팽배해 있던 崇力思想 혹은 尚武思想을 기반으로 하여 이루어졌던 바, 무장투쟁의 선동에 있어서 긍정적으로 작용하게 되었다는 점에서 의의를 지닌다고 하겠다.

또 「설인귀전」은 역사소설뿐만 아니라 전설, 설화, 시가, 희곡 등으로도 유명하다. 설인귀가 당나라 장수이면서 삼국을 멸망시킨 장본인이지만 전설로 전해지면서 영웅으로 부각되고 감악산 산신으로 추앙받을 정도로 영향력이 컸음은 민중의 심리가 적국의 장수이기에 앞서 신분적 한계를 극복하고 금의환향한 영웅으로 인식되었고 지금도 전해지는 이야기들을 통해 설인귀전설은 흥미와 설인귀의 초인적 능력에 의한 현실타개로 보이기도 한다. 설인귀에 관련한 고사가 이미 오래전부터 전승되어온 관계로 「설인귀전」은 목차가 42회로 원전과 같고, 내용면에서도 생략과 축약위주의 번역을 하면서 줄거리는 그대로 유지하고 있다. 이미 전설 등으로 대중들에게 널리 알려진 이상 인물 부각에 있어서 굳이 변모할 이유가 없었던 것으로 여겨진다.

---

26) 곽정식, 「활자본 고소설의『수호전』수용 양상과 그 소설사적 의의」, 『한국문학논총』 제55집, 한국문학회, 2010, 152면.

3.2 「설정산실기」

3.2.1 「설정산실기」와 『征西說唐三傳』

「설정산실기」는 『征西說唐三傳』을 대본으로 제작된 것으로 보인다. 원전인 『征西說唐三傳』은 일명 『異說後唐三傳薛丁山征西樊梨花全傳』・『仁貴征西說唐三傳』・『說唐征西傳』이라고 부르는데, 中都逸叟編次이며 10권 88회로 되어 있다. 經文堂 藏本이 있으며 小本이며 10권 88회이다. 한 面은 12행이며 1행은 27자이다. 첫머리에 '如蓮居士題於似山居中'의 序가 있다. 현재 남경도서관에 소장되어 있다. 또 嘉慶 12년(1807) 福文堂 小型本이 있는데, 10권 90회로 대영박물관에 소장되어 있는데 현재 우리가 말하는 『薛丁山征西』이다.[27]

『征西說唐三傳』의 전체적인 내용은 다음과 같다.

> 李道宗은 張士貴의 사위로 거짓으로 薛仁貴를 成親王府로 불러들여 술을 먹여 취하게 한 다음 취중에 자기 딸을 죽였다고 모함한다. 황제는 크게 노하여 참수하라는 명령을 내렸으나 程咬金의 도움으로 감옥에 가뒀다가 백일 후에 참수하기로 하였다. 또한 尉遲恭과 徐茂公의 도움으로 감옥에서 풀려나 征西大元帥에 봉해져 哈迷國 元帥 蘇保同을 정벌하러 간다. 鎖陽城에서 秦懷玉과 尉遲寶林이 소보동의 칼에 죽고 인귀도 싸움 도중 부상을 입는다. 王敖老祖의 제자인 설정산이 二路元帥西征에 봉해져 棋盤山에서 寶仙童과 혼인하고 西涼으로 향한다. 설정산은 三關을 빼앗고 소보동을 크게 무찔러 쇄양성에 입성한다. 인귀는 정산이 산도둑에게 장가든 사실을 알고 노하여 감옥에 가둔다. 소보동이 다시 군사들을 거느리고 쇄양성을 포위하자 인귀는 정산을 감옥에서 풀어주었으며 陳金定의 도움으로 蘇金蓮을 죽이고, 정산과 진금정은 마침내 부

---

27) 오순방 외, 『中國古典小說總目提要』 3권, 蔚山大學校出版部, 1997, 83면.

부가 되었다.

寒江關에 이르러 樊洪의 딸 樊梨花가 있었는데, 무예가 출중하여 설정산이 세 번이나 사로잡혔다 풀려났다. 정산은 이화와 혼인하던 날 밤에 그녀가 부친과 오빠들을 죽였다는 사실을 알고 이화를 죽이려고 하였다. 이에 대로한 인귀는 정산을 감옥에 가두었다. 청룡관에 이르러 공격이 순조롭지 않자 정산을 풀어 열염진을 파하게 하였으나 오히려 갇히게 되었고, 이화의 도움으로 다시 살아나게 된다. 이화는 정산을 구하러 가는 길에 玉翠山의 薛應龍을 항복시키고 의자로 삼는다. 이화와 정산이 다시 택일하여 혼인을 올릴 때 정산은 설응룡을 보자 의혹이 생겨 이화를 쫓아내려고 한다. 인귀는 노하여 정산을 때린 후 감옥에 가둔다.

朱雀關에 이르러 總兵 刁應祥의 딸 刁月娥와 秦漢은 부부가 되고 竇一虎와 薛金蓮도 역시 부부가 된다. 당군이 17개 부락을 함락하고 白虎關에 이르러 인귀가 백호산 속에 갇히게 되자 옥에서 풀려난 정산이 아버지를 구하려다가 오히려 백호의 모습으로 변신한 인귀를 죽이게 된다. 당태종이 죽자 당고종이 즉위하여 정산에게 한강관에 가서 번이화를 청하도록 명하였다. 정산은 세 차례나 가서 갖은 수모를 당하고 자신의 죄를 뉘우친 후에 이화와 드디어 결혼하게 되었다. 威寧侯大將軍으로 봉해진 이화와 帥府參將인 정산은 소보동을 죽이고, 이화는 陣中에서 薛剛을 낳았으며 番王 納款의 항복을 받았다.

설강은 長安에서 內監과 張保를 때려죽이고, 이로 인해 武后는 설씨 일가 300여명을 모두 죽였다. 설강은 장안으로 와서 부모의 묘에 성묘하다가 張君佐와 武三思에게 포위당하였으나 진한과 월아에게 구출되었다. 무삼사는 九煉山을 다섯 번이나 공략하였으나 모두 설강에게 패하였다. 정교금은 小主에게 왕위에 오를 것을 청하고 병사를 일으켜 장안을 탈취하였다. 狄仁傑은 周를 폐하고 張君佐와 武三思는 斬首당하였다.

『征西說唐三傳』 1회~7회까지는 薛仁貴가 억울하게 감옥살이를 하다가 당태종의 명으로 征西를 하러 가는 내용이고, 8회~69회까지는 薛丁山이 樊梨花와 결혼하여 丁山과 梨花가 哈迷國을 정복하는 내용이고, 70회~90회까지는 丁山과 梨花의 아들 薛剛이 周를 뒤엎는 내용으로 3

대를 걸친 薛氏집안의 사적으로 되어 있다. 역사소설에 허구성이 많이 개입되면서 흥미의 요소를 불러일으키는데 사실 薛丁山과 樊梨花는 허구로 만들어낸 인물들이다.

『征西說唐三傳』은 戱曲劇目과 연관성이 아주 많은데 내용에서 보면 상당히 많은 부분이 비슷하다. 『西唐傳』에서 薛仁貴가 李道宗의 모해로 감옥에 갇히고 尉遲恭이 궁문에 부딪혀 죽는 내용, 徐茂公의 도움으로 풀려나 서정하는 『征西說唐三傳』의 1회~7회에 해당하는 내용들은 『斬白袍』 혹은 『敬德闖朝』라고도 불리면서 京劇・湘劇・漢劇・豫劇・五調腔으로 활용되기도 했다. 『還鐧記』는 秦懷玉가 蘇寶童에게 죽임을 당하는 『征西說唐三傳』의 11회에 보이는 내용으로 豫劇의 劇目이다. 『鎖陽關』은 薛仁貴가 蘇寶童의 비도에 중상을 입고, 程咬金이 군사를 모집하고 薛丁山이 鎖陽城을 파하는 『征西說唐三傳』의 12회~25회의 내용으로 秦腔・越劇에 보인다. 『盤腸戰』은 界牌關을 지날 때 羅通이 王不超와 싸우다가 창에 찔려 창자가 배밖으로 나왔으나, 끝내 王不超를 찔러 죽인 후, 그 머리를 베어 진영으로 돌아와 죽은 내용으로 『征西說唐三傳』의 20회에 나온다. 京劇・昆曲・漢劇・秦腔・川劇・徽劇・滇劇・豫劇・同州梆子・河北梆子 등에 모두 이 劇目이 보인다. 『三請樊梨花』는 樊梨花가 부친과 형제를 죽이고, 薛丁山이 樊梨花를 청하기 위해 세 번이나 고생하여 둘의 혼인이 이루어진 내용으로 『征西說唐三傳』의 31・33・37・43・44회에 해당하며 많은 大劇目에 보인다.[28] 이로서 『征西說唐三傳』은 개별적인 이야기들이 戱劇으로 많이 전파되다가 묶여서 하나의 작품으로 탄생되었음을 알 수 있다.

---

28) 楊志烈 外, 『秦腔劇目初考』, 陝西人民出版社, 1984, 참조; 陶君起, 『京劇劇目初探』, 中華書局, 2008, 참조

『薛丁山征西』의 조선시대 번역본은 따로 없고 활자본으로 출간된 「셔정긔」·「설뎡산실긔」·「이화정서전」이 있다. 「셔정긔」는 1923년에 安景濩이 신구서림에서 간행한 것과 박문서관(1923), 세창서관(1952)본이 있는데 현재 인천대, (재)아단문고, 고려대 등에 소장되어 있다. 「설뎡산실긔」는 1929년 노익환이 신구서림과 박문서관에서 간행한 것으로 활자본 「설뎡산실긔」라는 작품명으로 인천대, 경희대, 이화여대 등에 소장되어 있다. 「이화정서전」은 신태삼이 세창서관에서 1951년에 간행한 것과 신구서림본 「번이화정서전」이 있는데 인천대와 이화여대, 고려대에 소장되어 있다.

『薛丁山征西』는 90회로 된 소설인데 「서정기」는 『설정산정서』의 제1회부터 제22회까지를 번역하여 독립시킨 작품이다. 그 주요 내용은 설인귀가 모해로 옥에 갇히고 하수인을 문초해 무죄를 증명한 뒤 황제와 함께 삼십만 대군을 이끌고 소양성으로 나아가 소보동과 싸우는 일, 설정산이 병법을 배우고 천자와 부친을 구하러 가면서 女將 두선동에게 붙잡혔으나 청혼을 빌미로 풀려나는 이야기로 서정할 때의 전쟁을 다루었다. 「설정산실기」는 『薛丁山征西』의 제23회부터 제44회까지를 번역한 작품이다. 여주인공 번이화와 남주인공 설정산의 대결과 혼인갈등을 다룬 작품이다. 「이화정서전」은 『薛丁山征西』의 제45회부터 제69회까지를 번역한 작품이다. 대원수가 된 번이화가 번국과 전쟁을 치루는 과정을 서술하고 있다.[29) 활자본 「설인귀전」과 마찬가지로

---

29) 「서정기」(1회~22회)와 「설정산실기」(23회~44회), 「이화정서전」(45회~69회)은 모두 『薛丁山征西』의 번역본으로 「서정기」의 대체적인 내용은 설인귀가 장씨와 성친왕이 꾸민 흉계로 옥에 갇혀 3년을 지내고 번국과 싸우고, 설정산은 여장(女將) 두선동과 결혼하는 이야기이며, 「이화정서전」은 설정산과 혼인한 번이화가 대원수가 되어 번국과 전쟁을 치루는 전쟁담으로 이루어졌다. 「서정기」와 「이화정서전」은 전쟁담이 주를 이루는 형식에서는 「설정산실기」와 맥락을 같이 한다. 반면에 「설정산실기」는

활자본 「서정기」・「이화정서전」은 군담을 위주로 남녀의 영웅상을 그린 작품이고, 반면에 「설정산실기」는 남녀주인공의 혼인을 중심으로 남성을 능가하는 번이화의 능력과 탈 여성적인 서사를 이루고 있다.

「설정산실기」와 『薛丁山征西』를 비교하면서 번역 양상을 살펴보기로 한다. 「설정산실기」는 총 110면으로 되어 있다. 「설정산실기」는 『薛丁山征西』의 22회에 해당하는 내용을 번역한 작품이다. 목차는 따로 제시하지 않고 있으며 직역위주의 번역을 하고 있다. 「설정산실기」의 처음 부분은 원전의 앞 장절에 일어난 일들을 간략하게 소개하면서 자연스럽게 시작하고, 거기에 이어서 원전의 23회의 중간 부분부터 바로 들어간다.

재설 소보동이 패귀하야 군사를 점고하니 도시 상궁절비의인이요 구개비도와 삼구비포는 다 날나 재가 된지라 다시 패잔군을 정졔하야 원수 갑기를 정하고 본국을 향하야 도라갈 새 멀니 바라보니 젼면에 일지 군마 압흘 향하야 오거늘 소보동이 이를 보고 놀나 혼불재신하야 말하되: "압해는 병마가 잇고 뒤에는 츄병이 잇스니 내 이곳에셔 명이 다하도다."ㅎ더니 서로 갓가히 보니 이난 곳 비발화상과 철판도인이라 군사를 거나려 압셔 오다가 소보동에 패군함을 보고 황망히 뭇되: "설인귀 쇄양성을 대패하얏다 하기 소원수로 더부러 보슈할 일을 샹의코져 군사를 거나려 오노라"하거늘[30]

再講蘇宝同殺得大敗, 回轉頭來, 不見追兵, 忙鳴金收軍。百万人馬, 点一点不見七十万, 所剩者多是傷胸折臂之人, 好兵不滿二十万。大將二百員,

---

전쟁담과 혼인담 두 가지를 모두 포함한 작품으로 특히 혼인을 둘러싼 丁山과 梨花의 갈등을 중심으로 이루어진 작품이라고 볼 수 있다. 이에 이 책에서는 작품의 내용이 비슷하고 겹치는 부분이 많으며 전쟁담이 주를 이루고 있는 「서정기」와 「이화정서전」는 제외하기로 한다.

30) 「설정산실기」(인천대학 민족문화연구소, 『고소설전집』 7, 은하출판사, 1983.) 2~3면. (이하 작품 인용은 작품명과 해당 면만 밝히기로 함.)

只剩二十員。九口飛刀, 三口飛鏢, 盡化灰飛。

　不如且回西涼, 再整兵夏仇。主意已走, 往前而行。只見前面一支人馬下來。蘇宝同唬得魂不在身, 說：“前有兵馬, 后有追兵, 我命休矣。”相近不遠, 睜眼一看, 原來是飛鈸和尙与鐵板道人領兵前來。一見蘇宝同忙問道：“元帥, 俺聞南蛮大破鎖陽城, 特來与元帥共議報仇之計。請問元帥爲何帶了兵馬回轉西涼, 莫非懼怯大唐, 讓他了么？”＜『薛丁山征西』23회＞

　이 부분은 「설정산실기」의 처음 부분에 나오는 내용인데, 원전에는 '100만인마를 점고하니 70만이 사라지고' 등의 내용은 생략하고 있다. '재설 소보동이 패귀하야 군사를 점고하니 도시 상궁절비의인이요 구개비도와 삼구비포는 다 날나 재가 된지라'는 구절에서 싸움에 패배하였다는 내용은 짐작할 수 있다. 그러나 원전을 보지 않는 한 '상궁절비의인', '구개비도', '삼구비포' 등의 어휘들은 한문 그대로 번역되어 독자들이 이해하기 힘든 부분이다. 번역본은 원전의 대화체를 그대로 따르고 있지만 내용은 일부분 축약하고 있다.

　　쵸부 답응하고 심을 써 노를 쓰러 올니다가 반산에 이르러 노를 송지에 걸거늘 뎡산이 허공에 걸녀 쵸부다러 왈: "그대 엇지 나를 이갓치 하나뇨" 쵸부 왈: "소장군아 네 사람을 잘 속이니 내 쏘 너를 한번 속임이로다."하고 말을 맛치고 마참내 가거늘 뎡산이 할 일 업시 허공에 걸녀 심히 황급하야 엇지헐 줄 모로더니 홀연 보니 두 개 쥐가 잇셔 송지에 걸닌 노를 씹어 쓴어지며 두 팔이 장차 써러지려하니 뎡산이 놀나 혼불부쳬하야 부르지지며 "쥐야 네 나을 무삼 일노 이갓치 속이나냐 내 이제 분골쇄신하야 만무일생이라"[31]

　　却說樵夫用力將繩扯動, 扯到半山之間, 將繩扣在松枝上, 把薛丁山倒挂在虛空。薛丁山叫道：“樵哥快扯我上去, 因何將我吊在空中？”樵夫大笑

---

31) 「설정산실기」, 32면.

道：“小將軍, 你罰了无着落之咒, 善于騙人, 我也騙你一騙。只就是半天倒
挂, 没有存身之處了, 我去了。”丁山想道：“方才賭的咒如今應了, 叫我怎
處？”正慌急間, 只見兩个松鼠, 走在松枝, 將繩亂咬, 咬斷兩股, 將要落下
來, 嚇得丁山魂不附体, 叫道：“松鼠你也欺我, 此繩斷了, 跌了下來, 碎骨
粉身, 万无生理。”<『薛丁山征西』30회>

위의 인용문은 설정산이 번이화의 술법에 당해 樵夫가 구해주는 내
용이다. 원전의 대화체는 그대로 서술하고 있지만 내용은 약간의 축약
을 하고 있다. 원전에 나오는 '繩'을 번역문에서는 '노'라고 번역하고
있고, '松鼠'를 '쥐'로 번역하고 있다. 대체적으로 번역문은 원전의 서
술체를 그대로 따르고 있으면서 축약과 생략을 겸한 번역양상을 보이
고 있다.

3.2.2 허구적 인물을 통한 女將의 변화

「설정산실기」는 「설인귀전」의 후속작으로 설인귀의 아들인 설정산
이 西征하면서 여러 佳女들과 인연을 맺고 번이화와 갈등을 겪게 되는
이야기로 확산되는데, 재자가인형 소설[32)]의 양상을 띠고 있다.

---

32) 이른바 재자가인소설의 변이형으로 분석한 논의로는 佳人은 관리귀족들의 출신으로
才, 貌, 情을 겸비한 인물이라는 것은 재자가인소설의 모든 여성을 귀속시키기에는
무리가 있다고 하면서『警世通言 · 杜十娘怒沉百寶箱』중의 杜十娘을 예로 들면서 기
생의 신분이지만 정절과 기개를 지킨 여성들도 포함시킨 것이 있고, 한문소설 가운데
『紅白花傳』을 비롯한 17세기 애정전기소설인『주생전』,『운영전』,『위경천전』,『상사
동기』등을 재자가인 소설적 성향을 가지고 있다고 볼 수 있고 중국의 재자가인소설
의 번역 · 번안형에 속하는 표준형도 눈에 띄지만 보다 많이는 변이형인『구운몽』,『왕
경룡전』,『백운선완춘결연록』,『洛東野言』등도 포함시킨 견해도 있다. 또한 영웅적
삶에 직시하여 영웅소설로 많이 알려진『구운몽』과 같은 경우는 양소유의 영웅적 활
약도 있겠지만 재자(양소유)와 가인(팔선녀)의 만남을 초점으로 맞추면서 품격 면에
서는 재자가인소설과 상통한다고 보았다.(任明華,『才子佳人小說研究』, 中國文聯出版
社, 2002, 4면; 임향란의『한중재자가인소설류 비교연구』, 한국학술정보, 2008, 58면;

「설정산실기」의 줄거리를 살펴보면 다음과 같다.

1. 태종황제의 명을 받아 설정산이 서번을 토벌하다. 소보동이 패하여 본국으로 향하다.
2. 비발화상과 철판도인이 소보동과 더불어 쇄양성에서 당나라군대와 싸우다.
3. 소보동이 패잔병을 거느리고 도망치다가 소금연(명성황후)을 만난다. 진금정의 도움으로 소금연을 죽인다. 이로써 쇄양성을 정복하고 설정산은 구해준 은혜에 보답하고자 진금정과 성친하여 전처 두선동과 더불어 일부이처가 된다.
4. 당나라 군사가 한강관으로 진병하고 관장 번홍의 딸 번이화가 막는다. 혼인을 맺기로 한 설정산은 중매를 보내 혼인날짜를 잡지만 혼인이 무효하게 되고 설원수에 의해 곤장을 맞고 감옥에 갇히게 된다.
5. 당나라군사가 청룡관에 이르렀고, 번이화는 열염진을 파하고 설정산을 구한다. 구해준 은혜에 보답하고자 번이화와 설정산의 혼인을 요구하지만 설정산을 결코 응하지 않는다.
6. 청룡관을 정복하고 주작관에 이르러 번이화가 주작관 주장 추래태의 홍수전을 파하고 설정산을 구하여 다시 화촉을 이르게 하지만 또 다시 실패로 돌아간다.
7. 원무관에 이르니 원무관 총병 조응상이 지키고 있고 그의 딸 월아가 있었는데, 속세인연이 있어 진한과 월아는 왕선노조와 금도노조의 도움으로, 설금연과 두일호는 도화노조의 도움으로 혼인을 하게 된다.
8. 백호관에 이르러 설정산은 실수로 아비인 설인귀를 죽이게 된다. 황제는 장공속죄하게끔 설정산으로 하여금 한강관에 가서 번리화를 청하여 오게 한다. 한강관에서의 세 번의 시련 끝에 둘은 혼인하고 이야기는 끝을 맺는다.

「설정산실기」는 당태종의 명을 받아 서번을 토벌하게 된 설정산이

김정숙의 『조선후기 재자가인소설의 형성과 변천』, 보고사, 2006, 44면 참조)

서번국 소보동의 군사와 싸우다가 진금정, 번이화 두 佳人을 만나게 되고 인연을 맺는 과정 중 겪게 되는 시련과 남주인공의 입신양명으로 재자와 가인의 혼인이 이루어지고 파란곡절 끝에 대단원을 맺는 내용으로 되어 있다. 특히 군담을 통하여 두 남녀의 혼인과정에서 나타나는 갈등을 해결하는 내용이 주를 이루고 있다.

당나라 군사가 한강관에 이르러 성주와 성주의 딸 번이화와 싸우게 된다. 번이화와 설정산이 수차례 싸우다가 스승인 여산노모의 예측으로 전세에 숙세인연이 있다고 들은 번이화는 설정산과 혼인을 맺으려 한다. 설정산은 이미 두선동과 진금정이라는 두 여자와 결혼한 상태이며, 혼인을 요구하는 번이화의 당돌한 행동에 크게 분노한다.

> 이에 소래 지르며 창으로 장차 찌르려 하니 번이화 손에 드럿든 창으로 막으며 이로되: "너는 설명산이 아닌냐 내 사부에 명을 바다 일즉이 너로 더부러 숙셰에 인연이 잇스니 응당 배합하면 나에 부형이 비록 번장이나 한가지 귀항하여 명서에 공조할 거시니 네에 뜻시 엇더하뇨" 설명산이 청파에 대매 왈: "무지천인아 자고로 남자가 구혼함은 보와쓰나 엇지 여자가 되어 자긔에 말을 하니 네 붓그럽지 아니하냐"[33]

번이화는 처음 만난 설정산에게 적극적으로 혼인하기를 바란다. 숙세에 인연이 있다는 이유로 화합하자는 내용은 여성의 정체성을 의심할 정도로 받아들여지기 힘든 것이다. 이른바 남성성, 여성성에 대한 개념은 민족, 시대, 장소에 따라 매우 가변적이다. 그러나 가부장제가 시작된 이래 동서양을 막론하고 전혀 다른 남녀의 본성이 존재한다는 신념과 이것이 하나의 고정적인 이원론으로 설명되어 온 점은 공통적

---

33) 「설정산실기」, 30면.

인 특징인 것 같다. 이를테면 역사적으로 많은 지역에서 남성은 힘, 높음, 적극성, 이성, 바깥, 낮, 해, 능동성 등을 상징하고 여성은 이와 대조적으로 온순함, 낮음, 소극성, 감성, 안, 밤, 달을 나타낸다고 생각되어 왔다. 남녀를 구분하여 그 지위의 고하와 특성을 나누는 것은 음양론이라는 철학 체계의 기반 위에서 의심할 수 없는 진리로 받아들여진다.[34] 위의 내용으로 볼 때 번이화는 성 정체성에서 상당히 남성성의 이미지를 구축하고 있다. 주동적으로 남성에게 혼인을 요구하는 번이화의 자발적인 행동은 남성으로서 받아들여지기 힘든 상황으로 두 남녀의 갈등의 시작을 의미한다. 두 남녀는 여러 합 싸우다가 설정산이 번이화에게 사로잡히게 된다. 설정산은 번이화에게 세 번이나 포획되자 풀어주면 혼인을 하겠다는 약속을 지키기 위해 마지못해 혼인을 치르게 된 상황이 된다.

> 소져 세자 힐문함을 듯고 만면 수홍타가 심중에 생각하니 매사가 오래되면 자연 알 터이니 금일 화촉을 이르는 날 찰하리 말함이 무방하다 하고 그 부형에 죽은 전말을 자세히 이르니 세자 듯다가 노긔등등하야 대매하되: "이 천인아 네 불충불효불계한지라 엇지 시부살형하고 국은을 배반하고 당조에 귀항하니 너를 이 세상에 머무러 두면 후환이 될 샌 아니라 후세 인신자졔로 본을 바들지니 찰하리 너를 업새 바리리라" 하고 급히 요간에 찬 보검을 쎄여들고 왈: "내가 너의 부형에 원수를 갑고자 하노라"[35]

---

34) 班昭는 『女戒·敬愼』에서 "음과 양은 그 특성이 다르며 남녀는 행동이 다르다. 양은 강을 덕으로 삼고 음은 유함을 덕으로 삼는다. 남자는 강한 것을 귀히 여기고 여자는 약한 것을 아름답게 여긴다."라면서 남녀가 가져야 할 특성이 완전히 달라야 한다는 당위성을 음양론으로 귀결시켜 설명했다.(임향란, 앞의 책, 115면 참조)
35) 「설정산실기」, 42면.

설정산은 번이화와 첫 화촉을 밝히는 날 크게 다투게 되면서 이들의 혼인은 무효가 된다. 이 부분은 원전에 나오는 설정산과 번이화의 형상을 그대로 서술하고 있다. 번이화가 여성으로서 주동적으로 적장과 定婚한 사실은 그의 부친도 용납하지 못하게 된다.[36] 자식의 인륜대사는 부모가 정하는 만큼 크게 대로한 부친이 실족하여 본인의 칼에 죽는다. 번이화의 형제들도 부친의 죽음을 듣고 달려와 싸우지만 결코 상대가 되지 못하고 모두 번이화의 손에 죽게 된다. 졸지에 골육지간을 죽이게 된 번이화는 천하의 멸시를 받게 되는 범죄자의 낙인이 찍히게 되었고 이 사실을 알게 된 설정산은 크게 분노한다. 다재다능하고 지적이고 부모에게 효도하는 일반적인 여성과는 매우 다른 양상을 보여주는 대목이다. 그러나 이것은 모두 두 남녀가 겪게 되는 시련과 갈등으로 평탄치 않은 두 사람의 화합과정으로 볼 수 있고 여성이 절박한 상황해결을 위한 피치 못할 행위로 볼 수 있다. 여성 인물의 공격성은 이런 각도에서 볼 때 남성성의 발현이나 여성성의 부정적 발현이 아닌 인간적인 정당한 행위로 인식될 수 있다.[37] 여기서 기

36) 번홍이 쳥파에 대로하야 왈: "무치한 천인아 엇지 이런 말을 하나뇨 혼인은 인윤대사라 부모가 잇셔 쥬장하거늘 네 여자에 몸이 되어 렴치를 불고하고 진상에서 뎡혼함은 고금에 업는 법이라 너갓흔 천인을 두어 무엇하리오"하고 요간에 찬 보검을 빼여 치려하니 번이화 부친에 발노함을 보고 급히 채호하며 도망코자 할지음에 번홍이 실족하야 자긔에 칼에 인후를 상하고 쌍에 업더지더니 인하야 죽는지라. (「설정산실기」, 38면.)

37) 「홍계월전」은 중심지향성이 강한 소설에서와 달리 여성이 남성보다 능력 면에서 우월할 수 있으며, 남성을 보호하고 구제할 수 있다고 그리고 있다. 여성 인물들은 자신이 마주친 어려움을 회피하지 않고 갈등을 자신의 힘으로 해결하면서 자신의 입지를 넓히고, 남성을 공격하고 비판함으로써 자신들의 장점을 부각시킨다. 이 소설들에서는 통념상 여성답지 못하다고 부정적으로 인식되는 행위를 자신이 처한 절박한 상황을 해결하기 위한 정당한 행위로 그림으로써, 통념적인 여성의 틀에 길들여진 시각으로 보지 말 것을 주장한다.(김연숙, 『고소설의 여성주의적 연구』, 국학자료원, 2002, 215면 참조.)

존의 여성중심의 활자본 고소설인 「홍계월전」을 예로 든다면 계월이
천자와 아버지 및 남편을 구하지만 번이화는 부친과 형제들을 무의식
적으로 살해한다는 차이점이 있다. 그러나 이것은 두 사람이 인연을
맺기 전의 갈등일 뿐 여성이 현실극복과 상황해결의 자아실현에 있어
서 서로 같은 맥락을 유지한다.

  청룡관에 이르러 설정산이 열염진에 포위되자 번이화가 나서서 구
해준다. 이에 설원수(설인귀)는 구해준 은혜에 보답하고자 번이화와 설
정산의 혼인을 재차 요구하지만 설정산은 결코 응하지 않는다. 대로한
설원수는 설정산을 한강관에 가둔다. 이로서 이들의 혼인은 또 다시
좌절을 겪게 된다. 번이화의 도움으로 청룡관을 취하고 주작관에 이르
니 주작관 주장 추래태가 보배 영목탑을 갖고 있어 당해낼 자가 없으
니 또 설정산을 풀어 추래태를 죽이자 그의 스승 유두도사가 제자의
원수를 갚고자 호로를 풀어 홍수를 내니 모두 사생이 경각에 달리게
된다. 이에 노국공 정교금이 또 번이화를 불러오는데 번이화가 주작관
에 가던 중 옥취산에서 설응룡을 사로잡아 義子로 삼는다. 번이화가
홍수를 파하고 설정산을 구하여 다시 혼인을 하려고 하지만 갑자기
나타난 의자 설응룡에 설정산이 대로하여 죽이려고 한다. 이런 사실을
알게 된 설원수는 설정산을 참하려 하지만 대신들의 간청에 곤장을
치고 다시 옥에 가둔다. 여기서 주목할 만한 점은 번이화가 스스럼없
이 설응룡을 의자를 삼는다는 점이다. 비록 설정산과 같은 성씨라는
전제하에 성립된 것이라지만 여주인공의 지나친 남성화와 대범함은
독자들에게 반감을 불러일으킬 수도 있다. 일반적으로 비범한 능력을
가진 여주인공은 번이화처럼 상층 가문 출신이 많은데[38] 상층가문이

---

38) 『구운몽』의 정경패나 난양공주, 『백운선완춘결연록』의 이옥연, 『홍백화전』의 순직소,

라 해도 죽음으로써 절개를 지키는 열녀의 형상이나 남녀의 관계가 수평 관계를 유지하도록 고난을 이겨내는 모습이 주를 이룬다. 여성이 서사의 중심에서 활약하고 강인함을 보여주며 남성에 대한 신뢰를 보여주는 패턴과는 다른 확장된 가녀의 형상이라 할 수 있겠다. 원무관에 이르러 진한과 원무관 총병의 딸인 월아와, 설정산의 동생인 설금연과 두일호가 혼인을 치르게 되는 부분은 모두 두 남녀가 뛰어난 재주를 갖고 있지만 오히려 여성이 남성보다 월등한 능력을 갖고 있는 것으로 나타난다. 그러나 제3자인 이들은 모두 남성이 여성에게 청혼하는 방식으로 이루어지고 거기에 순응하는 가인의 모습을 보여주는 반면 주인공인 설정산과 번이화는 오히려 정반대의 모습으로 기존의 여성이 순종하는 모습에 강하게 저항하는 남성적인 이미지를 심어주고 있다.

이들의 갈등은 매번 여주인공으로 인하여 발생하게 되는데 1차 혼인과 2차 혼인은 모두 번이화의 행동으로 분노한 설정산이 혼인을 파기한다. 이러한 원인제공은 여주인공의 지나친 남성화로 인한 설정산과의 충돌인 것이다. 이러한 충돌은 설정산이 부친(설인귀)을 오살하고 나서 사라지며 이로써 두 남녀를 동등한 지위로 만들어 놓는다. 부친을 구하러 갔다가 백호로 화신한 설인귀를 활로 쏘아 죽이니 대신들이 장공속죄로 설정산으로 하여금 한강관에 가서 번리화를 청하여 오게 한다.

> 번리화 보고 짐짓 모르는 체하여 중군을 불너 호령 왈: "저 소모청의 자는 누구완대 감히 여기 와서 우리 군정을 엿보느뇨 필시 간세배니 교

『낙동양언』의 양애옥은 모두 상층 가문에 속한다.(김정숙, 앞의 책, 149면 참조)

장으로 잡아 대령하라"하고 연무장으로 가서 대소삼군을 좌우로 분립하
고 대오를 정한 후 말게 내려 연무청에 올나 금교에 가 안지며 전령 왈:
"간세인을 대령케 하라"하니 패관이 대답하고 명산을 잡아 대하에 쑬니
고자 하거늘 명산이 죽기를 한하고 쑬지 아니하거늘 번리화 대로 갈왈:
"네가 감히 본후압혜 쑬치 안코자 하느냐" 명산 왈: "남아 슬하에 황금
이 잇나니 엇지 머리를 숙이고 여자에게 절하랴 나는 성지를 밧들고 왓
거늘 엇지하면 이갓치 무정하게 모르는 것 갓치 하는뇨" 번리화 왈: "너
는 망은부의하는 자라 그러나 성지를 가지고 왓다 하니 성지가 어대 잇
느뇨" 명산이 대답지 못하거늘 리화 왈: "모든 것이 다 거진말이니 녀병
등은 저 축생을 가죽채죽으로 일백개를 싸리여 냇치라" 녀병 등이 일제
히 다라드러 명산을 긔ㅅ대에 매달고 피편으로 치거늘[39]

여러 번이나 혼사를 거절당한 터라 설정산이 성지를 갖고 오지 않
았다는 이유로 채찍으로 쳐 돌려보낸다. 설정산이 성지를 갖고 다시
한강관에 이르자 번이화는 거짓 죽음으로 속인다. 다시 백호관에 이른
설정산은 황제가 죽을 죄를 면하는 대신 한강관에 가서 번리화를 살
려오라는 칙지를 내린다. 세 번의 시련 끝에 둘은 혼인하고 이야기는
끝을 맺는다.

「설정산실기」의 주요 갈등양상구조를 살펴보면 타인의 간섭으로 혼
인이 이루어지지 않는 것이 아니라 주요 원인제공은 두 남녀라는 점
이다. 두 사람이 화합하면 모든 西征이 쉽게 풀리지만 둘이 성사되기
까지는 서로의 갈등해결이라는 난제가 이들을 가로막고 있다. 기존의
유가적 도덕과 윤리를 벗어난 여주인공의 지나친 남성화가 두 사람의
갈등구조를 형성하는데 一助하고 있었다. 반면에 약간 소외된듯한 남
주인공의 소극적인 행동과 비주관적인 행동으로 이들의 인연은 한층

---

39) 「설정산실기」, 108면.

더 곡절을 겪게 된 것이다.

「설정산실기」는 영웅소설의 기본적인 틀을 갖추고 있으면서 특히 여성의 형상에 치중하여 서술하고 있다. 두 남녀를 둘러싼 영웅군담류 소설가운데 남주인공과 여주인공의 인연을 다룬 작품으로 특히 전형적인 일부다처를 형상화하고 있다. 一夫多妻를 그린 소설의 공통점을 꼽는다면 남자가 여러 명의 아내를 두는 것에 대해 의문을 품거나 질투를 하는 여성이 없다는 것이다. 도리어 남성을 위해 재주 있는 다른 여자를 물색하기도 한다. 어떤 여자가 자기보다 더 재주 있고 미모가 뛰어나면 질투심이나 경쟁심을 갖기보다 오히려 남자를 위해 기뻐하고 자신이 주도적으로 나서서 한 남자를 섬기자고 제안까지 한다. 여성 인물들끼리 갈등하고 있지 않으며 갈등은 남녀사이에 일어나고 있다. 여성 인물들은 남성에 기대어 그들과의 원만한 관계를 형성함으로써 정체성을 확립하는 것이 아니라, 자신의 판단에 의하여 현실적인 제약을 깨뜨리고 결단력 있게 행동함으로써 자신의 정체성을 찾고자 한다.

『구운몽』의 처첩들 사이를 보면 갈등이 일어나기는커녕 자매 혹은 친구 사이로 가장 친절하게 지내는 모습을 보여준다. 이들은 타의에 의한 일부다처가 아니라 자신들이 한 남자의 아내가 되기를 원하는 능동적인 일부다처의 모습을 보인다. 설정산이 진금정을 아내로 맞아 드릴 때 본처인 두선동이 반갑게 맞아주는 내용이나 번이화가 주동적으로 혼인을 요청하는 일과 두 전처가 번이화의 재주와 미모에 반해 한 가족이 되려고 노력하는 모습들은 일부다처의 공통적인 특징이라 할 수 있겠다.

여장의 활동이 두드러진 작품들로는 황운보다 활약상이 뛰어난 여장인 설연을 부각한 「황운전」, 남편보다 탁월한 능력을 지닌 홍계월을 주인공으로 내세운 「홍계월전」, 장원급제한 장애황이 남선우의 난에 대원수로 출정하는 「이대봉전」, 이춘령이 일광도사에게 술법을 배우고 유문성과 함께 명나라 창업을 위한 전쟁에 참여하여 많은 활약을 하는 「유문성전」 등은 모두 여성의 능력이 남성을 초월하거나 대등한 위치에 놓여있는 작품들이다.

이와 같이 여성의 능력이 남성을 앞지르는 작품은 조선조의 사회적 통념과는 일치하지 않는 내용으로서 외국 문학인 『설정산정서』의 영향을 받았다고 할 수 있고, 여성의 활약은 여성들의 사회적 진출이 억압되었던 조선조 사회의 제도나 윤리에 대한 반발에 기인한 것으로 해석할 수도 있다.[40] 「설정산실기」와 그 영향을 받은 작품들이 활자본으로 간행된 것은 설정산과 번이화라는 허구적 인물의 설정과 설정산에서 번이화로 바뀌는 중심인물의 교체가 조화를 이루는 작품이며, 해체위기에 놓인 조선조의 여성에 대한 평등한 권리와 자유를 박탈하던 윤리제도와 가부장제에서 탈출하고자 하였던 시도로 볼 수 있겠다. 하지만 우리 군담소설의 여장들은 대체로 남장으로 활동하거나, 혼인 후에는 대부분 가정으로 들어간다. 이러한 점은 조선조 가부장제의 남성 중심사고를 완전히 해탈하지 못하는 한계가 있으며 중국 소설의 여장과 차이점을 보인다고 하겠다.

활자본으로 재탄생한 「설정산실기」의 원전 『설정산정서』는 군담소설이다. 원전의 전체적인 내용은 군담을 위주로 전쟁과 남녀의 영웅상을 그린 작품이지만, 이와 반면에 원전의 23~44회까지를 번역한 「설정산실기」는 남녀주인공의 혼인을 중심으로 번이화의 남성을 능가하

40) 서대석, 앞의 책, 306면.

는 능력과 탈 여성적인 서사에 초점을 맞추고 있다. 중국의 군담류 소설에서 재자가인형 소설로 탈바꿈한 이른바 편집자의 의도에 따라 편성된 혼인(사랑)을 둘러싼 전형적인 合-離-合의 작품이라 할 수 있다. 이런 유형의 소설의 예술성과는 소설의 발전에 따라 부단히 변화하는데 구체적인 情節이나 인물의 운명 등 설정에서 서로 다른 차이를 보인다. 특히 '男弱女强'적 측면에서 보면 여성의 가정환경이 남성보다 좋거나 여성이 초자연적인 능력을 갖고 있고, 여성이 주동적으로 남성을 추구하고 남성은 피동적으로 여성을 받아들이는 행동들이다.

제 4 장

염정서사의
여성 형상과 통속화

염정서사의 여성 형상과 통속화

수당 고사 관련 활자본 소설 가운데 「수양뎨힝락기」, 「양귀비」는 여성 인물에 초점을 두고 제작한 소설이다. 당시 봉건사회가 해체되고 전란의 현실에 부응하기 위한 가문의 필요성과 사랑의 절실성 및 영웅 대망의 분위기가 조성되면서 가정소설, 가문소설, 염정소설, 영웅소설 등으로 활자본소설들이 대량으로 출현되었다. 이른바 염정소설이라고 일컬을 수 있는 「수양뎨힝락기」는 당시 독자들이 새로운 세계에 대한 호기심과 자유연애 등에 부응하여 『隋唐演義』의 번역본으로 출현하게 된다. 수양제가 역사적으로 暴君 혹은 淫君으로 알려지고 있는 가운데 원전 『隋唐演義』도 수양제를 망국의 화근으로 부각시키고 있다. 전국적인 미녀 선발, 세번의 고구려정벌, 대운하건설 등은 수나라를 멸망으로 나아가게 한 결정적인 요인이다. 태자위를 뺏고 선친의 부인을 약탈하는 등의 행위들은 모두 수양제의 행위에서 비롯되는데, 이러한 이유로 수양제는 부정적인 인물로 그려지고 있다.

隋唐 時代에서는 소설 못지않게 여성들의 활약이 두드러지게 나타

나는데, 중국의 첫 여성 황제인 武則天으로부터 중국 4대 미녀중의 하나인 양귀비, 매비 등 수많은 여성들이 출현한다. 이런 여성들은 고대 작품 속에서도 많이 언급되고 각색되며 활자본 「양귀비」로 재창작되기도 한다.

唐代는 중국의 역사에서 가장 휘황찬란했던 시대였으며 당현종의 개원·천보 연간은 태평성세의 시기였다고 할 수 있다. 역대로 당현종에 대한 평가가 다양한데 풍류의 황제, 어리석은 황제, 당나라 쇠퇴의 길로 나아가게 된 전환점 등으로 보고 있다. 당현종이라 하면 양귀비가 떠오르는데 양귀비에 대한 견해도 亡國女, 傾國之色, 宮樂에 기여한 여자 등으로 是非가 나뉘고 있다.

중국소설사에서 양귀비를 대상으로 쓰여진 작품으로는 樂史의 『楊太眞外傳』, 秦醇의 『驪山記』와 『溫泉記』, 무명씨의 『매비전』, 褚人穫의 『隋唐演義』 등이 있다. 이들 작품들은 당현종과 양귀비의 사치스러운 궁중생활을 묘사하거나 양귀비와 매비 사이의 투기를 묘사한 작품이다.[1] 국내에 유입되어 번역된 작품으로 「수당연의」, 「매비전」과 「양귀비」 등이 있다. 이 중 당현종과 양귀비의 사치스러운 궁중생활과 양귀비와 매비 사이의 투기를 묘사한 작품이 바로 「양귀비」이다. 「양귀비」에서 양귀비는 부정적인 인물로 부각되며 편집자가 동정의 신호를 보내기도 한다.

---

1) 중국소설연구회 편, 『중국소설사의 이해』, 학고방, 2009, 75면 참조.

4.1 「수양뎨힝락긔」

4.1.1 「수양뎨힝락긔」와 『隋唐演義』

「수양뎨힝락긔」의 원전은 『隋唐演義』이며 『隋唐演義』가 창작과정에 영향을 많이 받은 작품으로는 『隋唐嘉話』라 할 수 있다. 『隋唐嘉話』는 唐代 사학가 劉餗이 편찬한 작품이며 原名은 『傳記』이고 『國朝傳記』・『國史纂異』・『國史異纂』・『小說』・『小說舊聞』 등으로 불리기도 한다. 劉餗의 자는 鼎卿이며, 唐代의 저명한 사학가 劉知幾의 차남으로 生卒年代는 전하지 않고 唐玄宗 開元 天寶年間에 생활한 것으로 전해진다. 남북조시기로부터 唐代 개원 년간의 수말당초의 조정군신들의 故事와 문인들의 사소한 이야기로 구성되었는데 당태종 집권시기 군신들의 사적을 비교적 상세하게 다루었다.

『隋唐嘉話』가 수록한 많은 고사들은 후세의 사서와 소설에 많이 인용되었다. 唐初 군신들의 사적은 『舊唐書』・『新唐書』・『資治通鑑』 등 사서에 보이며, 『大唐新語』・『唐語林』 등 雜著에도 여러 구절들이 실려 있다. 『資治通鑑』은 사서의 기록형식을 취하고 있지만 『隋唐嘉話』의 경우 작자의 예술적인 주관의식이 많이 개입되어 있다.[2] 『隋唐嘉話』에 기재된 영웅들에 대한 고사들은 『隋唐演義』・『隋史遺文』의 창작에도 많은 영향을 주었다.

구체적으로 살펴보면 單雄信의 이야기에서 單雄信・李勣・李密이 결

---

2) "太宗得鷂絶俊異, 私自臂之。望見鄭公, 乃藏於懷。公知之, 遂前白事, 因語古帝王逸豫, 微以諷諫。語久, 帝惜鷂且死, 而素嚴敬徵, 欲盡其言。徵語不時盡, 鷂死懷中"(『隋唐嘉話』) "上嘗得佳鷂, 自臂之。望見徵來, 匿懷中 ; 徵奏事固久不已, 鷂竟死懷中"(『資治通鑑』). 王增學, 「論『隋唐嘉話』的文學因素及對後世文學的影響」, 『山東理工大學學報』第2期, 2012, 38면.

의형제를 맺고, 李密이 패망하고 單雄信이 王世充에게 투항하고 李勣이
唐으로 귀속되며 한차례 洛陽의 싸움이 벌어지는 이야기가 있는데,
舊·新『唐書·李密傳單雄信附傳』·『唐書志傳通俗演義』 제42회, 『隋唐志
傳』 제61회, 明刊本 『隋唐演義』 제50회, 『隋史遺文』 제56회, 『說唐全傳』
제51회에 나온다. 單雄信에 관한 또 다른 이야기인 "英公始與單雄信俱
臣李密"라는 대목에서 單雄信이 唐太宗에 의해 처형을 당할 때 그의 오
랜 친구인 李勣이 사별하면서 그의 처자식들을 돌봐주겠다고 맹세하
는 이야기는 『舊·新唐書』에는 기록되어 있지 않고 宋의 王讜 『唐語林』
권5와 『唐書志傳通俗演義』 제45회에 보인다. 袁於令의 『隋史遺文』 제59
회에서 "交情深叔寶割股"라는 대목을 다룰 때 秦瓊과 程咬金 두 사람을
더 추가해서 다채롭게 하였는데 褚人獲의 『隋唐演義』 제60회에서는
"出囹圄英雄慘戮"이라는 이야기로 개편했다. "鄂公尉遲敬德, 性驍果而尤
善避槊"라는 이야기는 『隋史遺文』에서는 제56회 "尉遲槊刺雄信"로, 『隋
唐演義』에서는 제60회 "小秦王宮門掛帶"로 개편했다.

　『隋唐嘉話』는 또 尉遲恭의 이야기를 수록하고 있는데 尉遲恭이 李元
吉의 병기(馬槊)를 세 번 빼앗는 이야기는 『舊·新唐書』의 「尉遲敬德傳」
에도 있으며 후세의 戲曲·小說에 광범위하게 전파되었다. 『大唐秦王
詞話』 제41회와 『隋史遺文』 제58회, 『隋唐演義』 제58회에 모두 유사한
이야기가 폭넓게 전개된다. 또 하나는 唐太宗이 尉遲恭에게 배반할 기
미가 보인다는 말을 들었다고 할 때 尉遲恭이 자신이 입고 있던 옷을
벗어던지고 당나라를 세우면서 싸움터에서 난 상처를 보여준다. 당태
종은 상처를 보고 눈물을 흘리며 본인은 尉遲恭을 의심하지 않는다고
말한다. 『舊·新唐書』의 「尉遲敬德傳」, 『唐書志傳通俗演義』 제42회, 『隋
唐志傳』, 明刊本 『隋唐演義』 제50회에 모두 나오는데 신하들이 尉遲恭

이 역모의 뜻을 갖고 있어 제거해야 한다고 하지만 유독 당태종만이 尉遲恭을 깊이 믿고 금은을 주어 석방하는 이야기도 『隋唐嘉話』의 영향을 받았다고 할 수 있다.[3]

이외에 魏征이 太宗의 鷂을 죽게 한 이야기, 馬周가 布衣로 상소한 이야기 등 10여 편의 고사들은 『隋唐演義』의 창작에 중요한 실마리를 마련하게 되었다. 또한 후세의 단편소설 『太平廣記』의 「賣䋏媼」와 馮夢龍의 『喩世明言』에 실려 있는 편폭이 비교적 긴 장편백화소설 『窮馬周遭際賣䋏媼』에도 비슷한 구성이 보인다.

다음으로 영향을 많이 받은 것은 『隋史遺文』인데 明代 袁於令의 작품이며 10권 60회로 되어있다. "名山聚藏版本"이 현존하는데 『劍嘯閣批評秘本出像隋史遺文』이라고 標題되었다. 『隋史遺文』은 袁於令이 역사연의소설들이 제왕을 중심으로 다루던 기존 작자들의 창작의식을 타파하고 영웅들을 위주로 이야기 서사를 꾸며나갔다. 주로 수양제 때 혼란으로 인하여 전란이 일어나고 영웅들이 집결하는 내용으로 구성되는데 秦瓊이라는 인물을 중심으로 瓦崗寨 영웅들의 단합 및 당시 사회를 반대하여 일으키는 봉기, 전쟁 등으로 내용을 장식했다.

『隋史遺文』은 국내에 유입되면서 조선시대에 한글로 번역되기도 한다. 『隋史遺文』이 언제 국내에 들어왔는지 정확히 알 수는 없다. 기존의 많은 소설 목록을 수록하고 있던 尹德熙의 『小說經覽者』나 完山李氏의 『小說繪模本』 등에서는 보이지 않고 19세기 초에 작성된 것으로 추정하는 『大畜觀書目』에서 처음 보인다. 『大畜觀書目』은 현재 규장각에 소장되어 있는 자료로 전체 469종의 서적이 명기 되어 있는데 그중 한

___

3) 王增學, 「論『隋唐嘉話』的文學因素及對後世文學的影響」, 『山東理工大學學報』 第2期, 2012.; 徐燕, 『隋唐故事考論』, 楊州大學 博士學位論文, 2010.; 魏俊傑, 「試論『隋唐嘉話』的史料價值」, 『滁州學院學報』 第5期, 2008, 참조

글번역본을 포함한 중국소설 목록은 약 42종이 수록되어 있다.[4] 『大畜觀』은 昌慶宮中熙堂南廊에 있었던 궁궐로 순조연간에 만들어졌을 것으로 추정하고 있다.[5] "隋史遺文一套十三冊"이라 적혀 있는 점으로 미루어 중국본 『隋史遺文』은 19세기 이전부터 유입되어 왕실에서 읽혔음을 짐작할 수 있다.[6]

국내에는 현재 서울대 규장각에 한 부 소장되어 있다. 12권 13책으로 1책에는 서문과 목차, 삽도가 들어있고 나머지 12책은 매회 5회씩 수록되어 있다. 매권 五針眼訂法으로 제책되어 있다. 표지는 능화문이 새겨진 장지를 사용하였고 매권 표지 좌측 상단에 한문으로 "隋史遺文", 그 아래로 "一, 二, 三, 四…"식으로 冊次를 표시하고 있다. 전체 서명은 『劍嘯閣批評秘本出像隋史遺文』이다. 또한 대한제국 성립 전후시기에 편찬된 것으로 추정되는 『閱古觀書目』에 "隋史遺文 二件:一件 十七卷, 一件 十三卷"이라는 기록이 있다.[7] 주목을 끄는 부분은 기존의 13책 외에 17책이 존재했다는 점이다. 현재로선 隋史遺文이 13책본만 존재하기 때문에 17책본이 어떠한 상태를 띠었는지 고찰할 수는 없다. 다만 일부 왕실자료가 규장각으로 이전된 점에 근거하면 현재 규장각에 소장되어 있는 13책본은 바로 이 목록에 기록된 서적으로 판단된다.[8]

원전인 『隋唐演義』는 20권 100회로 되어 있으며 작자는 褚人穫(1635~1704)이다. 저인확의 자는 稼軒, 學稼이고 호는 石農으로 강소 長洲 사람

4) 박재연, 『韓國所見中國小說戲曲書目資料』, 중한번역문헌연구소, 2002, 14~16면.
5) 이종묵, 「朝鮮時代王室圖書의 收藏에 대하여」, 『서지학보』 26, 한국서지학회, 2002, 32~33면.
6) 김영, 앞의 논문, 122면 참조.
7) 박재연, 앞의 책, 21~22면 참조.
8) 김영, 앞의 논문, 122면 참조.

이다. 그의 저작으로는 『堅瓠集』 66권, 『通俗隋唐演義』 100회 및 『讀史隨筆』·『退佳鎖錄』·『鼎甲考』·『聖賢群輔錄』·『續蟹譜』 등이 있다. 그는 袁於令, 孫致彌, 沈宗敬, 尤侗, 毛宗崗 등 당대의 유명한 학자들과 자주 내왕하면서 그가 작품을 출간할 때마다 흔쾌히 序文했을 써주기도 하였다.

저인확의 生年에 관하여 구체적인 기록은 없지만 沈宗敬이 쓴 『堅瓠己集序』를 유추해보면 康熙33年(1694년)에 稼軒 선생의 60세 환갑을 경축한다는 말에서 저인확은 崇禎8년(1635)에 태어났다는 것을 알 수 있다.[9] 저인확은 혼란에 빠진 명말 시기에 태어나서 崇禎17년(1644) 10살 되는 어린 나이에 모친을 여위고 살아야만 했다. 비교적 구체적인 저인확의 사적은 다음과 같다.[10]

숭정 17년(1644), 10세, 사회가 動亂에 빠진 시기에 어머니를 여위고 가난한 어린 시절을 보냈다. : 『堅瓠癸集』 권1 「還金」

강희 2년(1663), 29세, 아버지를 여위다.

강희 5년(1666), 32세。 孟秋(음력7월)에 아들 恕를 갖게 된다.[11] : 『堅瓠補集』 권6 「陸云士詞」

강희 11년(1672), 38세, 북으로 雄縣, 德州 등으로 다니면서 견식을 넓힌다. : 『堅瓠甲集』 권1 「武陵難女」

강희 18년(1679), 45세, 큰 화재를 당하게 되는데 다행히 목숨을 건지게 된다.[12] 『眞若虛傳』이라는 그의 작품에서 다른 사람의 이름을 빌어

9) "歲甲戌(康熙三十三年, 1694)夏五, 餘同年生孫太史松坪, 自吳門寓書於餘, 命作『岡陵圖』, 祝褚稼軒先生六十壽."(於盛庭, 「褚人穫的生平及隋唐演義的自序問題」, 『明淸小說硏究』 第4期, 1988, 54면.)

10) 謝超凡, 『褚人穫硏究』, 福建師範大學 碩士學位論文, 2002, 1~3면 참조

11) "猶憶丙午孟秋, 予得恕男. 蒙陸起頑·鄭桐庵·沈伯敘諸先輩, 皆有贈詞, 惜皆遺失, 不復記憶矣."(『補集』 卷6 「陸云士詞」)

12) "康熙己未十月晦日, 予家人不戒於火, 焚妞門屋及坊. 合裏展驚, 幸而獲息."(『大光祿牌坊』 卷1.)

은유적으로 묘사하기에 이른다. :『堅瓠辛集』권1「大光祿牌坊」

강희 27년(1688), 54세, 친구인 孫致彌가 관직생활을 하다 억울하게 옥살이를 하고 귀향하였는데 다른 고향친구들은 연루될까 만나기를 꺼려하였는데 오직 저인확만이 자주 내왕하면서 친구의 정을 나눈다.

강희 29년(1690), 56세, 『堅瓠甲集』을 쓰기 시작하였는데 이후로 1년에 1집씩 『堅瓠集』을 완성하였다.13) 대개 이 해에 草堂을 완공하여 이름을 "四雪"이라고 짓는다. 이 후 여기서 많은 작품들을 쓰게 되는데 四雪草堂이라는 명칭도 여기서 유래하게 된다. :「堅瓠甲集引」

강희 34년(1695), 61세, 이 해 5월에 四雪草堂 정정본 『封神演義』를 인쇄하면서 序를 달고 10월에 四雪草堂『隋唐演義』를 인쇄하면서 序를 단다.

강희 38년(1699), 65세, 손자가 태어난다. :『堅瓠補集』권6「陸云士詞」

강희 42년(1703), 69세, 10여년 남짓한 시간동안 꾸준히 편집하여 『堅瓠十集』 및 『續集』·『廣集』·『補集』·『秘集』·『餘集』 등 66권을 완성한다. 『餘集』을 序로 하여 각 집마다 보충하고 재편집한다.

강희 43년(1704), 70세, 당시 長洲에서 王吉武가 脫稿한 전국적으로 유명한 昆劇(演劇)을 보고『後戲目詩』를 써서 『補集』권6에 기록한다.14)

이후 그의 卒年에 대해서는 아직까지 기록된 바가 없다.

저인확의 아버지는 자식에 대한 희망과 기대로 아들이 인재가 되기를 기대하는 마음에서 "人獲"이라는 이름을 지었는데 "樹穀", "樹人"이라는 의미를 담고 있다.15) 하지만 아버지의 기대에 미치지 못하자 저인확은 "稼軒", "學稼"라고 호를 바꾸고 隱士농부의 생활을 갈망했다. 하여 "沒世農夫", "鶴市石農" 등으로 불리기도 한다. 저인확은 여러 번

13) "餘平居碌碌, 無所短長.二十年前, 方在少壯, 已不敢萌分外一念, 今則百歲强半, 如白駒之過隙, 優從中來, 悔恨交集, 輒藉卷鐵以自遣. ……不序歲時之古今, 不列朝代之後先, 藏之苟筐, 久邃成峽."(『堅抓甲集』序)
14) 劉致中,「千忠錄作者考」,『文學遺産』第4期, 2003, 37면.
15) 褚人穫,『堅瓠集·壬集』序, 上海古籍出版社, 1981, 1349면.

과거시험을 봤지만 계속 낙방한다. 현실사회의 부조리를 느끼고 사회 반영과 폭로의 차원에서 작품생활을 시작한다.

『隋唐演義』의 판본으로는 北京圖書館에 소장되어 있는 반엽 10행, 매행 23자로 되어있는 판본과 廣東中山圖書館에 소장한 판본이 있다. 모두가 重刻修訂本으로 상해도서관에 소장된 반엽 10행, 매행 20자로 된 "四雪草堂"『隋唐演義』가 原刊本으로 현재 가장 오래된 판본이다.[16] 이 외에도 현존하는 판본으로는 版心에 "四雪草堂"이라 새겨져 있는 文盛堂刊本·文錦堂刊本·同德堂刊本·文奎堂刊本·乾隆58년 崇德書院藏 판본·嘉慶10년 自厚堂重刊本·道光30년 維揚堂刊本·同治3년 奎璧堂藏 판본·同治11년 聯墨堂刊本 등이 있는데 모두 重刻修訂本이다.

『隋唐演義』는 수나라와 당나라의 역사사실에 기반을 둔 수문제가 陳을 伐한 것으로부터 시작되는데 周가 隋에 禪位하고, 수양제가 궁녀와 더불어 노닐고 운하를 건설하고, 당나라가 건립되고, 武則天이 천자로 칭하고, 안녹산의 난으로 明皇이 蜀으로 행차하고, 楊貴妃가 馬嵬에서 죽으며, 이미 長安·洛陽 二京이 수복되어, 明皇은 西內에 退居하고, 道士로 하여금 楊貴妃의 영혼을 불러오게 하는 등 이야기로 구성되어 있다.

褚人穫은 自序에서 『隋唐演義』의 창작과정을 다음과 같이 설명하고 있다.

　　『隋唐志傳』은 羅氏가 창작하고 林氏가 纂輯하였는데 잘한 것이다. 수나라궁중의 일들을 뽑았는데 많이 생략하고 거기에 당나라의 한 두가지 일들을 넣어 산발적이고 서로 연결이 되지 않아 보는 사람들이 오히려 의논이 있었다. 예전에 籜庵 袁先生이 나에게 본인이 소장한 『逸史』를

16) 文革紅, 「四雪草堂重訂通俗隋唐演義版本考辨」, 『明淸小說硏究』 第2期, 2008, 260면 참조.

보여주었는데 수양제, 주귀아, 당명황, 양옥환의 再世因緣을 기재한 것으로서 사건이 기이하고 흥미로웠다. 서로 상의하고 검토 후 본 작품에 수록하였는데 이 작품에서 시종일관 눈을 떼지 못했다. 『遺文』과 『艶史』의 내용을 보태어 이야기를 더 확충하여 가급적 사실증명으로 그 결과에 도달하게 하였다. 그 가운데 빠진 것은 보충하고 산발적인 내용은 삭제하고 당시의 기이하고 雅韻적인 일들을 첨가하여 한편의 작품을 만들었는데 자못 예전에 보던 것을 두루 고쳤다고 할 수 있다.[17]

저인확이 『隋唐演義』를 만들게 된 계기는 기존의 수당고사 작품들이 결여되거나 산만하거나 서로 연결이 되지 않는 부분들이 많아 보충하고 삭제하고 첨가하여 완전한 역사소설 『隋唐演義』를 만들게 된 것이다.

『隋唐演義』에서 수양제에 관한 대부분 이야기들은 직간접적으로 『隋史遺文』, 『隋煬帝艶史』에서 차용했는데 내용뿐만 아니라 일치한 회목도 나타난다.[18] 歐陽健의 「『隋唐演義』聯綴成峡考」에 의하면 『隋唐演義』의 전 66회 중 35회는 『隋史遺文』을 답습했는데 전체 분량의 53.03%에 달하고, 10회는 『隋煬帝艶史』를 답습했는데 전체 분량의 15.15%에 달하고, 7회 정도는 두 책의 내용을 連綴하여 만들었는데 전체 분량의 10.6%에 달하며 그 외의 14회 정도의 분량은 저인확이 보충한 것으로 21.21%에 달한다고 하였다.[19] 보다시피 『隋唐演義』는 『隋史遺文』・『隋

---

17) "卽如『隋唐志傳』, 創自羅氏, 纂輯於林氏, 可謂善矣. 然始於隋宮剪采, 則前多闕略, 厥後鋪綴唐季一二事, 又零星不聯屬, 觀者猶有議焉.昔籜庵袁先生曾示予所藏『逸史』, 載隋煬帝・朱貴兒・唐明皇・楊玉環再世因緣, 事殊新異可喜, 因與商酌, 編入本傳, 以爲一部之始終關目. 合之『遺文』・『艶史』, 而始廣其事, 極之窮幽仙證而已竟其局. 其間闕略者補之, 零星者刪之, 更采當時奇趣雅韻之事點染之. 彙成一集, 頗改舊觀."(褚人穫, 『隋唐演義』, 上海古籍出版社, 1981, 1면.)

18) 『隋唐演義』의 제32회 회목이 『隋煬帝艶史』의 제21회 회목과 일치한다. '狄去邪入深穴 皇甫君擊大鼠'.

19) 歐陽健, 『古小說研究論』, 巴蜀書社, 1997 참조.

煬帝艷史』의 내용을 부분적으로 수록하거나 편집하고 작자의 상상력과 추리를 거쳐 만들어진 것이다.

『隋唐演義』는 기존의 산만하고 두서가 없는 작품들을 연철 및 편집하고 창작한 역사소설로서 수당고사 작품 가운데서 최고로 불리는 작품이다. 수양제와 주귀아, 당명황과 양귀비의 "再世因緣"을 주요 연결고리로 작품의 구성을 수나라의 건국으로부터 멸망, 당나라의 건국 및 붕괴까지의 역사사실을 다루고 있다. 『隋唐演義』는 이후의 명작품인『紅樓夢』에 나오는 가보옥에 대한 설정 및 인물부각이나 소설구조에 있어서 많은 영향을 끼쳤다.20)

『隋唐演義』가 국내에 유입된 가장 이른 기록으로는 英祖 38년(1762년)에 기록된 完山李氏의『中國小說繪模本』인데 서문에『隋唐演義』의 서명이 등장하는 것으로 미루어보아 18세기 초에『隋唐演義』가 국내에 유입된 것으로 보인다.

국내에 유입된『隋唐演義』의 판본들을 살펴보면 다음과 같다.21)

　　[1] 四雪草堂重訂通俗隋唐演義[木], 齋東野人原本, 沒世農夫編, 鶴市散
　　　　人參訂, 10권 9책, 국립중앙도서관
　　[2] 四雪草堂重訂通俗隋唐演義[木], 羅貫中(明) 撰, 20권 20책, 江陵市船
　　　　橋莊
　　[3] 四雪草堂重訂通俗隋唐演義[木], 齋東野人原本, 沒世農夫編, 鶴市散
　　　　人參訂, 9책(결본)
　　　　24.5×15.6㎝ 고려대도서관 六堂文庫
　　[4] 四雪草堂重訂通俗隋唐演義[石], 褚人穫重訂, 20권 20책, 상해서국
　　　　(1907), 성균관대도서관

---

20) 陳文新,『論隋唐演義的基本品格及其小說史意義』; 雷勇,『隋唐演義與紅樓夢』등 논문
　　참조
21) 박재연 編,『中國小說繪模本』, 강원대학교 출판부, 1993, 247〜248면 참조

[5] 四雪草堂重訂通俗隋唐演義[石], 褚人穫重訂, 8권 8책, 民國6년(1917), 上海天寶書局, 경북대도서관

[6] 繪圖隋唐演義[石], 10권 10책, 錦章書局, 1914년, 성균관대도서관, 연세대도서관, 박재연 소장

[7] 繡像繪圖隋唐演義[石], 8권 8책, 進步書局, 성균관대도서관

[8] 繪圖隋唐演義[石], 8권 8책, 동아대 석당전통문화연구원

[9] 繡像隋唐演義全傳[石], 8권 8책, 大成書局, 박재연 소장

[10] 大字足本隋唐演義全傳[石], 8권 8책, 上海江東茂記書局(1928), 부산대도서관

[11] 隋唐演義[木], 20책(결본), 부산대도서관

[12] 四雪草堂重訂通俗隋唐演義[石], 8책, 상해(1907), 성균관대도서관 曹元錫 소장본

[13] 四雪草堂重訂通俗隋唐演義[石], 8책, 上海大成書局(1923), 전남대도서관

[14] 四雪草堂重訂通俗隋唐演義[石], 褚人穫重訂, 18권 9책, 洋紙, 전주시 金大經 소장

　　현재 국내에도 『隋唐演義』의 古版本이 국립중앙도서관에 소장되어 있다. 크기는 가로 15.4cm, 세로 23.9cm이며 半葉 10행 23자로 되어 있다. 표지서명은 『四雪草堂重訂通俗隋唐演義』로 '重訂'이란 점에서 孫楷第가 『中國通俗小說書目』에서 소개한 판본과 일치한다. 內向黑魚尾가 있고 板心에 '四雪草堂'이란 藏板記가 있다. 국립중앙도서관본은 10卷 9책(1·2卷 합철)인데 20卷 100回중 10卷 49回까지만 남아 있어(卷10은 20葉 정도 유실) 上下函중 上函만 남은 것으로 추정된다. 문제는 10卷 9책으로 卷1(25葉)과 卷2(69葉)가 합철되어 있다는 점이다. 있어야 할 서문·목차·發凡·삽화(50葉) 등이 없이 곧바로 第1回가 시작되고 있어 내용의 일부가 유실되었음을 방증한다. 원문의 내용은 初刻本과 동일하다. 그런데 무엇보다도 흥미있는 사실은 卷1 첫 면에 '劍嘯閣齋東野人等原本,

長洲後進沒世農夫彙編, 吳鶴市散人鶴樵子參訂'이라고 쓰여 있다는 점이
다. 劍嘯閣은 작자 人穫이 『隋唐演義』를 집필할 때 참고한 장회 역사소
설 『隋史遺文』의 출판사 이름이요, 齋東野人은 『隋唐演義』의 기본이 된
『隋煬帝艷史』를 編演한 장본인이다. 沒世農夫는 人穫의 다른 호이고 參
訂을 한 鶴市散人은 吳(지금의 蘇州) 지방 사람으로 청대 才子佳人 소설인
『醒風流』·『鳳簫媒』의 작자이기도 하다.[22]

　　江陵市船橋莊本은 네면이 單邊으로 되어 있고, 半郭은 13.2×9.3㎝이
다. 본문은 반엽 11행, 한 행은 23자로 되어 있고 15.8×11.2㎝이다. 板
心에 '隋唐演義'라고 題하였고, 內封은 '繡像隋唐演義'라고 題하였다. 康
熙乙亥(1695)冬十月旣望長洲褚人穫學稼氏題於四雪草堂 道光庚戌(1850)新鐫, 羅
貫中(明) 撰이라고 하였는데 이것은 작자를 오인하여 적은 것이다.

　　木板本 외에 石印本으로는 현재 成均館大 중앙도서관에 上海 進步書
局刊 8권 8책본과 上海書局刊 20권 10책본, 嶺南大 도서관에 落帙本 2
이 전하며 上海 錦章圖書局에서 발행한 『繪圖隋唐演義』 10권 10책과 大
成書局에서 발행한 『繡像隋唐演義全傳』 8권 8책이 있다. 모두 康熙 乙亥
年 人穫의 서문을 싣고 있으나 후자의 경우 '長洲 人穫學稼氏'라 해야
할 것을 '長沙 人獲稼氏'로 題하고 있어 傳寫하는 과정에서 오기한 것
임을 알 수 있다. 전자는 '民國甲寅夏重付石印 古吳補生多恨人書於多事
軒' 후자는 '民國癸亥秋七月精付石印 縣唐在田書於 海'라 쓰여 있다. 부
산대학도서관에 소장되어 있는 大字足本隋唐演義全傳 석인본은 네면은
單邊으로 되어 있고, 半郭은 12×17.3㎝이다. 본문은 반엽 21행, 한 행은
46자로 되어 있고, 康熙乙亥(1695) 冬十月 旣望 長洲 褚人穫稼 序라고 되
어 있다.

22) 박재연, 「隋唐演義飜譯本의 硏究」, 『우암논총』 제3집, 청주대학교, 1987 참조

부산대학도서관에 또 다른 목판본이 존재하는데 네면은 單邊으로 되어 있고, 半郭은 21.3×13.9㎝이다. 본문은 반엽 10행, 한 행은 23자로 되어 있다. 卷首에 '四雪草堂重訂通俗隋唐演義'라고 題하였다. 전주시 金大經이 소장한 四雪草堂重訂通俗隋唐演義 석인본은 半郭은 13.8×8.7㎝이고 네면은 單邊으로 되어 있다. 본문은 반엽 20행, 한 행은 36자로 되어 있으며 16.9×10.1㎝이다. '精繪全圖改正隋唐演義'라는 제목이 있고, 板心에는 '隋唐演義'라 하였다. '康熙乙亥(1695)冬十月旣望長洲褚人穫稼氏題民國甲寅(1914)夏重付石印古吳輔生多恨人書於多事軒'라고 되어 있다.[23]

『隋唐演義』의 조선시대 번역본은 현존하지 않고 1918년에 박건회가 간행한 활자본 「수양뎨힝락긔」가 있고, 또 『隋唐演義』의 79회부터 91회에 해당하는 당현종과 양귀비와의 만남과 사별까지의 부분만을 발췌한 활자본 「양귀비」가 있다. 활자본 소설 「양귀비」는 錦江漁父 玄翎仙이 경성서적업조합에서 1926년에 간행한 작품이다. 이외에도 광문사(1922), 박문서관(1924)이 있는데 인천대, 영남대, 홍윤표 등이 소장하고 있다.

「수양뎨힝락긔」는 신구서림에서 1918년에 간행한 작자미상의 소설로 전체 8회이고 2, 3회의 결여된 부분 16면까지 포함하면 총 153면 분량이다. 「수양뎨힝락긔」와 『隋唐演義』를 비교하면서 번역 양상을 살펴보기로 한다.

우선 『수당연의』와 「수양뎨힝락긔」의 회목을 비교해보면 다음과 같다.

---

23) 박재연 編, 앞의 책, 247~248면 참조

수양데힝락긔	隋唐演義
陳主起兵代陳 晉王樹功奪嫡 제1회 슈쥬가 군스를 일회여 진나라를 치고 진왕이 공을 셰워 틱즈위를 쎽앗다	第一回 隋主起兵伐陳 晉王樹功奪嫡
楊廣施讒謀易位 獨孤逞**妬**殺官妃 제2회 광이 참언을 베푸러 틱즈위 밧고기를 씌ㅎ고 독고황후가 투긔를 부러 궁비를 죽이다	第二回 楊廣施讒謀易位 獨孤逞妒殺宮妃
恣蒸淫相結同盟心 逞弑逆扶王陛禪座 제3회 방즈히 음난흠을 부릴시 서로 동밍심을 밋고 황뎨를 시역ㅎ고 틱즈를 붓드러 뒤위에 올니다	第十九回 恣蒸淫賜盒結同心 逞弑逆扶王升禪座
皇後假官娥貪**博歡**寵 權臣說鬼話陰報身亡 제4회 황후가 거즛 궁녀모양을 숨여 널니 환총을 엇고 권신이 귀신에 음보를 말ㅎ고 몸이 죽다	第二十回 皇後假宮娥貪歡博寵 權臣說鬼話陰報身亡
窮土木煬帝逞豪華 思淨身王義得佳偶 제5회 역스를 궁극히 ㅎ야 양뎨가 호화흠을 부리고 몸을 졍히 ㅎ고즈 ㅎ다가 왕의가 아름다은 짝을 엇다	第二十七回 窮土木煬帝逞豪華 思淨身王義得佳偶
衆嬌娃剪彩爲花 侯妃子題詩自縊 제6회 모든 가인이 치단을 오려 곳을 민들고 후비즈가 글을 지어노코 스스로 목믹여 죽다	第二十八回 衆嬌娃剪綵爲花 侯妃子題詩自縊
隋煬帝兩院觀花 衆夫人同舟遊海 제7회 슈양뎨 양원에셔 곳을 보고 모든 부인이 빅를 흔가지ㅎ야 바다에서 놀다	第二十九回 隋煬帝兩院觀花 衆夫人同舟遊海
睹新歌寶兒**薄寶** 觀畵圖蕭後思遊 제8회 식 노릭를 닉기홀 식 원보아가 보빅를 알쎄ㅎ고 그림을 본후 소후가 놀기를 싱각ㅎ다	第三十回 睹新歌寶兒博寵 觀圖畵蕭後思遊

우선 「수양데힝락기」의 회목을 보면 한자로 목록을 밝힌 후 한글로
다시 번역해 놓았는데 제1회에서 '隋主'가 '陳主'로, '伐陳'이 '代陳'으
로, 제2회의 '妒'가 '妬'로, 제20회의 '貪歡博寵'이 '貪博歡寵'으로 제30

회의 '博寵'이 '薄寶'로 '圖畫'가 '畫圖'로 변화된 것을 볼 수 있다. 글자체나 내용을 보면 형태가 비슷하고 순서가 바뀌었을 뿐 '陳主'가 한글에서는 '隋主로 번역된 점 등으로 볼 때 번역자가 번역하는 가운데서 단순히 한자를 오인하여 틀리게 적은 결과로 보인다. 번역의 기본적인 추임새를 보면 다음과 같다.

첫째, 원전은 100회로 되어 있는 반면 활자본은 8회로 원전의 30회까지의 내용을 축약하고 생략 및 첨가 등을 하였다.

둘째, 원전에서는 매회 등장하는 開場詩, 開場詞와 마지막에 등장하는 散場詩가 있는데 활자본에서는 일괄 생략하였지만 중간에 나오는 揷入詩나 인물들이 주고받는 시들은 그대로 번역하고 다시 한글풀이를 덧붙였다.

셋째, 매회가 끝나는 마지막에 다음 회를 기약하는 '불지여하, 차청하회분석(不知如何, 且聽下回分解)' 등의 상투어는 그대로 '엇지된고 추청 ᄒ문분히ᄒ라', '엇지 될고 하회를 볼지어다' 등으로 번역되었다.

넷째, '却說', '話說', '且說'등의 발어사는 번역문에도 충실히 '화셜', '지셜', '각셜' 등으로 번역되었다.

구체적인 번역양상을 원문과 번역본을 비교해보면 다음과 같다.

진왕 왈: "무슴 세가지 일이 잇다ᄒᄂ요. ᄌ셔히 듯기를 원ᄒ노라" 우문술 왈: "졔일건은 황후쎄셔 비록 틱ᄌ를 믜워ᄒ시고 딕왕을 ᄉ량ᄒ시ᄂ 믜워ᄒ심도 과히 깁지 못ᄒ시고 ᄉ랑ᄒ심도 과히 깁지 못ᄒ신지라 이졔 셔울에 올ᄂ가 입조ᄒ실쩌에 모롬직이 ᄒ 골륙계를 쓰ᄂ 황후쎄셔 딕왕의게 향ᄒ신 마음은 지극히 이련ᄒ시게 ᄒ고 틱ᄌ의게 향ᄒ신 마음은 분노ᄒ심을 춤지 못ᄒ시도록 격동ᄒ야써 그 마음를 굿게 ᄒ실 것이요. 예이건은 외변에 일위 친신ᄒ 딕신를 엇되 셩상게 무슴 말슘을 쥬달ᄒ든지 가히 취신ᄒᆯ만ᄒ 스름으로 믹일 긔회을 보와가며 참언을 드리면

츠소위 중외협공이라 되왕의 일이 만무일실ᄒ실 것이니 이 두 가지 일
은 하관이 담당ᄒ야 쥬션ᄒ겟스ᄂ 다만 폐척역위ᄒᄂ 일은 되ᄉ라 소홀
리 허지 못홀 것이요 예습건은 금쥬보픠 슈만금 가치를 가져야 셩ᄉ홀
것이민 하관이 ᄀ산을 방민홀지라도 힘써 쥬션ᄒ겟스오ᄂ 다만 그 슈가
부쥭홀가 두리ᄂ이다." 진왕 왈: "그ᄂ 근심치 말ᄂ 니 스스로 담당홀
것이니 바라건되 족ᄒᄂ ᄂ를 위ᄒ야 계교를 힘써 이루게 ᄒ면 타일 부
귀를 한가지 누리리라"ᄒ더라.24)

　　宇文述道："大王旣得皇後歡心, 不患沒有內主了。但下官看來, 還有三
件事：一件皇後雖然惡太子, 愛大王, 卻也惡之不深, 愛也不甚。此行入朝,
大王須做一苦肉計, 動皇後之憐, 激皇後之怒, 以堅其心。這在大王還有一
件, 外邊得一位親信大臣, 言語足以取信聖上, 平日進些讒言, 當機力爲擷
攎；這便是中外夾攻, 萬無一失了。但只是廢斥易位, 須有大罪, <u>這須買得
他一個親信, 把他首發。無事認作有, 小事認作大, 做了一個狠證見, 他自
然展辯不得。這番擧動不怕不廢，　以次來大王不怕不立</u>；況有皇後作主。
這兩件下官做得來。只是要費金珠寶玉數萬金, 下官不惜破家, 還恐敷。"晉
王道："這我自備。只要足下爲我, 計在必成, 他時富貴同享。"25)

우문술이 진왕 양광에게 안으로는 황후의 환심을 사고 밖으로는 양
광을 대신해 황제에게 좋은 말만 하는 大臣의 환심을 사라는 내용이며
원전 제2회에 해당한다. 이 문장은 대체적으로 직역위주의 번역을 했
고, 원문에는 우문술이 세 가지 일을 성사시켜야 된다는 발화내용으로
되어 있으며 번역본에는 진왕이 세 가지 일이 무엇이냐고 물어보는
대화체로 되어 있지만 줄거리의 흐름에 전혀 영향을 주지 않는다. 또
한 밑줄 그은 부분은 이런 계교를 행한다면 성공을 못할 리가 없다는

24) 「수양데힝락기」(인천대 민족문화연구소, 『활자본 고소설전집』8, 1983.) 18~19면.(이
　　하 작품 인용은 작품명과 해당 면만 밝히기로 함.)
25) 褚人穫, 『隋唐演義』, 內蒙古人民出版社, 2010, 6~7면.

내용인데 번역문에서는 생략했다. 그러나 원문의 내용전달에 있어 전혀 이상이 없다. 이외에도 원문에는 '이번에 입조하면(此行入朝)'으로 되어 있는데 번역문에는 '서울에 올라가 입조하실 때'에로 자국의 지리에 배치되어 있는 점이 흥미롭다.

다음으로 선화부인이 별궁에 있으면서 수양제에게 보내는 長相思라는 유명한 詞를 보도록 하자.

紅已稀(홍이희ᄒ고)	불근것도 임이 드물고
綠已稀(녹이희라)	푸른것도 임이 드물도다
多謝春風著地吹(다ᄉ춘풍착디취ᄒᄂ)	봄바람이 ᄯ에 부듸쳐 불물만히 ᄉ례ᄒᄂ
殘花難上枝(잔화는 ᄂ상지로다)	쇠잔흔 곷은 가지에 오르기 어렵도다
得寵疑(득총의ᄒ고)	총을 어더도 의심되고
失寵疑(실총의로다)	총을 이러도 의심되도다
想像爲歡能幾時(샹샹위환이 능귀시오)	싱각건듸 즐거워홈이 능히 얼마ᄂ 되ᄂ뇨
怕添新別離(박첨신리별이로다)	ᄉ로이 리별을 더홀가 두리노라[26]

이 부분은 원전 제4회에 나오는 내용이며 번역본은 한자음으로 풀이(음역)하고 한글로 해석했다. 기존의 번역본들을 보면 대부분 시들은 아예 생략하거나 번역하는 과정에 많은 오역이 나타난다. 하지만 위의 번역을 보면 원문의 의미를 여실히 한글로 잘 보여주고 있으며 번역자의 번역수준도 일정하게 가늠할 수 있다고 할 수 있겠다. 이외에도 번역본에는 원문에 나오는 많은 시들을 잘 다듬어서 번역하고 있다.

26) 「수양데힝락기」, 56~57면.

특히 번역본은 대화체는 대화체대로 서술형은 서술체대로 원문의 내용을 충실히 번역하고 있다.[27] 간혹 위의 인용문처럼 간략한 생략이 보이지만 전체적인 맥락유지에는 영향을 주지 않고 있다. 이른바 「수양데힝락기」는 원전의 8회에 해당하는 내용을 편집하여 활자본으로 간행하면서 직역위주의 번역에 간간히 생략과 축약을 겸했다는 것을 알 수 있다.

4.1.2 향락서사를 통한 여성 형상의 구현

「수양데힝락기」의 구체적인 내용을 살펴보면 다음과 같다.

　1. 양견이 수나라를 세우고 군사를 일으켜 진나라를 멸망시키고, 각 주와 현이 모두 수나라에 항복한다.
　2. 양광이 계책을 꾸며 태자위를 빼앗고 독고황후가 울지씨를 죽인다. 양견이 불길한 꿈을 믿고 성국공 리혼의 아들 리홍아를 죽이며, 양광이 왕위에 오른다.
　3. 수양제가 李淵을 모함하자 秦璟의 도움으로 목숨을 구하여 태원으로 피신한다.

---

27) 도화와 힝화는 서로 고흐물 닷호아 비단장막을 드리온것과 일반이라 양데와 소휘 크게 놀나 왈: "이가튼 엄동설한에 엇지 흐로밤시 이꼿이 져갓치 난만흐게 퓌여쓰리요 극히 니상흔 일이로다"흐더니 말을 맛치지 못흐야 십류우너 부인이 허다흔 미인과 궁녀 등으로 더부러 일졔히 성소고악을 갓초고 나와 맛거늘 양데 일변 놀느며 일변 깃거 모든 부인을 향흐야 ㄱ로되: "즁비지 무슴 묘흔 슐법이 잇관디 모든 화목으로 흐야금 흐로밤시이에 일제히 퓌우게흐얏느뇨" 즁부인이 모다 우스며 왈: "무슴 묘술이 잇스오리잇가 다만 여러 스롬이 흐로밤 공부만 허비홀 짜롬이로소이다." 양데 왈: "엇지흐야 일야간 공부만 허비흐얏다흐느뇨" 즁부인 왈: "폐흐는 쳡 등더러 즈셔히 뭇지 마르시고 다만 쏫나무흔가지만 썩거보시면 가히 진가를 아르실가흐느이다."흐거늘, 이 부분은 「수양데힝락기」 제6회에 나오는 원문에 아주 가까운 번역으로 대화체를 자국에 맞게 서술체 등으로 바꾸지 않고 있다. 전편 번역본에 보이는 통상적인 번역양상이라고 할 수 있다.

4. 수양제가 선화부인과 이별한 후 후궁의 비빈들을 선발하고, 양소와 더불어 낚시를 하다가 수문제의 혼이 나타나 양소를 죽인다.

5. 수양제가 오호와 십륙원을 짓고, 왕의가 거세하려다가 배필을 구한다.

6. 여러 궁녀들이 수양제에게 공양하고 후씨가 팔자를 탓하여 자결한다.

7. 후궁에서 재녀들을 뽑고 여러 미녀들이 궁중에서 재주를 뽐내고, 수양제와 소후는 미녀들과 즐긴다.

「수양뎨힝락기」의 줄거리는 양광이 왕위를 빼앗아 왕위에 오른 후 선발한 미녀들과 향락을 즐기는 내용이 주를 이루고 있다. 원전『隋唐演義』에서 나오는 운하를 건설하거나 秦叔寶 등의 영웅들의 사적과 같은 수양제와 직접적인 관련이 없는 내용들은 모두 삭제하였다.

활자본은 내용적인 측면에서 원전과 비교하여 살펴보면 줄거리 흐름이나 인물 성격의 변화는 발견되지 않는다. 전체적으로 약간의 축약과 생략의 번역양상을 보이지만 원본의 의미를 손상시키지 않고 충실이 이끌어가면서 직역위주의 번역을 하고 있다. 수양제의 행락과 연관 없는 목록은 전부 삭제하고 행락과 관련된 목록만 뽑아서 번역했다.

　　진왕은 수문뎨의 ᄎᄌ니 틱ᄌ 용으로 더부러 독고황후에 쇼싱이라 황후가 진왕을 나흘 ᄯ에 경신이 몽롱흔 즁 홍광이 만실ᄒ더니 복즁으로셔 한 소ᄅᆡ 우레갓치 나며 한낫 금룡이 ᄌ긔의 복즁으로부터 나와 즉시 공즁으로 올으며 입을 버리고 발톱을 허위며 도라다니기를 오릭ᄒ더니 홀연 일진광풍이 모라오며 그 금룡이 ᄯᅡ에 써러져 ᄭᅩ리를 흔들며 두어 번 근두치더니 변ᄒ야 한낫 소만흔 늙은 쥐모양이 되거ᄂᆞᆯ 황휘 크게 놀나 ᄭᅢ다르며 곳 진왕을 나으니 문뎨 황후에 몽ᄉ를 드르시고 인ᄒ야 진왕에 아명을 아마라 지으시니 황휘 딕희하야 일오되 아명은 비록 아름다오나 관명을 아울너 지음이 됴흘가 ᄒ나이다. 문뎨 왈: "인군이 되ᄆᆡ 영명흠이 웃듬이니 양영이라 흠이 됴흐리로다" ᄒ시더니 ᄯᅩ 갈오딕: "창업지쥬ᄂᆞᆫ 영명흠이 됴흐나 계승지군은 너그럽고 광원흠이 뎨일이라"

ᄒᆞ시고 양광이라 지으니라[28]

이 부분은 수양제 양광이 태어날 때의 모습을 묘사하는 장면인데 「수양뎨힝락기」 1회에 나오는 부친의 탄생과는 다른 부분으로[29] 1회에서는 수나라 건국주이자 수양제의 부친인 양견이 태어날 때의 비범한 상황을 보여주고 있다. 양견의 모친이 꿈에 蒼龍이 자신의 복부에 앉아있음을 본 후 양견을 낳았는데 손에는 王이라는 글자가 쓰여 있었다. 후에 한 여승이 암자에 살면서 양견을 데려다 키웠는데 머리에 두 개의 角이 나오면서 온몸에는 비늘이 생기게 된다. 비늘과 角을 겸비한 용의 형상을 보여주는 장면으로 왕이 될 인물은 비범한 탄생으로부터 시작됨을 제시하여준다. 그러나 아들인 양광을 잉태했을 때에는 용이 아니라 소만한 쥐의 형상을 가진 태몽을 꾸면서 망국의 이미지를 한층 부각시키고 있다.

---

28) 「수양뎨힝락기」, 8~9면.

29) 화셜 쥬무뎻 디에 홍농군 화음 ᄯᅡ에 한 스롭이 잇스니 셩은 양이오 일홈은 견이니 한나라 티위 양진의 팔디손이라 그 부친 양츙이 쥬무데를 도와 젼공이 잇슴으로 슈공을 봉ᄒᆞ얏더라. 슈공의 부인 려씨가 견을 날 ᄯᅥ에 몽즁에 풀은 룡이 비에 셔리엿슴을 보고 놀나 ᄭᅢ여 즉시 견을 나흐니 손에 긔이ᄒᆞᆫ 문의가 잇ᄂᆞᆫ지라 ᄌᆞ셰히 보믹 분명히 인군왕ᄌᆞ가 잇거늘 양츙 부쳬 그 범인이 아닌쥴 알고 이즁히 녁이더니 일일은 한 리고가 이르러 려씨를 보고 왈: "이 아히가 장릭에 크게 귀히 되겟스오나 다만 부모를 ᄒᆞ릭를 ᄯᅥ나 타인의 양육을 바다 장셩ᄒᆞ여야 귀히 되겟스오니 원컨더 빈도를 맛기시면 극히 무육ᄒᆞ야 장셩ᄒᆞᆫ 후 환퇵ᄒᆞ오리이다." 부인이 쳥파에 아히를 리고에게 맛기며 됴히 양육홈을 부탁ᄒᆞ야 비□□□. 원릭 이 리고는 홀로 암ᄌᆞ에 잇슴으로 혹 촌가에 나려굴 ᄯᅥ면 리웃 부인을 쳥ᄒᆞ야 암ᄌᆞ를 직히게 ᄒᆞ더니 ᄒᆞ로는 일이 잇셔 촌가에 나아갈 시 리웃부인을 쳥ᄒᆞ야 아히를 간호ᄒᆞ락 ᄒᆞ고 나간 ᄉᆞ이에 그 부인이 아히를 안고 됴흐더니 홀연 그 아히 머리로 조ᄎᆞ 두 ᄲᅮᆯ이 나며 왼몸에 비눌이 싱기니 완연히 룡의 형상갓흔지라 디경ᄒᆞ야 ᄯᅡ에 던지고 꿈을 ᄭᅢ여 엇지 홀 줄 모르더니 마츰 로고가 도라와 이 경상을 보고 연망히 아히를 거두어 안으며 탄 왈: "앗갑다. 일로좃ᄎᆞ 텬하를 느게야 엇게 되얏도다"(「수양뎨힝락기」, 1면.)

　　진왕이 즉위ᄒᆞᄆᆡ 강총을 도도와 복야를 삼고 공범으로 도관상셔를 삼
아 쥬야 시부로 일을 삼고 졍ᄉᆞ를 다ᄉᆞ리지 아니ᄒᆞ며 세월을 보ᄂᆡᄂᆞᆫ 즁
공귀빈 궁녀 즁 일기 미인을 취ᄒᆞ니 셩은 쟝이오 명은 려화라 텬셩이
민혜ᄒᆞ고 거지 한아ᄒᆞ며 머리털이 길기 칠쳑이오 그 광치 거울갓ᄒᆞ며
ᄯᅩᄒᆞᆫ 묘ᄒᆞᆫ 곳이 잇스되 능히 후궁에 비빈을 쳔거ᄒᆞ며 투긔홈이 업스니
이럼으로 후궁에 공공 두 귀빈과 왕리 이 미인과 졍셜 두 슉원과 원소
익와 하쳡여와 강슈용 등 아홉가인이 승총ᄒᆞ니 진왕이 엇지 한가ᄒᆞ야
죠졍ᄉᆞ를 도라보리오.30)

　이 부분은 陳王이 정사를 보지 않고 장려화라는 절세미녀와 더불어
여러 가인들과 즐긴다는 내용이다. 후일 양광(수양제)은 진나라를 정복
하고 장려화의 미모를 오래전부터 들어온 터라 주색이 동하여 불러들
이려 한다. 하지만 충신인 고경이 장려화를 처형함으로서 일단 양광의
주색은 한 단계 물러나게 된다. 수양제의 주색에 관련된 발단은 여기
서부터 드러나게 되며 미녀들과 행락을 즐기는 서사에 배경적 역할을
한다. 수양제는 생각대로 미녀를 얻지 못하자 후일 복수하기에 이른다.

　　"금일은 낭낭이 계시지 아니ᄒᆞ니 믄득 츌입ᄒᆞᄂᆞ 무방ᄒᆞ리라"ᄒᆞ시며
졍히 말슴홀 ᄉᆞ이에 근시 등이 이르러 만션ᄒᆞ심을 청ᄒᆞ거ᄂᆞᆯ 황뎨 명ᄒᆞ
야 만션을 이곳으로 옴겨오라 ᄒᆞ시ᄆᆡ 근시 등이 즉시 탑상에 빅셜ᄒᆞ거
ᄂᆞᆯ 황뎨 울지씨로 더부러 ᄒᆞᆫ가지 지ᄂᆡ시고 이 밤에 동침ᄒᆞ신 후 잇흔날
일즉이 이러ᄂᆞ셔 젼에 나와 빅관의 죠회를 바드실ᄉᆡ 심리의 싱각ᄒᆞ시
되: "오날이야 바야흐로 천ᄌᆞ의 쾌활홈을 알이로다"ᄒᆞ시고 못ᄂᆡ 깃거ᄒᆞ
시ᄂᆞ "다만 황후가 알면 엇지 구쳐ᄒᆞ리요"ᄒᆞ야 도로혀 근심ᄒᆞ심을 마지
아니시더라. - 생략 - 휘 듯고 크게 ᄭᅮ지져 왈: "요비 쟉야에 염차업ᄂᆞᆫ
황뎨를 다리고 무한 쾌락히 지ᄂᆡ고 오날 나를 ᄃᆡᄒᆞ야ᄂᆞᆫ 화언교어로
황뎨의게 미루어 ᄂᆞᆯ 롱락코ᄌᆞᄒᆞ니 엇지 통한치 아니리요. 좌우는 ᄂᆞ

30) 「수양뎨힝락기」, 6면.

를 위ᄒᆞ야 져 요비를 믜이쳐 결과ᄒᆞ라" ᄒᆞ니 울지쎼 머리를 두다려 살
기를 구ᄒᆞᆫ듸 황후 왈: "황뎨끠셔 너를 그갓치 ᄉᆞ랑ᄒᆞ시니 네 스스로 황
뎨께 살기를 구홀 것이어날 엇지 ᄂᆞ다려 살니라 ᄒᆞᄂᆞ뇨"ᄒᆞ고 궁인을 지
촉ᄒᆞ야 ᄲᆞᆯ이치라 ᄒᆞ니 가련타 일기 여화사옥 쳥츈가인이 난쟝지하에 죽
으니라.[31]

이 부분은 양견(수문제)이 독고황후가 병든 틈을 타 후궁을 돌아다니
다가 '울지씨'라는 궁녀한테 반하여 하룻밤을 지내는 내용이다. 일종
의 窺視모티브로 시작되었다고 할 수 있는데, 황후 한 여자만 바라보
다가 문득 후궁에 들어가 '엿봄'이라는 '규시 모티브'로 시작하여 두
사람은 정을 나누게 된다. 물론 이 부분은 수문제의 행동에서 비롯한
것이지만 사랑이라는 서사적 진행과정이 수문제에 이어 수양제까지
펼쳐갈 것임을 암시해주는 장면이기도 하다. 이 소식이 황후의 귀에
들어가자 황후는 화를 참지 못하고 궁녀를 처형하는 지경에까지 이른
다. 황후로서 다른 여자가 본인의 자리를 위협하는 일은 과거에도 용
납하지 못하는 사례가 많듯이 황제와 하룻밤을 지낸 궁녀는 황후의
시기로 안타깝게 죽고 만다. 이러한 부분은 수양제가 이후에 벌어질
여색과 관련한 사실에 부전자전이라는 대물림을 제시하는 부분으로
수문제의 주색은 비록 여자에 대해 매사에 엄한 황후로 인하여 미약
하게 끝나지만 후에 있게 될 수양제의 상황을 암시하여 이야기를 이
끌어감으로서 독자들에게 한층 더 흥미를 불러일으킨다.

지셜 틱직 닉시를 보ᄂᆞ고 회보를 기ᄃᆞ리더니 오릭게야 닉시가 뷔인
합을 올니거늘 틱직 깃거 밤들기를 기다리다가 임에 늘이 ᄂᆞ즈믹 가마
니 몃낫 닉시와 궁녀를 다리고 부인 궁즁에 이르니 이쎅 모든 궁녀 등

이 등쵹을 발키고 틱즈의 오기를 기다리다가 틱즈의 이름을 보고 황망
이 부인 침변에 이르러 틱즈 림흥심을 고흔딕 부인은 심즁의 번뢰흥야
혼혼흠을 이기지 못흥고 상상에 누어 몽농이 잠드러더니 궁녀 등이 어
즈러이 씩오믹 부인이 마지 못흥야 이러느니 모든 궁녜 다라드러 붓들
며 씌으러 궁문 외에 느와 틱즈를 마즈려 홀싥 겨우 섬아리를 느리믹
틱직 발셔 면젼에 이른지라 부인이 틱즈를 보믹 심즁의 붓그럽고 또흔
분흥느 이씨를 당흥야는 엇지 홀 슈 업슬 쓴더러 이곳흔 지위를 쳐흥야
엇지 일호느 감히 항거흐리요. 마지못흥야 소리를 나작이흥야 한소릭
만셰를 부르니 틱직 급히 옥슈를 잡아 이루혀 왈: "닉 부인으로 인연흥
야 허다 심력을 허비흥야 오날날 이갓치 상봉흐니 평싱 원이 족흔지라
부인은 젼스를 조금도 긔의치 말느"흥고 옥슈를 씌으러 침뎐에 드러가
니 어슈의 락을 이로 칭양치 못홀네라³²⁾

　수양제가 부친의 부인인 선화부인을 강탈하는 내용으로 윤리에 어
긋나는 수치스러운 행동임에도 어쩔 수 없이 동침하는 선화부인의 행
동은 수양제의 약탈혼으로 볼 수 있다. 이러한 모형은 「주몽신화」에도
제시되어 있는데 천제의 아들 해모수가 청하에 이르러서 하백의 세
딸을 보고 아리따운 용모에 반해 여인들을 가로막아 장녀 유화를 붙
드는 데 성공한다. 이어 해모수가 일종의 약탈혼을 연상시키는 사통행
위를 거쳐 유화와 맺어진다.³³⁾ 비록 수양제와 선화부인은 사통행위로
시작됐지만 이들은 이후 누구보다 열애하고 사모하는 사이로 변화한
다. 황후인 소후가 이 사실을 알고 대로하면서 황제의 수치스러운 행
실을 조정에 공포하겠다고 하자 수양제는 마지못해 선화부인을 冷宮
으로 보내게 된다. 하지만 둘의 짧았던 사랑은 깊은 정으로 이어졌고

---

32) 「수양데힝락기」, 49면.
33) 고난의 해결로 「이생규장전」과 「주몽신화」를 결부시켰는데 「이생규장전」은 규시, 월
　　장 모티브로 두 남녀의 사랑이 이루어지는 반면 「주몽신화」도 비록 규시 모티브이지만
　　강박에 의한 약탈혼으로 사랑 여부는 추상적으로 처리된다.(김수중, 앞의 책, 138면.)

수양제는 왕위에 등극한지 얼마 되지 않았지만 선화부인의 생각에 정
사를 제대로 돌보지 않고 침궁에서 하루하루를 보낸다. 수양제의 일관
된 사랑과 수나라의 안정을 위해 소후는 드디어 두 사람의 만남을 동
의하게 된다. 두 사람의 6개월의 뜨거운 사랑이 지속되었지만 결국 선
화부인의 죽음으로 수양제는 낙심하게 된다.[34] 하지만 이러한 상황은
또 얼마 못가고 후궁에서 미녀를 선발하기에 이른다. 황후인 소후가
수양제의 부인으로서 황제한테 후궁들 가운데서 미녀를 선발해보라는
조언을 해주는데 이런 부분은 제3자인 황후가 고난극복의 해결책을
직접 제시해준다. 특히나 후궁에서 물색하지만 미녀가 없자 소후는 또
수양제에게 전국적으로 공고문을 올려 미녀를 선발하게 한다.[35] 소후
의 이런 행동은 처음에는 수양제가 선화부인과의 생이별로 정사를 제
대로 돌보지 않아 국가대계를 위해 마지못해 두 사람의 만남을 허락
하는 부분에서 시작되지만 소후의 추천으로 인하여 발생되는 지속되
는 후궁에서의 미녀선발과 전국적인 미녀선발은 오히려 나라의 질서
를 파괴하는데 일조하게 된다. 독고황후와 현저하게 상반되는 부분으

---

34) 이에 지분을 바르며 아미를 다스리고 칠향거(七香車)를 명의후야 궁중으로 드러오니
이쎄 양데 부인의 드러오기를 기다리다가 부인을 보미 깃거움이 청양업느지라 드디
여 부인을 다리고 중궁에 드러와 수호의게 보니 소회 부인을 보고 심중의 비록 불락
후느 양데의 성품을 아는터이라 다만 면강후야 강잉히 조흔 낫츨 보이며 궁녀를 명
후야 잔치를 비셜후고 종일 질기더라. 일노붓허 양데 션화부인으로 더부러 조환모락
후미 전보다 더욱 친밀후더니 반년이 되지 못후야 슬푸다 둥근달이 이지러지고 일홈
잇는 꽃이 슈히 써러짐을 엇지 아라스리요.(「수양데힝락기」, 58면.)
35) 드디여 허뎡보(許廷輔)와 밋틴 감열 스름을 불너 분부 왈: "너희 열 스름이 가히 각각
논호와 텬하로 도라다니며 미녀를 싸혀오되 물론 어니 지방이던지 가는 디로 힘써
싸히디 나히 십오셰 이상 이십셰 이후로 참쥐여 느는 절식을 가리어 륙속후야 경
스를 보니여 쓰게 후는 즈면 중상훌 것이요 올녀 보니지 못후는 지면 □벌을 쥴 것이
니 가히 틱만이 후지말느"후니 허뎡보 등이 지의를 밧드러 느아온 후 먼져 황셩 니에
셔 시작후야 싸힐 시 거리마다 방을 부쳐 스름마다 알게 후후 급급히 스름을 식여 녀
즈에 유무를 스득후야 싸히니 셩중이 소요후더라(「수양데힝락기」, 58면.)

로 수양제가 미녀를 좋아하고 즐기는 과정 중 소후뿐만 아니라 여타 다른 대신들도 황제의 행락을 막지는 못한다.

전국적으로 수천명의 미녀를 선발하여 후궁에 두면서 재주가 있거나 능력이 있는 여자들을 뽑았지만 궁중에 몇 년 동안 머물러 있으면서 결코 수양제의 얼굴을 한 번도 보지 못하고 안타깝게 죽은 侯妃子의 사연이 있다.

> 외로온 방즁의 혼ㅈ 안져 슬푸믈 견듸지 못ㅎ야 일쟝을 쏘 듸곡흔 후 밤이 들민 가마니 방문을 걸고 이경이 지ᄂ 뒤에 싱□흠을 더욱 참지 못ㅎ야 흐날을 우러러 쟝탄왈: "하날이 엇지 날노ㅎ야금 쉭틱와 직조를 쥬신 후 다시 홍안명박ㅎ야 천고의 한을 머금고 죽게 ㅎ시ᄂ고"ㅎ며 상심ㅎᄂ 마음이 압ㅎ고 쓸이믈 견듸지 못ㅎ야 드듸여 흔폭 빅릉을 들보에 걸고 스스로 목믹여 죽으니 졍히 향혼은 임에 슫허졋스ᄂ 근심은 도로혀 잇고 옥모ᄂ 젼혀 ᄉ라졋스ᄂ 원통흠은 오히려 깁흘네라 이씩 궁녀 등이 부인 방즁에셔 이상흔 소릭ᄂ믈 듯고 황망이 드러가보니 부인이 빅릉을 들보에 걸고 목을 믹엿ᄂ지라 모든 궁인이 듸경ㅎ야 급히 다 라드러 그 믹 것를 그르고보니 임에 옥이 쌔아지고 향이 ᄉ라졋스니 가련ㅎ다 흔낫 쏫갓고 옥갓튼 졀듸가인이 천츄에 흔을 머금고 무량세계로 도라갓더라36)

인물로 보면 절세미인이고 시부로 따지면 엄청난 재략을 갖고 있는 후비자는 수양제가 才와 色(미녀)을 좋아한다는 말을 듣고 선발되어 궁에 들어오지만 몇 년 동안 후궁에 있으면서 황제의 얼굴을 한 번도 보지 못하고 쓸쓸이 늙어가고 있으면서 결국에는 한을 품고 자결하는 내용이다. 허정보라는 간신이 금전을 받는 조건으로 전국에서 선발하여 궁중에 들여온 궁녀 중에서 재차 선발하여 황제에게 올려 보낸다.

36) 「수양데힝락기」, 94면.

기존의 미녀들이 돈과 권력을 내세워 우선순위로 선발되어 수양제와 더불어 행락을 일삼았지만 후비자는 결코 아첨하지 않는 충절을 고집한다. 한나라 때의 궁녀인 王昭君37)이 흉노로 시집을 가면서 돈으로 흉노의 관심을 산 것이 아니라 오직 나라의 화평과 우호로 후세에 명성을 떨친 것과는 비교는 안 되지만 황제에 대한 충성과 일편단심은 결코 무시할 수가 없다. 수양제는 자신이 그토록 원하던 재주와 미모를 겸비한 궁녀를 한 번도 보지 못하고 잃게 되자 슬피 울면서 통탄한다. 미녀에 대한 수양제의 애모가 한층 더 깊어지는 契機가 된다. 조정과 백성들의 눈을 피해 이뤄지는 先皇의 부인과의 연정, 수많은 궁녀를 선발했음에도 不拘하고 결코 인연을 이루지 못하는 상황이 오게 되는데, 무릇 시나 노래나 장끼 등 하나의 재주라도 가진 궁녀가 있으면 모두 나와서 본인을 어필할 기회를 준다. 袁紫煙 등 끼와 재주를 가진 재녀들이 대거 뽑히면서 수양제의 지난 연정은 묻히고 만다. 한 국가의 군주로서 전개되는 사랑모티브는 「춘향전」, 「이생규장전」 등과 같이 한 여자와의 결연을 계기로 고난을 이겨내고 결혼에 이르는 구조와는 달리 여러 여자와의 사랑을 통한 새로운 추구방식으로 이뤄진다. 기존의 난관을 극복하지만 결혼까지 미치지 못하고 새로운 고난을 추구하고(만들고) 이겨내는 모티브로 민간인의 사랑이야기보다는 좀 더 다채롭다고 할 수 있다.

「수양제힝락기」의 전편 내용이 미녀를 둘러싼 이야기이며 미녀를

---

37) 漢元帝 때의 궁녀로 중국 4대 미녀로 꼽힌다. 흉노와 한나라의 화평과 우호관계를 유지하기 위하여 한나라 왕소군을 南匈奴의 왕인 呼韓邪單於에게 시집을 보낸다. 2년이 채 못 되어 呼韓邪單於가 죽자 아들인 複株累大單於에게 시집을 가는데 흉노는 아버지가 죽으면 아들과 결혼하는 풍습이 있다. 당시 충절을 중요시하는 한나라에서는 있어서는 안 될 일이었고 왕소군에게는 엄청난 수치였다. 그 후 그를 가여워하고 슬퍼하는 사람들의 마음이 천추만대 전해져서 千古美人으로 불린다.

선발하고 미녀와 더불어 시를 짓고 재롱을 피우는 대목이 전편의 다
수를 차지하지만 미녀들 못지않게 황제에게 충성하는 왕의라는 인물
이 있다.

　　왕의가 황은을 무릅써 십분 총이를 밧으미 조셕으로 어가를 뫼셔 셩
은을 만분에 일이라도 도보코즈 졍원ᄒᄂ 다만 한ᄒᄂ 바ᄂ 황궁이 격
월ᄒ야 마음과 가치 못홈으로 항상 앙앙홈을 품엇더니 오늘놀로 공공의
게 간파흔 비 되엿도다" 장셩이 말를 듯고 우스며 희롱ᄒ야 ᄀ로ᄃᆡ: "왕
형이 만약 궁즁에 드러가고즈 홀진ᄃᆡ 무엇이 어려오리요ᄆᄂ 왕형이 차
마 못홀가 ᄒ노라" 왕의 왈: "소뎨 비록 우쥰ᄒᄂ 황상을 위ᄒ야 부탕도
화홀지라도 실노 피치 아니ᄒ려든 허물며 궁즁에 츌립홀 방법이 잇슬진
ᄃᆡ 엇지 춤아 못홀 니 잇스리요. 장공공은 ᄂ를 위ᄒ야 셜리 가라치라"
장셩이 소 왈: "다른 방법이 아니라 형의 그 아리를 버혀 바리면 엇지
궁즁에 드러가지 못홀가 근심ᄒ리요" 왕의 침음ᄒ다가 ᄀ로ᄃᆡ: "닉 드
르니 졍신ᄒᄂ 것은 어려쓸 쩍에 흔다 ᄒ니 되지 못홀가 두리노라" 장
셩 왈: "엇지 되지 못홀 일이 잇스리요 다만 그 읍홈을 견ᄃᆡ지 못ᄒᄂ
라" 왕의 왈;"만약 될 것 갓흐면 잠시 읍ᄒᄂ 무어시 관계되리요" 장셩
왈: "형이 진심으로 ᄒ고즈 ᄒ면 닉게 압흐지 아니홀 약이 잇스니 왕형
에게 보닉리라" 왕의 왈: "셰상에 남직 되어 ᄂ셔 엇지 거즛말을 ᄒ리
요"ᄒ고 양인이 일장을 셔로 웃고 흔가지 손을 ᄭᅵᆯ을고 궁에 ᄂ와 곳 장
셩의 집에 이르러 좌를 졍흔 후 장셩이 슐을 ᄂ와 슈삼 비에 이르미 왕
의 ᄯᅩ 지삼 그 약을 구흔ᄃᆡ 장셩 왈: "이졔 약은 닉게 잇스니 모롬이 종
장교계ᄒ야 힝홀 것이라 만약 흔쎡 홍을 씌여 그리ᄒ얏다가 이후에 쳐
실도 취치 못ᄒ고 령□도 낫지 못ᄒ면 믄득 나를 원망ᄒ리니 형은 깁히
싱각ᄒ야 후회홈이 업게 ᄒ라" 왕의 졍식 왈: "ᄉ롬이 텬디간의 낫다가
일에지유ᄒ시ᄂ 임군을 맛ᄂᆞ스니 쥭으ᄂ 쏘흔 앗갑지 아니커늘 엇지 감
히 쳐즈를 싱각ᄒ리요" 장셩이 그 말을 듯고 몸을 이러 안으로 드러가
더니 조금 잇다가 ᄂ오더니 탁즈 우희 무슴 물건을 닉여 노흐니 핫낫
털을 부러도 가히 버릴 만흔 조고마흔 칼 흔즈로와 두어 봉지 약이라
장셩이 왕의를 보고 두낫 약봉을 가르쳐 왈: "져 누른 보로 싼 약은 몽

혼약이니 슐의 타먹으면 믄득 읍흔 것을 모로고 져 오싴보로 싼 약은
피가 흐르지 못ᄒ게 ᄒᄂ 령약이니 모다 진쥬와 호박이며 각양 진긔흔
보빅를 가라 민든 거시민 흔번 바르면 버힌 ᄌ리가 즉시 합ᄒᄂ 령약이
요 져 칼은 곳 동슈ᄒ야 버혀바릴 갈이민 이 셰가지 물건을 왕형의게
보ᄂᆡ나니 형은 집에 도라가 짐작ᄒ야 힝ᄒ라”ᄒ거ᄂᆞᆯ 왕의 왈: “공공의
지교ᄒ심을 임에 드러스오나 소뎨 임에 결단흔지라 무슴 짐작홀 비 잇
스리요 미안ᄒᄂ 슈고를 앗기지 마시고 공공이 하쥬ᄒ심을 바라노라”
장성 왈: “ᄂᄂ 참아 ᄒ슈치 못ᄒ겟노라” 왕의 왈: “공공은 너모 츄탁지
말ᄂ 결단코 형의게 누를 씨치지 아니ᄒ리라”ᄒ거ᄂᆞᆯ 장성이 왕의에 진
심으로 정신코ᄌ 홈을 보고 다시 슐을 ᄂ와 마실ᄉᆡ 왕의 임에 슐이 반
감ᄒ얏더라38)

궁중의 법에 따르면 무릇 去勢를 하지 않는 남성은 후궁에 들어갈
수가 없다. 수양제의 황은을 많이 입었다고 자칭하는 왕의라는 난쟁이
남성이 있는데 항상 황제 옆에서 보필을 하면서 충성을 다하고 있었
는데, 하루는 수양제가 후궁으로 들어가게 되자 왕의는 남자라는 이유
로 들어갈 수가 없게 된다. 이에 장성이라는 내시가 왕의에게 한 가지
계책을 제시하는데 거세를 하면 후궁에 들어갈 수 있다는 제안이었다.
보통 내시라고 하면 빈곤한 하층집안의 출신들이 거세하여 출세하려
는 의도로 하는 일이 많았지만 왕의는 황제의 총애를 받는 상황에서
오히려 황제에게 충성하려는 의도로 본인이 주동적으로 거세를 하려
한다. 마침 이를 알게 된 수양제는 왕의의 거세를 거세게 비판하면서
그에게 배필을 구해준다. 이러한 충성은 미녀들한테서도 드러나는데
소달기나 장려화 및 양귀비와 같이 여성에 의해 나라가 망하게 되는
사연과는 사뭇 다르다. 수양제와 더불어 미녀들이 향락을 즐기지만 대

---

38) 「수양뎨힝락기」, 79~80면.

부분 가인들의 성격을 띠고 있다. 시를 잘 짓고 노래를 잘 부르고 솜씨가 뛰어난 여성들이 황은에 보답하고 죽을 때까지 정절을 지키며 수양제에게 충성하는 모습으로 부각하고 있는데, 수나라가 멸망하게 된 결정적인 계기가 대운하개발, 고구려정벌 등에 있음을 감안하면 전국적인 미녀선발은 일시적인 波動에 불과함을 간과할 수 없겠다.

「수양뎨힝락기」의 후궁미녀들에 대해 정리하여 도표로 제시하면 다음과 같다.

소후(황후)	내조의 여왕, 황제를 위해 고민을 해결하고 해결책을 제시.
선화부인(궁녀)	선친의 부인으로 수문제가 죽은 후 수양제와 둘은 사랑에 빠진다.
후비자(궁녀)	후궁에 있던 궁녀이며 수년동안 황제의 얼굴을 보지 못하자 충성과 정절을 지켜 운명을 한탄하면서 자결한다.
원자연(궁녀)	오행과 천기를 볼 줄 알고 국가의 운수를 가늠한다.
왕의(난쟁이)	황제에 대한 충성심이 거세를 할 정도에 이른다. 궁녀형 남성.
주귀아(궁녀)	시, 노래에 능하고 본인의 어깨살을 베어 아픈 황제에게 달여 먹일 정도로 충성심이 강하다.
한준아, 원보아 등	가인의 형상으로 모두 황제에게 충성한다.

이밖에도 원전에는 수많은 궁녀들이 존재하지만 대체적으로 수양제에게 충성하고 정절을 지키며 시를 잘 짓는 등 재녀의 형상으로 부각되고 있다. 이러한 내용으로 짐작해볼 때 「수양뎨힝락기」는 수양제의 사치와 향락으로 인한 수나라멸망을 제시하는 것이 아니라 궁중에서의 생활과 다양한 스토리를 독자들에게 전하려고 했을 것으로 보인다. 역사적인 인물인 수양제가 폭군(暴君), 음군(淫君) 등으로 밝혀지고 있지만 작품에 보이는 수양제의 모습은 사뭇 다르다. 선화부인과의 이별에

정사도 제대로 돌보지 않고 전전긍긍하던 모습, 후비자가 죽었을 때 슬퍼하는 사연, 난쟁이 왕의가 거세하려고 할 때 질책하면서 배필을 구해주는 등 수양제의 성격에는 일관되게 궁녀들을 아끼고 감싸주는 역할을 감당한다. 서달기나 무측천과 같은 역사적 여성인물들이 왕조의 흥망성쇠에 직접적으로 간여하는 반면에, 비록 역대의 군주들이 여색의 난관에서 빠져나오지 못하는 경우가 많지만 「수양데힝락긔」는 수나라가 여성에 의해 망한 것이 아니라는 일면을 부각시킨다. 번역자가 보여주려는 의도가 수양제의 주색보다는 궁중의 생활과 다재다능한 궁녀들의 재주를 과시하려는 데 있었음을 간과할 수 없겠다. 또한 활자본 「양귀비」 등의 염정소설의 출현과 같이 당시 독자들이 수양제의 궁중생활에 대한 호기심에서 탄생한 작품이라고 할 수 있다.

「수양데힝락긔」는 여성을 중심으로 다룬 남성에서 여성으로 중심인물의 교체가 이루어진 작품들이다. 이러한 여성인물들의 사적만 묶어서 간행하였다는 것은 독자들에게 여성의 삶과 모습을 보여주려는 의도와 결부된다.

봉건시대에는 결혼과 생식의 수단으로서의 성이 짝지어졌고, 근대에는 낭만적 사랑과 결혼이, 이제 탈근대로 넘어오면서는 성과 낭만적 사랑이 묘한 결합을 이루게 된다.[39] 이른바 「수양데힝락긔」는 여성들이 수양제에게 충성하는 良妻의 형상을 보여주고 있다. 양처는 새로운 근대적 가정의 주부에게 기대되는 역할이자 규범적 원리로서, 이상적 여성상을 지칭하는 현모양처의 기호로 탄생하게 된다.

「수양데힝락긔」에 보이는 여성들은 대부분 희생녀(주귀아), 열녀(후비

---

39) 조혜정, 「결혼, 사랑, 그리고 성」, 『새로 쓰는 사랑 이야기』, 또 하나의 문화 제7호, 1991, 21~41면.

자), 효부(소후) 등의 전통적인 婦德을 체현하는 고전적 여성성의 상징으로 표현된다. 이러한 전통적인 여성의 형상들은 아직까지 유교사회가 지배하고 있었던 부덕과 윤리가 강하게 작용하였던 것 같다. 개화기에 간행된 『대한일보』, 『대한매일신보』, 『황성신문』 등 언론매체들은 모두 가정을 위한 유교식 현처양모형의 여성을 양성하는 여성교육을 지향하고 있었다.40) 숙명사립여학교의 교육목적은 현모양처형의 여성을 양성하여, 민족과 사회에 이바지하는 것으로 내걸었다. 또한 초대교장 李貞淑은 졸업생들에게 "貞淑 두 글자를 명심하라 착실한 가정 살림꾼이 제일이요 직업부인이 됨은 반갑지 않다."41)고 분명하게 설명하였다. 관립여학교의 교육목적도 이와 비슷하였다. 1908년에 한성고등여학교 설립할 쯤에 엄귀비는 여성교육 휘지를 발표하였는데, 여성교육은 집안의 행복을 증진할 수 있고, 국가의 神補가 될 수 있다고 하였다. 즉, 현모양처의 교육에 중점을 두고 있음을 알 수 있다.42) 한성고

40) 大抵 人의 職分이 有二하니 室外之務는 男子之職이오 家內之務는 婦人의 任된 事라. 家內事됨은 不必述이는 屋外事務는 家內事爲에 比하야 秋毫도 輕重의 差가 無한지라. 今婦人를 就中一家의 主婦에 就하야 論할지데 家中內政을 掌握하야 常識에 綿密周到한 注意하야 … 家內의 위생과 金錢出納及 衣食 興其他百般의 事를 整理할지니 是는 實로 主婦의 責任이오 又 婦人의 職分이 될지라. 此等의 職分을 完全히 하고자 하면 相當한 敎育이 無하면 할지니. 不能할지니(『대한일보』, 1906년 1월 1일자 논설); 然則敎育發達 原因은 家庭敎育이오 家庭敎育은 女子敎育에 在한 거늘 我韓 人士는 弱無所聞하야 女子敎育이라면 可笑한 事로 知하니 奈何奈何오 唯我同胞는 女子敎育을 汲汲히 勉勵하야 國家의 幸福을 歡迎함을 希望하노라. 家庭敎育은 … 和樂兄弟하고 親密宗族하며 寢食中 諸般衛生과 治産상 各種準備가 亦在於賢妻知識하나니 則 女子敎育이 家庭에 根本될 뿐 이니라.(『대한매일신보』, 1907년 2월 7일자 논설); 나라에는 백성이 있고, 백성은 가정이 있고, 가정에는 남녀가 있어 남성의 의무는 국가에 있고, 여성의 의무는 가족에 있어, 서로 안과 밖이 되어 그 의무를 다 하기 위하여 지식이 필요하고 그 지식을 넓히기 위하여 교육이 필요한 것이니, 이것이 참으로 남녀의 교육이 필요한 원인이다.(『황성신문』, 1906년 5월 22일자 논설)
41) 『동아일보』,「졸업생들에게」; 『숙명70년사』, 1929년 3월 11일자, 31면.
42) 박용옥, 『한국 여성 근대화의 역사적 맥락』, 지식산업사, 2001. 353면.

등학교의 초대교장 어윤중도 부덕함양과 솔선수범을 교육목표로 하여 현모양처의 양성에 주력한다고 하였다.[43] 그 당시의 이러한 상황으로 놓고 볼 때 「수양뎨힝락긔」는 시대에 부응하고 계승하여 탄생한 산물이자 현모양처의 사상과 의미전달에 일조한 작품이라고 볼 수 있겠다. 유교의 색채가 농후했던 조선조사회에서 열녀, 효녀는 항상 추대되어 왔고 꾸준히 이러한 형상을 본받았다. 그러나 이러한 요소들은 궁극적으로 여성의 자유와 해방, 윤리억압에 저항하지 못하며 가부장적인 사회에서 벗어나지 못한 한계성이 있다.

활자본의 전개양상을 살펴보면 모두 여인과의 행락을 중심으로 돌아간다. 그 외의 영웅이야기나 운하를 개통하는 내용, 반란이 일어나는 내용들은 전부다 전개의 범주에 넣지 않았다.

활자본 「수양뎨힝락긔」의 제8회 마지막에 '하회가 엇지된고 석람ㅎ라'로 되어 있는데 아마도 뒷부분에서 행락을 즐기는 부분을 더 번역하려다가 미완성으로 남았던 것 같다. 예를 들면 『隋唐演義』의 제31회는 冶兒가 수양제에게 말을 타는 장면을 보여주는 내용 및 궁녀들과 시를 짓는 내용이고, 제34회는 수양제가 병으로 앓고 있을 때 주귀아가 자신의 어깨살을 달여먹인 내용이고, 제35회는 원보아, 주귀아 등 궁녀들과 수양제가 말타기를 하고 활을 쏘는 내용들로 모두가 궁녀와 수양제의 행락에 관련된 부분이다. 또한 곧 하천이 개통되어 궁녀들과 배를 타고 유람하는 내용들도 나온다. 이러한 부분들은 제목에서 보여주듯이 행락에 관련된 내용들이며 번역자가 추후 전개하려고 했던 의도로 보인다.

---

43) 경기여고 50년사 편찬위원회,『경기여고50년』, 京畿女子中·高等學校, 1958, 3~4면.

4.2 「양귀비」

4.2.1 「양귀비」와 『隋唐演義』

唐代 역사사실 중 安史之亂은 당명황과 양귀비를 갈라놓는 중요한 사건이자 당나라가 쇠퇴하게 된 결정적인 계기가 된다. 양귀비가 馬嵬에서 죽음을 맞이하게 된 것에는 여러 가지 의견들이 지금까지 분분히 존재한다. 첫째는 양귀비가 군주를 미혹하고 정치를 혼란스럽게 한 화근이라는 견해이고, 둘째는 양귀비가 박해를 받은 여성으로 동정하는 견해가 있다.

개원 시기에 불교 속에 密宗이 전입되어 극도로 발전하였다. 이 기간에는 인도로부터 善無畏・金剛之・不空 세 명의 범승이 연이어 왔는데, 이들이 바로 불교 역사에 있어 저명한 '開元三大士'로서 중국의 밀교는 바로 이들에 의하여 개창된 것이다. 선무외(637~735)는 일찍이 那爛陀사에서 밀교를 공부하였는데 유명한 『大日經』을 번역하였다. 불공(705~774)은 일생동안 밀교 경전을 모두 110부 143권을 번역하였는데 羅什・眞諦・玄奘과 함께 중국 불교 사상 '四大譯士'로 불려진다. 개원년간에 밀종이 전래되어 발전한 것은 현종의 지지와 관계가 있다. 현종은 밀종에 대해 흥미를 가졌는데, 주로 밀종과 불교의 기타 파별이 다르기 때문이었다. 그것은 절제하지 않는 것과 호색적인 특징이 있었다. 전통적 불교는 금욕적이며, 여색을 가까이 하지 않았고, 각종 수행을 강조했는데, 밀종은 공개적으로 "여러 중생들에게 갖가지 성욕에 따라 환희를 얻게 하라(『大日經』권5, 大正藏 권18)"고 공언하였다. 또한 여성은 "밀법을 수련하고 공부하는데" 필수적 조건이며, 없어서는 안 되는 반려자라고 보고 있었다. 이렇게 현세의 향락을 추구하고 정과 성

색을 따르는 불교의 종파는 봉건통치 계급의 필요로 받아들여져서 그
들에게 교만하고 음탕하며 안일한 생활에 신성한 겉옷을 입혀 주었기
때문에 그들의 호의를 얻을 수 있었는데[44] 당현종도 예외가 아니었다.

『新唐書』・「本紀」5에 의하면 당현종은 開元 28년 10월 甲子年에 태
자 壽王 李瑁의 妃 양씨를 道士로 칭하고 太眞이라고 號한다.[45] 이른바
아비가 며느리를 娶하는데 명분이 필요한 것이다. 「탁수왕비위여도사
칙(度壽王妃爲女道士勅)」을 내리고, 수왕 이모와 양옥환의 혼인 관계를 해
제하게 된다. 이후, 양옥환은 궁중의 태진관에 거주하면서 호를 태진
이라 하고 공개적으로 현종의 애인이 되었다. 天寶 4년 8월 壬寅, 태진
을 貴妃[46]라 하여 정식으로 황후로 맞아들인다. 이렇게 양씨는 양옥환
(왕비)-양태진(도사)-양귀비(황후)로 바뀌면서 당현종의 신변에 있게 된
다. 당현종의 처사가 인륜에 어긋나는 행위임을 역사적으로 증명하는
자료이며 추후 당현종과 양귀비의 음란한 생활이 이어짐을 제시한다.

매비(강채빈)에 관한 故事가 正史에 기록되지 않고 주로 野史나 秘史
에만 전해지고 있어, 후대에 만들어진 인물이라는 설도 있다. 唐代로
부터 매비에 대한 전설이 유행하고 있었고, 莆田지방에 전해지는 江氏
族譜에 매비와 그녀의 아버지 江仲遜에 대한 내용이 실려 있다고 하는
데[47] 史書에는 매비가 아니라 武惠妃가 당현종의 총애를 받다가 죽은
후 양귀비를 만난 것으로 되어 있다. 무혜비와 당현종 사이에 낳은 아
들이 바로 수왕 이모인데, 무혜비가 죽자 당현종은 수왕의 왕비를 독

---

44) 閻守誠・吳宗國 共著, 임대희・우성민 옮김, 『당현종』, 서경문화사, 2012, 286~287면
참조.
45) 歐陽修 外, 『新唐書』・「本紀」 5, 中華書局, 1975, 141면.
46) 歐陽修 外, 위의 책, 145면.
47) 민관동, 「매비전의 국내유입과 번역양상」, 『비교문화연구』 제27집, 경희대 비교문화
연구소, 2012, 267면.

차지 한다. 매비가 실존인물인지 아닌지를 떠나서 소설 작품 속에 양
귀비와의 양면 대립으로 소설에 긴장감을 불러일으키고 독자들의 질
투심을 자극하는 역할을 한다.

  활자본 소설 「양귀비」는 錦江漁父 玄翎仙이 경성서적업조합에서
1926년에 간행한 작품으로 총 102면으로 되어 있고 회목은 따로 나누
지 않았다. 현령선은 「양귀비」를 만들면서 서문을 달았는데 다음과 같다.

  책을 지어서 세상에 펴놋는 것이 세상에 잇는 책을 불살너 업새는 것
  보담 그 죄가 더-크다 하는 말을 어느 글에서 보왓노라 아닌게 아니라
  그게 올흔 말이여! 글은 잘 지은 것도 亽실이 보잘 것 업는 것도 잇고
  亽실은 훌륭한 것을 글을 못되게 지은 것이 만타 그러니까 글도 쓰기가
  어렵고 亽실도 엇기가 어려워 두가지가 다 어렵다. 그러니 그 두 가지가
  온전한 책이 이 세상에 몃종류가 될는지?! 아니다! 책을 불살은 사람도
  무리한 일은 아니다! 그러나 긔왕에 책을 내 손으로 불살지 못할 바에
  는 차라리 책권이나 더 보태볼가하는 생각이 들어서 심심한 째이면 이
  것저것을 긔록하야 보는 것이 버릇이되얏다. 그래서 이번에도 이 이약
  이책으로 지은이 책도 지여놋코 보니까 불에 느엇스면 조켓다! 불에 너
  흘 것을 왜 지엿서? 심심푸리로 지은 것이 亽실도 취할 것이 업고 글도
  아니 되얏다! 아니다 책보는 이를 위안하기 위하야서는 맛당히 성정이
  고샹한 이에게는 고샹한 글을 줄것이오 성정이 활발한 이에게는 활발한
  글을 줄 것이오 성정이 아담한 이에게는 아담한 글을 줄 것이오 성정이
  음란한 이에게는 음란한 글을 줄 것이오 성정이 호협한 이에게는 호협
  한 글을 줄 것이오 성정이 편벽한 이에게는 편벽된 글을 줄 것이오 성
  정이 평탄한 이에게는 평탄한 글을 줄 것이오 성정이 공교한 이에게는
  공교한 글을 줄 것이오 성정이 허탄한 이에게는 허탄한 글을 줄 것이오
  성정이 침착한 이에게는 침착한 글을 줄 것이요 다 각각 성정을 마초와
  주자하면 미샹불 책도 만히 나야만 쓰겠다! 그러치마는 사실도 보잘 것
  업고 글도 아니된 이 책을 뉘게 주잔말가?! 아니다 남을 위하야 난 내가
  아닌바에야 다만 남의 성미만 쏫차 단이며 마초랴고 애쓸 것이 잇나! 이

책은 나의 심심푸리로 스사로 지은 것이며 쏘는 보는 이들도 그의 셩미
야 엇더하거나 말거나 뒤동산에 꼿치 웃는째든지 첨아꼿헤 장마ㅅ비가
흐르는 째든지 쓸압헤 오동닙히 우는 째든지 지붕위에 눈이 덥히는 째
든지를 당하야 말업는 등잔ㅅ불 밋헤서 둥싯할 째이면 짜쯧한 양귀비
품속에 한번 들어보는 것을 누구나 슬혀 아니할 것이다. -신유솟날 사
흘젼 아침에 금교겻헤서 금강어부가[48]

서문을 보면 현령선이 「양귀비」를 지을 때 소일거리로 지으면서,
'심심푸리로 지은 것이 ㅅ실도 취할 것이 업고 글도 아니 되얏다', '심
심푸리로 스사로 지은 것' 등의 구절에서 본인이 지은 것이라고 강조
하고 있다. '양귀비 품속에 한번 들어보는 것을 누구나 슬혀 아니할
것이다'와 같이 현령선은 양귀비라는 주제로 대중들의 기호에 맞춰 작
품을 선보인 의도를 짐작할 수 있는데, '미녀'와 '성생활(음란생활)'이 내
포한 서사적 의미는 대중들의 궁금증을 해소하고 독자들의 취향에 초
점을 뒀을 것이라는 추측을 간과할 수 없다.

「양귀비」는 원작 『隋唐演義』의 79회부터 91회에 해당하는 당현종과
양귀비와의 만남과 사별까지의 줄거리를 취하여 재창조하였다. 줄거
리는 그대로 유지하면서 원작의 내용에 한글의 風采와 甘味를 더해 정
서표현이 뛰어나고 독자들이 읽기 쉽게 한글로 풀어 써서 국내 소설
의 표현방법에 가장 근접한다.

「양귀비」의 서두 부분은 매비와 양귀비 두 인물의 존재를 간략하게
설명하고 79회의 중간 부분을 시작으로 전개된다.

저의 쥬인마마가 뭇는 말에 "글세 이게 웬일인지 저나 마마님은 즈셰

---

48) 「양귀비」(인천대학 민족문화연구소, 『활자본 고소설전집』 9, 은하출판사, 1983.) 2~3
면.(이하 작품 인용은 작품명과 해당 면만 밝히기로 함.)

이 알 수 업는 일인즉 래일 고내감을 불너 즈셰한 말을 물어보십시오"
하고 대답하얏다. 이튿날 언홍이가 저의 쥬인마마의 심부름으로 고력ㅅ
를 부르러 고력ㅅ의 쳐소로 향하고 가니 고력ㅅ는 궁내에 가쟝 츙실한
내시이다. 봄긔운이 온화하야 사람의 졍신을 씌달니는 날 언홍이가 매
화수풀을 헛치고 별궁문 밧글 나셔서 궁쟝 밋흐로 도라 나가다가 홀연
쳔엽도화가 란만이 핀 것을 보왓다. 아담한 매화만 흥샹 보든 언홍의 눈
에 붉은 안개가 어리운 듯한 도화를 보매 사랑스러온 마암이 와락 나셔
그 즁에 탄스러온 쏫송이가 열닌 약한 가지를 한 개 썩거 머리위에 쏫
고 밧븐 거름으로 후궁에 들어가 고내시 쳐소에 이르니 이 날 고력ㅅ는
오슈가 몽롱하야 언홍의 들어오는 것도 모르고 평상위에 누워서 잠을
깁히 들어 잔다. 언홍이가 엇개가 취켜 붓고 코구멍이 멀숙한 고력ㅅ가
졍신업시 잠자는 것을 보고 저 혼저 우스며 슬며시 머리위에 쏫즌 도화
가지를 쌔내여 쏫송이로 고력ㅅ의 흿한 코궁글 막어노흐니[49]

　　梅妃問親隨的宮女嫣紅道："你可曉得皇上兩日爲何不到我宮中？" 嫣紅
道："奴婢那里得知，除非叫高力士來，便知分曉。" 梅妃道："你去尋來，待
我問他。" 嫣紅領旨出宮尋問，走到苑中，見力士坐在廊下打瞌睡。嫣紅道：
"待我耍他一耍。" 見一棵千叶桃花，嬌紅鮮艷，便折下一小枝來，將花挿在他
頭上，取一嫩枝，塞向力士鼻孔中去。 <『隋唐演義』79回>

　　위의 인용문은 원전의 79회에 나오며 매비의 侍女인 언홍이 고력사
를 찾아가는 내용이다. 내용을 보면 원전에 없는 내용들이 번역문에는
자국의 언어를 각색하여 서술하고 있는데, '봄긔운이 온화하야 사람의
정신을 씌달니는 날'이라든가 '오슈가 몽롱하야', '코구멍이 멀숙한'
등의 표현으로 원전에는 전혀 묘사되지 않은 부분을 화려하게 꾸미고
있다.
　　앞에서 다룬 활자본 고소설의 경우 장황하거나 줄거리에 손상을 주

---

49) 「양귀비」, 6~7면.

지 않는 상황에서 축약의 양상을 보이지만 「양귀비」는 오히려 문장을
수식한다.

　　당명황이 매비와 양귀비를 명하야 죽석에 시를 지여 피츠에 의소를
소통하게 하니 이는 두 사람이 다 시에 텬재가 잇는 싸닭이다. 그래서
두 사람이 시를 지여 노으니 양귀비의 시는 매비의 수척한 형용을 그리
여 내이고 매비는 양귀비의 살진 형용을 그려내엿다해서 서로 조롱하며
우섯다. 그러나 두 사람사이에는 서로 불화한 긔색이 은연 즁에 나타남
을 본 고력ㅅ는 것헤 잇다가 화전을 청하야 그 긋헤 우스운 가ㅅ 몃귀
절을 써서 여러 사람을 웃기이니 좌즁에 공긔는 다시 됴화가 되얏다.50)

　　玄宗卽命擺宴, 酒過三巡玄宗道:"梅妃有謝女之才, 不惜佳句, 贊他一首
何如?" 梅妃道:"惟恐不能表揚万一, 望乞恕罪." 楊妃道:"妾系蒲姿柳
質, 豈足当娘娘翰墨揄揚?" 玄宗道:"二妃不必過謙."叫左右快取一幅錦箋,
放在梅妃面前. 梅妃只得題起筆來寫上七絶一首:
　　撤却巫山下楚云, 南宮一夜玉樓春.
　　冰肌月貌誰能似?錦綉江天半爲君.
　　梅妃寫完, 呈于玄宗. 玄宗看了, 連聲贊美, 付与楊妃. 楊妃接來看了一
遍, 心中暗想:"此詞雖佳, 內多譏諷. 他說 撤却巫山下楚云, 笑奴從壽邸
而來. 錦綉江天半爲君,　笑奴肥胖的意思. 待我也回他几句,　看他怎么
說?" 便對梅妃道:"娘娘美艶之姿, 絶世无双, 待奴回贊一首何如?" 梅
妃道:"俚詞描寫万一, 若得美人不吝名言, 妾所愿也." 楊妃亦取 箋寫道:
　　美艶何曾減却春, 梅花雪里亦淸眞.
　　總敎借得春風早, 不与凡花斗色新.
　　玄宗見楊妃寫完贊道:"亦來的敏快得情." 拿与梅妃道:"妃子你看何如?" 梅
妃取來一看暗想道:"他說梅花雪里亦淸眞, 笑我瘦弱的意思;不与凡花斗色
新,　笑我過時了." 兩下顏色有些不和起來. 高力士道:"娘娘們詩詞唱和,
奴婢有几句粗言俗語解分." 玄宗道:"你試說來." 高力士道:"皇爺今日同
二位玉美人, 步步嬌走到高陽台, 二位娘娘双勸酒, 飮到月上海棠. 奴婢打

50) 「양귀비」, 14~15면.

一套三棒鼓唱一套賀新郎, 大家沉醉東風。<『隋唐演義』79회>

이 부분은 양귀비와 매비가 만나 시를 지으면서 서로를 조롱하는
내용이다. 번역문은 시와 대화부분은 전부 생략하고 상황전달만 하고
있다. 또 고력사가 당현종과 대화하면서 분위기를 바꾸려고 지은 歌詞
부분도 '歌詞 몇귀절을 써서'로 되어 있다.

이와 같이 「양귀비」는 원전의 흐름을 유지하면서 염정적인 서사부
분에서는 본인의 표현으로 원전에 없는 내용들을 상세하게 추가하면
서 보여주고 있다. 「양귀비」는 번안 위주의 번역을 하면서 편집자의
창작이 가미된 작품이라 볼 수 있겠다.

4.2.2 욕망의 통속화와 여성 형상의 변모

「양귀비」는 여성을 중심으로 여성의 욕망해결이라는 주제를 통하여
염정적인 색채를 부각시키는 이야기이다.

「양귀비」의 줄거리를 살펴보면 다음과 같다.

1. 양태진이 궁중에 들어온 후 당현종은 양귀비와 매비 사이에서 쟁
총을 받게 된다.
2. 양귀비는 안록산을 양자로 삼고, 양귀비의 친족들과 간신들이 조정
의 권력을 틀어쥔다.
3. 양귀비와 안록산은 당현종 몰래 간통하고, 매비가 樓東賦를 지어
양귀비의 질투가 극에 달한다.
4. 리태백이 조정에서 간신들을 희롱하고 고력사의 음모로 쫓겨난다.
5. 양귀비, 안록산, 당태종의 음란한 생활이 이어지고 안록산은 당태
종으로부터 신임을 얻는다.
6. 양국충의 시기로 안록산은 하동절도사가 되어 변진으로 간다.

7. 양국충은 안록산을 모해하고, 양귀비는 안록산과 내통하여 도와준다.
8. 당현종과 양귀비는 長生殿에서 즐기고, 안록산은 군사를 연마한다.
9. 안록산이 반란을 일으키고 당현종은 西蜀으로 행한다.
10. 馬嵬驛에서 양국충은 군사들에게 죽임을 당하고 양귀비는 자결한다.

「양귀비」는 당현종, 양귀비, 안록산, 양국충 등의 인물들을 주축으로 궁중에서의 사치한 생활과 음란하고 부패한 조정간신배들의 형상을 그리고 있다. 양귀비의 등장으로부터 시작하여 죽음에 이르기까지 발생하는 여러 가지 이야기들을 서술하는데 특히 양귀비의 음란하고 사치한 생활과 인물성격을 부각시키고 있다.

양귀비와 매비는 첫 만남부터 爭寵하기 위해 서로를 조롱하는 시를 짓는다. 매비는 여윈 여자이고 양귀비는 살찐 여자라면서 당명황의 사랑을 빼앗으려는 과정은 역대 妃嬪들에게서 보편적으로 일어나는 일이다.

오랫동안 홀로 지내온 매비는 사랑을 되찾으려고 황제에게 樓東賦를 지어 그리운 마음과 회포를 말하는데 양귀비의 저애로 두 사람의 만남은 다시 이루어지지 않았고, 오히려 별궁으로 쫓겨나는 신세가 된다. 이로서 당현종과 양귀비 사이의 방해꾼이 사라지게 되면서 이들의 호화롭고 음탕한 생활은 거침없이 진행이 되는데, 당나라의 절도사 張守珪의 휘하에 있는 안록산이 나타나면서 양귀비의 색정은 더해간다. 안록산의 혈기가 왕성하고 기골이 충실하며 기운이 씩씩함을 보고 탐스럽게 젊은 것을 흠모하는 양귀비의 생각과 양귀비를 처음 본 안록산의 '가슴에 맛방망이질을 하고 염통 속에는 욕심의 불이 타는데' 이들을 맺어준 사람이 바로 당현종이다.

"안록산은 볼래 호인의 종쪽인데 긔골이 웅쟝하고 려력이 과인함으로
외임으로 졀도스를 보내엿더니 저의 우직하고 신실함을 사랑하야 다시
경亽로 불너올닌 터인데 제가 당초에는 쟝슈규의 양주로 잇섯스나 지금
은 곳 짐의 양주이나 다름이 업다."고 말한다. 양귀비가 이 말을 듯더니
상글상글 우스며 "그럴진대 안록산은 곳 즈긔의 아들로 졍ᄒᆞ야 달나"고
졸은다. 당명황이 허락하며 "안록산을 아들로 정하야 줄 터이니 잘 길으
라"고 부탁한다.[51]

당명황이 母子라는 명목을 정하여 준 것이 두 사람 사이에 음란하고
방탕한 생각을 갖게 되는데, 기회제공의 당사자가 당명황이며 이들의
음란한 궁중생활의 시작을 알리는 契機가 된다. 이들은 모자라는 명분
으로 마음대로 드나들면서 사랑을 나눈다. 이들의 사랑이 발전하여 모
든 대신들이 알게 되는 지경에 이르는데 양귀비가 무서워서 누가 감히
까밝히거나 추궁하지 못하는 상황은 궁중의 부패상을 여실히 보여준다.

젓쏙지가 좌우로 내민 것을 보는 당명황은 빙글빙글 우스며 "양귀비
의 젓은 닭의 벼슬갓치 보드럽다"하얏다. 그러나 양귀비의 젓가슴이 나
온 것을 당명황 혼저 본 것이 아니라 안록산이도 엿보고 잇섯다. 안록산
의 졍신도 양귀비의 젓가슴 위에 가 어리워 잇든 추에 당명황의 하는
말을 듯고 무심결에 응구텹대로 나오는 말이 "양낭낭의 젓은 양유갓치
부럿다"하얏다. 안록산이가 당명황 못보는 데서는 양귀비의 젓을 저의
어미젓갓치 입김도 듸려보왓슬 것이오 쏘는 제 가슴을 임의로 대여도
보왓슬 것이다마는 당돌이 당명황압헤서 당명황의 롱담하는 것을 싸라
서 저도 롱담을 붓처 이러케 실언한 것을 저도 후회하얏고 양귀비도 안
록산에게 대하야서는 젓가슴쑨 아니라 즈긔의 젼신을 내여맛긴 째도 잇
섯지마는 이날 당명황 압헤서 제가 그러한 말을 함부루 하는 것이 놀나
와라고 엇절줄을 모르며 쏘는 안록산의 말을 들은 쥬위의 내관들도 악

51) 「양귀비」, 26~27면.

연실색을 하얏지마는 오히려 당명황은 아모러치도 안케 도리혀 안록산
의 말을 듯고는 허허 우스며 "호디ᄉ막에서 양먹이든 놈이라 너는 아는
것이 양의 젓이로군"하며 썰썰 우서노으니 양귀비도 비로소 마암을 놋
코 한번 우스며 내관들도 일제히 한바탕을 우서서 당명황의 긔색을 삶
히든 여러 사람의 눈섭은 필경에 우슴빗츠로 화하고 말엇다.[52]

양귀비가 단장을 할 때에 의도치 않게 젖가슴을 드러내게 된다. 당
명황이 양귀비의 젖가슴을 닭의 벼슬같이 부드럽다고 농담하자 무의
식중에 안록산도 양귀비의 젖가슴이 羊乳같다고 실언을 한다. 당연히
봐도 안되겠지만 실언까지 한 안록산을 당명황은 胡地사람이라고 여
겨 웃어넘긴다. 양귀비, 안록산 및 내관들이 모두 당황하였지만 어리
석은 당명황은 사리분별이 안 되는 상황이 종종 나타나는데, 안록산의
축 처진 배가 赤心으로 가득 찼다고 하니[53] 다른 대신들은 모두 비웃
는데 당현종만이 곧이 믿는 바보 같은 형상을 지니기도 한다. 안록산
이 양귀비에게 선물한 앵무새가 있었는데 당명황과 양귀비의 상륙을
치는 모습을 보고 슬픈 노래를 부르더니 죽어버린다. 앵무새가 죽자
안록산에 대한 사모에 그리워 상심하는데, 양귀비가 우는 모습이 아름
답다고 눈물을 흘리는 모습을 형용하여 화장한 淚粧이 성행하게 되었
다. 당시 세태상을 보여주는 또 하나의 실마리이다.

이후 양귀비가 得寵하면서 양귀비의 자매인 세 부인에게 매삭 십만
貫의 엄청난 돈을 주는 데[54] 막대한 재정소비에 해당한다.

52) 「양귀비」, 58~59면.
53) "이 배속에는 아모것도 다른 것은 업고 다만 붉은 아맘하나 뿐이니 이 격심을 다하야
황상폐하를 성기겟습니다."한다. 당명황은 안록산이 이러케 말하는 것을 진정으로
고지듯고 만심환희하나 안록산의 마암을 깁히 아는 사람들은 안록산의 배속에는 음
험심, 야심, 도적심, 호량심, 이러한 것이 츰만하야 그와갓치 큰줄로 이믜 판명하는
터이다."(「양귀비」, 56~57면.)

하로는 안록산의 생일이라 해서 당명황이 상을 만히 주고 쏘 양귀비
도 상을 만히 주어 양국츙의 집안에서 조매들이 서로 번차례로 큰 잔치
를 버리고 수일을 질탕이 놀더니 …… 양귀비가 내관을 부르더니 비단을
쓰내여 별안간에 어린아해 덥허주는 이불을 만들며 쏘 비단실을 색색이
로 느린 어린 아해 타는 채여을 쑤민다. 양귀비가 창졸에 이러한 어린
아해 작란가음을 만드는 것은 당나라 풍속에 어린 아해가 나은 지 삼일
되는 아침이면 비로소 그 아해를 씨처주는 세아례란 것이 잇슴으로 안
록산이가 이날은 생일이 되는 삼일만이라 해서 안록산에게 세아례를 행
하야 자긔가 처음 나은 아들과 갓치 놀니랴 함이다. 작란가음의 준비가
다됨애 양귀비가 친히 안록산 의복을 밝아벗기고 비단이불에다 안록산
이를 어린아해와 갓치 싸서 채여위에 실고 내관들을 식여서 채여를 쓸
고 후궁너른 마당으로 골목골목 도라단인다.[55]

위의 내용을 보면 안록산의 생일이라고 양귀비가 洗兒禮를 해준다.
중국 당나라 때 민간에서 행해지던 江南 지방에서 기원한 풍속인데,
어린 아이가 태어나서 3일이 되면 아이를 씻어주는 습관이 있다. 양귀
비가 직접 성인인 안록산의 의복을 벗기고 세아례를 해준다는 자체로
볼 때 이들의 관계가 극치에 달했음을 알 수 있다. 이런 상황을 알게
된 당명황은 화를 내기는커녕 웃으면서 양귀비와 같이 어울려서 논다.
또한 세아례로 쓴 비용으로 금은을 많이 주는데 음란한 궁중생활에
빠져 사리분별을 못하는 황제로 재차 묘사된다.

성품이 강직하기로 유명한 秦國楨 형제가 新榜壯元으로 翰林에 봉직
하게 되면서 간언을 하지만 양국츙 일파의 모해로 면직 당한다. 당명

---

54) 양귀비가 득총한 이후에 그 조매도 모다 부인을 봉하얏스니 하나는 한국부인, 하나는
괵국부인, 쏘 하나는 진국부인 이러하다. 그래 당명황은 그 세 부인을 일톄로 사랑하
는 중에 가쟝 괵국부인의 조색이 뎨일 쮜여남이다. 그리고 당명황은 이 세 부인에게
脂粉費로 매삭 十萬貫식의 돈을 양국츙의 집으로 보내주는 터이다.(「양귀비」, 31면.)
55) 「양귀비」, 34면.

황은 李林甫에게 조정의 일을 맡기고 聲色만 즐기는데, 권력을 쥔 리림보는 양국충, 안록산과 더불어 황제의 비위만 맞춘다. 당명황은 양국충의 兄妹와 안록산의 결혼을 주선하여 양귀비와 안록산의 만남이 더욱 용이하게 된다.

이태백이 황제와 양귀비의 중용을 받게 되자 고력사는 본인에게 해가 될까 두려워 淸平詞를 빌미로 이간질한다. 이태백은 사직하고 물러가자 明臣들은 모두 떠나고 조정에는 간신배들만 남게 된다. 잘 될 것만 같던 이들의 관계는 안록산과 양국충이 괵국부인을 놓고 다투는 일에서 발생한다. 양귀비와 괵국부인의 사랑을 독차지하는 안록산을 시기한 양국충은 안록산을 멀리 하동 절도사로 보낸다. 양국충에게는 눈에 든 가시를 뽑은 격이 되었지만 오히려 안록산에게 반란의 기회를 제공한 셈이 된다. 이림보가 죽은 후 양국충은 자기의 지위를 공고히 하기 위해서 적극적으로 안록산을 죽이려 하고 두 사람 사이의 대결은 신속히 격화되어 안록산의 반란 준비를 더욱 가속화시켰다.

양국충이 안록산을 역모죄로 죽이려하자 이 상황을 알게 된 양귀비는 안록산에게 계책을 마련해준다. 이로서 이들은 양국충(권력)-양귀비(총애)-안록산(세력)의 삼각관계를 형성한다. 양귀비의 사촌인 양국충을 원망하면서 안록산을 도와주는데 안록산의 반란을 일조하게 된다. 양국충이 사건을 조성하면 양귀비는 해결책을 마련하는 해결사 역할을 한다.

후반부로 갈수록 당현종의 성격은 일관되지 못하게 깨달음, 인자함의 분위기로 나아간다. 간신 양국충의 계책대로 행했지만 여러 번 패하자 파직시켰던 直諫 신하 진국정 형제를 다시 복직시키고 진국정의 천거로 곽자의를 장군으로 명한다.

　　서촉으로 행할 때 左藏이란 지방에서 군사들이 좋은 재목을 태우는
것을 보고 빼앗길지라도 태우지 말라는 명령을 내리는 일,56) 양국충이
다리를 불태워 적병을 막으려고 할 때 백성을 생각하여 다리를 다시
만들게 하는 일57) 등은 당태종이 백성들을 생각하는 이미지로 부각된
다. 당태종이 색에 빠져 국정을 돌보지 않아 당나라가 쇠퇴의 길로 나
아가게 된 직접적인 계기가 되었지만, 결코 그 자신은 완전히 부패한
군주가 아니라는 것을 의미한다. 정사를 돌보지 않은 것은 백성을 착
취하거나 압박함이 아니라 색에 빠져 게을리 하였던 것이다.

　　「양귀비」의 후반부에는 양귀비가 자결하는 내용이 나오는데, 원전
에는 없는 대화체를 삽입하고 내용을 수식하여 양귀비의 가련함을 더
욱 두드러지게 나타내고 독자들의 동정심을 불러일으키게 한다.

　　"신첩이 황샹폐하의 하해갓흔 은혜를 닙엇는지라 황은을 갑자하면 몸
　을 죽여도 다 갑지 못할 터인데 지금 소셰가 위급하니 폐하는 소졍을
　끈코 신첩에게 죽는 것을 주워 군소의 마암을 위로하고 무소히 셔촉에
　행행하소 룡톄를 보즁하시면 신첩의 죽은 것이 곳 산 것이 올시다"
　　"신첩이 이 셰샹에서 죄악이 심즁하온지라 이 세샹을 쩌나는 날을 당
　하얏슨즉 브텨님께 발원이나 한 마듸 하랴하오니 폐하는 속히 허락하소서"

---

56) 좌장이란 디방에 이르럿다. 창화분주히 행하는 당명황은 홀연 여러 군졸이 불쓰럼이
　　를 들고 선 것을 보왓다. 그래 좌우에게 그 리유를 무르니짜 양국츙이 알외되: "그 디
　　방은 조흔재목이 만히 싸여 잇는데 적병에게 쎄앗길가 념려되야 불로써 태여바린다"
　　한다. 당명황이 이 말을 듯고 슯흔 긔색을 씌이고 말하되: "차라리 적병에게 쎄앗길
　　지언졍 엇지 괴로운 째를 당하야 군졸의 괴로옴을 더하랴"하고 이를 금지한후 급히
　　행하야.(「양귀비」, 94면.)
57) 다리를 것느더니 홀연 다리에 불이 이러나 타는 것을 보고 그 리유를 무른대 양국츙
　　이 알외되: "다리를 불로태워 쒸여 오는 쟈를 끈어바린다"한다. 당명황이 탄식하되:
　　"인민이 란을 만나 적병을 피할 째에 만약 이 다리가 업스면 이는 인민의 생명을 끈
　　음이니 엇지 참아 행할바리오"하며 즉시 고력스를 명하야 군졸을 거나리고 다리가
　　타는 불을 박멸식히이니.(「양귀비」, 94면.)

"당현종 황뎨 텬보십오년 륙월에 당년 삼십팔셰 양옥환은 이 셰샹을 마자 막 써나는 오날 브텨님 압헤 나왓슴니다. 양옥환은 이 셰샹에서 죄악이 심즁하오니 브텨님은 주비를 베프스 양옥환의 래셰를 건져주소서 다음으로 현종황뎨의 셩슈만셰를 위하야 한자루 향을 밧드노이다."

"황샹폐하쎄옵서 춘츄가 놉흐시니 나 죽은 뒤에는 황샹의 구인으론 오즉 고내감 한 사람이 잇슬 쑨이라 조심하야 밧들기를 바라오며 나 죽은 뒤에 나의 대신으로 그대가 황샹쎄 이 말을 알외와 주되 황샹은 이 사람이 아니라도 춍애를 밧을 녀즈가 잇사오니 옥톄를 만번 보즁하시고 나를 생각하기에 수고치 마옵소서"

"여보 고력스! 저 금채 한쌍과 저 뎐합 한 개는 내가 황샹폐하를 처음 모시든 밤에 신물로 주신 것이니 내가 죽은 후이라도 그 신물은 잇지 못할 물건인즉 나 죽은 뒤에 부대 나의 시톄와 한 가지 순장을 하야 주소서"[58]

원전에는 양귀비의 죽음을 간략하게 소개하고 있는 반면, 「양귀비」는 양귀비의 죽음을 끝으로 작품을 종결하는 가운데 양귀비를 가련한 여성으로 그리고 있다. 모두 다섯 번에 걸친 양귀비의 대화를 통하여 황은을 잊지 못하고 고내감에게 황제를 잘 보필하라는 등의 내용을 남기면서 황제가 준 선물과 함께 순장해 달라고 한다. 오직 황제만 생각하면서 본인이 죽더라도 황제는 만수무강하라는 부탁을 남기면서 기존에 보여주던 염정적인 모습과는 사뭇 다르다. 독자들이 볼 때 미인인 양귀비의 죽음이 안타깝게 느껴지는 대목이기도 하다.

염정서사가 농후한 「양귀비」는 자유연애 사상이 유포되면서 생겨난 작품이라 해도 과언이 아니다. 남녀의 수평적 애정을 바탕으로 한 부부관계와 핵가족을 이상적인 가족제도의 요소라고 인식한 신지식인들은 결혼한 여성이 대가족제도 하에서 희생되는 봉건적 폐습에 대해

---

58) 「양귀비」, 98~101면.

비판을 전개하였다. 가정이 이러한 정서적 기능을 담당하기 위해서는 그러한 기능을 주관하는 여성을 대가족제도 하에서 해방시키고[59] 자유분방한 삶을 이어가기를 바라는 시선들이 생겼다. 연애라는 말이 조선에서 처음 등장한 것은 1912년에 간행된 조중환의 번안작 「쌍옥루」였지만, 연애가 일반화된 것은 1910년대 말 이후였다. 1919년 3·1운동 이후 교육열과 문화열이 팽창해 오르던 무렵에 연애는 무서운 기세로 조선사회에 퍼지기 시작하여, 1920년대에 이르러 비로소 본격화되었다.[60] 특히 자유연애가 추앙을 받는데, 연애의 자유성 및 신성성을 주장했던 대표적 연애담론은 엘렌 케이 여사의 연애론이었다. 1920년대 초반에는 1910년대 중반부터 소개되기 시작한 엘렌 케이의 연애관이 절대적 영향력을 지니고 있었다. 엘렌 케이는 흔히 말하는 영육(靈肉)일치의 연애론을 주장했다. 연애에 절대적 가치를 부여하고, 개인적 욕망과 사회적 가치의 조화와 균형을 추구함으로써 이상적인 연애결혼을 실현하기 위해 남녀 간의 양성평등과 개인의 자아실현 등을 주장한 것이 엘렌 케이 연애론의 핵심이다.[61] 문학에 있어서 제재는 그것이 어떠한 것이든 그 자체로서 기득가치를 지닌다고 볼 때 '남녀 간의 애정'은 최우선이라 해도 과언이 아니다. 애정은 본질적으로 생명적, 인간주의적 성격을 지니기 때문에 관념이나 규범의 벽에 도전하는 힘으로 작용하게 된다. 따라서 염정소설은 그 제재가 인간의 중요한 본질적 문제로 인식되었기에 지속적으로 설득력을 가질 수 있었으며, 적극적으로 生을 살아가는 표현이 가능했다고 본다. 특히, 유교

---

59) 이명순, 『1950년대 한국 여성담론 연구』, 경희대학교 석사학위논문, 2010, 116면.

60) 권보드래, 『연애의 시대』, 현실문화연구, 2003, 12~18면.

61) 서지영, 「계약과 실험, 충돌과 모순: 1920-30년대 연애의 장」, 『여성문학연구』 제19호, 2008, 143~146면.

윤리에 입각하여 남녀 간의 애정을 지극히 貶下하였던 조선조시대에
서도 수많은 염정소설이 애독되고, 개화기에 이르기까지 문학사에서
일정공간을 유지할 수 있었던 것도 그 예이다.[62) 이를 바탕으로 염정
소설에서 추구되어 온 애정문제가 개화기의 신소설에서 남녀평등사상
에 입각한 자유연애를 바탕으로 하는 작품들이 출현하게 되는데, 새로
운 애정문제를 다루고 있는 「雁의 聲」, 「海岸」, 「秋月色」, 「柳花雨」 등
은 윤리도덕의 문제성을 통해 애정문제를 다룬 작품들이다. 1926년에
간행된 「양귀비」는 당시의 시대적 발전과 자유연애사상에 부합되어
적절한 시기에 나타난 염정소설이며 연애의 가치, 개인적 욕망과 사회
적 가치가 조화와 균형을 이루는 추세로 발전한 작품이라 할 수 있다.
「양귀비」는 조선조시대의 엄격한 유교적인 이념위에 구축되어 있는
기존의 질서와 차등적 남녀우위론 및 봉건적인 생활규범을 타파하였
고 자유연애에 대한 꿈과 애정에 대한 본능적 욕망과 의지를 구현하
였다는데 의의가 있겠다.

　이른바 활자본 고소설 「양귀비」는 양귀비에 관련된 수당고사들이
유입되면서 편집자에 의해 화려한 필체로 다듬어진 작품이며, 염정적
인 색채를 더하여 부각한 양귀비에 초점을 둔 번안 작품이라고 할 수
있다. 양귀비의 형상을 염정적인 여성으로부터 동정녀로 부각시키고
있는데 당현종의 형상에 변화가 생기는 부분에 초점을 맞춘 것으로
보이며 독자들의 초점도 당현종과 비슷한 시각으로 보고 구현하려고
했던 것 같다.

---

62) 尹芬熙, 『염정소설의 전개방식과 그 의미연구』, 숙명여자대학교 석사학위논문, 1988,
　74면.

제 5 장

수·당 고사 활자본
고소설의 소설사적 의의

제 5 장
수·당 고사 활자본 고소설의 소설사적 의의

수양제가 미녀들과 즐기면서 사치한 생활을 하다가 멸망하는 이야기나 瓦崗寨에 천하의 영웅들이 모여서 당나라를 건립하는 이야기, 중국의 4대 미녀 중의 하나로 불리는 양귀비와 당태종의 로맨틱한 이야기, 설인귀와 설정산의 영웅이야기들은 지금까지도 중국에서 수많은 책, 영화나 드라마의 소재로 활용되고 있다. 왕조의 건립과 멸망에 이어 영웅들의 화려한 전쟁사들은 독자나 시청자들의 관심을 끌면서 많은 화제로 떠오르고 있다.

수당 시기는 중국 역사상 아주 중요한 시기이며 많은 역사 사건이 발생하고 일대 영웅들이 출현했다. 수당 고사는 '수호전' 고사보다는 일찍이 출현했고 '삼국지' 고사와 비슷한 시기에 이루어졌는데, 수당 계열 소설들만 해도 20여종에 이른다. '수호', '삼국'보다는 훨씬 많은 계열작품이 형성되었다.[1]

수당 고사는 수나라와 당나라의 구체적이면서도 총체적인 면모를

---

1) 徐燕, 앞의 논문, 1면.

파악하고 역사 사건과 역사 인물들에 대한 면밀한 분석을 하는데 없어서는 안 될 문학유산이다. 수양제의 향락과 사치한 생활은 지금까지 우리에게 나라가 멸망하게 되는 교훈을 남겨주며, 당태종 시기의 貞觀之治나 당현종 시기의 開元盛世는 거울로 삼을 만한 역사로 길이 남는다.

또 수나라와 당나라는 고구려와의 전쟁에서 많은 영웅과 역사사건들을 남긴다. 隋朝에 관련된 연개소문과 설인귀의 전투이야기는 그중에서 가장 전형적인 영웅담이라 할 수 있다. 설인귀는 삼국통일전쟁에 참가했던 당나라의 대표적인 영웅이다. 요동정벌에서 백포를 입고 연개소문과 맞서 싸워 승리를 거두는 것과, 天山에서 화살 3발로 적을 쏘아죽여 평정한 것은 용맹한 장수로서의 면모를 여실히 드러내주는 이야기이다. 설인귀의 사적은『三國史記』를 비롯한 역사서에도 기록이 되었을 정도로 명성이 높다. 나아가 그는 감악산신으로 숭배되었으며, 적성 일대에서는 그와 관련된 다수의 설화가 전승되고 있어 역사적, 민속적, 구비문학적 측면에서도 관심을 끌고 있다.[2]

특히 수당 고사가 각광받고 있는 요인 중의 하나는 인물들의 대립관계를 부각한 데 있다. 수양제와 당태종 두 군주의 상반되는 治國意識, 설인귀와 장사귀의 대립구도, 양귀비와 매비의 쟁총대립은 작품의 서사구조에 흥미를 불러일으키고 짜릿함과 긴장감을 고조시킨다. 여기에 수양제와 미녀들의 낭만이야기나 당현종과 양귀비의 로맨틱한 이야기, 설인귀와 설정산의 영웅스토리들은 독자들의 구미를 당기게 한다. 수양제, 당태종, 당현종과 같은 군주의 형상과 양귀비, 매비와 같은 宮妃의 생활, 설정산, 설인귀와 같은 영웅의 활약상들은 대중들

---

2) 정재민,「薛仁貴 傳承의 형성과 변이」,『한일군사문화연구』제12집, 한일군사문화학회, 2011, 264면 참조

의 심리를 파고들어 대리만족을 하게 만든다. 이러한 대중들의 비슷한 경향과 지향은 국경을 초월하여 널리 전파되고 읽히게 되었다.

조선시대에 허균의『惺所覆瓿槀』권13의「西遊記跋」을 보면 수당 관련 고사가 16세기부터 꾸준히 유통되었음을 알 수 있다. 戱家의 소설 수십 종을 얻어 보면서『삼국지연의』와『수당양조연의』를 제외한 소설들은 앞뒤가 맞지 않고 거칠고 독자들의 교화에 충분하지 못하다는 말에서『수당양조지전』과『삼국지연의』를 동일한 수준으로 높이 평가하고 있음을 알 수 있다.

고소설은 조선 후기에 이르러 대중적인 독서물로 기능하였다. 대중적인 애호물이 될 수 있었던 데에는 고소설이 그들의 기호에 맞게 탄력적으로 적응했기 때문이다. 이러한 과정에서 고소설은 자연스럽게 세속성이나 통속성이 강화될 수밖에 없었고 현실에 부응하여 변화할 수밖에 없었다.[3] 고소설이 남녀 독자들에게 생활문화나 여가문화의 주요한 대상이었기에 그 수요가 급증하였고, 고소설을 부가가치가 높은 문화상품으로 만드는 원동력이 되었다. 필사본이나 목판본·활자본 등이 세책점이나 출판사에서 문화상품으로 큰 호응을 얻은 까닭이 여기에 있다.[4] 활자본이 유통되던 시기의 소설 독자들의 모습은 신소설에 다음과 같이 반영되어 나타난다.

> 이것이 돈 같으면 엽전 댓냥은 되겠으니 진사님을 못 만나면 돈이 어디있나 이것으로 노자나 좀 쓰고 또 주머니 허리띠나 사가지고 나머지는 소대성전이나 사다가 우리댁 마님께 드리겠다.[5]

---

3) 이상택,「고전소설의 세속화과정 시론」,『한국고전소설연구』, 1990, 68~87면 참조.
4) 이주영, 앞의 책, 109면.
5) 「고목화」, 박문서관, 1922, 19~20면.

　　어느날 밤에 길동이가 혼자 앉아서 매우 재미있게 배운 금방울전을 보다가 열시나 된 때에 홀연히 요란하게 대문을 두드리는 소리가 나는 고로[6]

　　담배 한 대를 피어 물고 한구히 앉았노라니 안으로서 옥을 부수는 듯 한 책 보는 소리가 은은히 들리거늘 "무슨 이야기책을 저리 재미있게 보노"하고 귀를 기울여 듣다가[7]

　　위의 작품 예를 통해 신소설이 활자본으로 간행되면서 남녀를 막론하고 많은 독자층을 형성하였고 책을 읽는 풍조가 널리 성행하였음을 알 수 있다. 이른바 활자본 소설들이 널리 성행하게 된 데에는 여러 가지 원인들이 있는데 대체적으로 다음과 같다.

　　첫 번째로 생각해 보아야 할 것이 총독부의 출판과 문화정책이다. 일제에 의해 1902년에 출판법이 반포되고 1908년에 교과서를 학부에서만 편찬하여 검인정 도서만을 사용하도록 강요했으며, 1909년에는 출판물의 원고검열 및 배일적 출판물을 압수하여 그것이 출판의 위축을 가져왔다. 또 1910년 한일합병으로 지금까지 발간되던 민족주의적 경향을 지닌 회지까지 폐간을 당해 이미 설비된 인쇄시설이 남아돌게 되었다. 이런 인쇄시설의 타개책으로 일반 단행본 출판이 활기를 띠었으며 이는 곧 신식 활자에 의한 고소설의 인쇄와 출판을 촉구하는 동기가 되었다.[8] 이것은 당시 활자본 소설의 흥행을 이끌게 된 배경이 된다.

　　두 번째로는 출판업자들의 영리추구가 활자본 고소설을 광범위하게

---

6) 「만인계」, 『개화기문학총서 신소설번안소설』 9, 아세아문화사, 1978, 523면.
7) 「구의산」 상권, 신구서림, 1912, 11면.
8) 김중화, 『개화소설의 문학사회적 연구』, 경북대학교 박사학위 논문, 1985, 29면.

보급시키는데 큰 역할을 하게 된다. 출판업자들이 새로운 내용을 담은 소설보다는 이미 방각본이나 필사본 혹은 이야기꾼을 통해 많은 수용층을 확보하고 있는 고소설을 출판하는 것은 여러 면에서 영리 목적에 부합된다. 이를테면 세창서관본 책 뒤에는 '소자본금으로 대기업체를 성공시킬 수 있는 것도 서적상이 제일'이라는 글귀를 적어 넣기도 했다.9) 이러한 영리 목적은 출판업자들이 활자본 소설을 출판하게 된 가장 큰 목적이라고 할 수 있다. 소설에 대한 수요가 급증하고 저렴한 가격으로 여유시간을 보낼 수 있었던 수요층들이 늘어나면서 이들은 인기가 많은 책들을 위주로 출판하게 된다.

세 번째는 독자들의 수요라고 할 수 있는데, 많은 책들이 다투어 출판되고 또 출판사들이 여러 이본으로 다양하게 시중에 내놓는 것은 그만큼 활자본 소설들이 잘 팔렸다는 증거이다.10) 봉건사회에서 근대 자본주의 사회로 전환하는 과정에서 독자들의 의식은 구시대의 영향이 어지간히 남아있다. 또한 일반 독자층이 대부분 농민이라는 점과 이들은 과거의 이야기나 역사소설에 관심이 집중되어 있다는 보수적인 경향이 형성되어 있어 고소설의 판매량의 증가를 부추겼다고 볼 수 있다.11)

실제로 활자본 고소설은 381종의 작품이 3000여 회에 걸쳐 발행되었음을 확인할 수 있다. 그 중에서 실제 발행된 것이 확실한 것은 328

---

9) 권순긍, 앞의 책, 304~305면 참조

10) 「출판계의 원로 회동서관」(『동아일보』, 1962년)에 의하면 고유상이 회동서관에서 「화성돈전」의 초판을 3천부 발행하였고 번역 출판물이 3천부씩은 보통 팔렸다고 하였으며, 10전 소설책도 2~3천부는 거뜬히 넘겼다고 한다.

11) 김기진은 「대중소설론」(『동아일보』, 1929년)에서 "고전소설이 학생보다도, 부인보다도, 농민과 그리고는 노동자에게로 팔려간다고 하면서 장거리나 큰길거리에 행상인이 벌여놓은 이따위 책들은 좁쌀이나 북어를 사가지고 집으로 돌아가는 장꾼, 즉 농민이 사가는 것이 대부분이다."라고 하면서 농민이 주요 독자층임을 보여주고 있다.

종이며, 나머지 53종의 작품은 광고나 기타 목록 등의 관련 기록에 찾아볼 수 있다.[12] 이러한 출판양상은 동일 작품이 여러 출판사를 통해 꾸준히 번역되고 간행되었다는 것을 알게 해 준다.

주지하다시피 활자본 고소설은 마땅한 서사물이 없었던 1910년대부터 이른바 '이야기 책'으로 등장하여 기존의 필사본이나 방각본을 그대로 출판한 것도 있지만 내용을 개작한 '개작 고소설'이나, 새롭게 쓴 '신작 고소설'로도 나타나게 되었다. 수당 고사와 관련된 활자본 소설들은 개작의 형태로 등장한 고소설이라고 할 수 있다.

활자본 고소설의 역사소설은 대부분 신작으로 소설로서의 완결성을 지녔다기보다 다양한 이야기 모음으로 편집되었다. 활자본 고소설을 '이야기책'이라고 달리 부르듯이 역사에 관한 흥미 있는 읽을거리를 제공해 주는 것으로 그 기능을 하였다. 1910~20년대 출판된 국내의 인물이나 사건을 소재로 한 신작 역사소설이 대략 30종인데 대부분 왕이나 민족영웅을 다루고 있다. 이 때문에 중국의 연의소설에서 일부를 취한 각편들이 나타나 독자들의 호기심을 충족해 주었다. 앞에서 다룬 수당 고사 관련 활자본 고소설들이 모두 그런 경우다.

근대 이전 시기에 '역사'는 史官에 의해 엄정하게 기술하는 것이기에 함부로 얘기될 수 있는 것이 아니었다. 그러기에 역사적 인물이나 역사를 소재로 한 소설은 「최고운전」, 「임경업전」, 「박씨전」, 「임진록」 외에 별로 없었다. 『三國志演義』가 정사와 혼동된다고 읽지 못하도록 금지시켰던 일[13]은 바로 역사에 대한 자유로운 해석을 금기시했기 때

---

12) 최호석, 「활자본 고전소설의 총량에 대한 연구」, 『고전문학연구』 제43집, 한국고전문학회, 2013, 253면.
13) 대표적인 논의가 李德懋의 「士小節」에 등장하는 언급이다. <教習>: 演義小說。作奸誨淫。不可接目。切禁子弟。勿使看之。或有對人。娓娓誦說。勸人讀之。惜乎人之無

문이다. 그런데 근대로 전환되면서 역사의 활용과 논의가 자유로워지자 우선 애국계몽기에는 그것이 국권회복의 염원을 담아 '계몽'의 수단으로 활용되었다. 하지만 식민지 시대인 1910년대 이후에는 수많은 역사서들이 발매금지 처분을 받았고 그 자리를 메운 것이 활자본 고소설을 통한 '이야기로서의 역사'였다. 활자본 고소설이 유행하면서 개작 혹은 신작으로 유난히 '역사소설'이 두드러진 이유가 여기에 있다. 300여 종의 활자본 고소설 중에서 무려 100종 이상이 역사소설이라고 할 정도로 역사의 이야기 만들기는 두드러졌다.[14] 역사의 스토리텔링, 곧 역사가 사람들의 관심을 충족시키기 위해 사실의 고증이나 역사의식의 고취보다도 다양한 이야기로 만들어져 유포되고 수용되면서 활자본 고소설의 신작 중에서 역사소설이 가장 많이 만들어진 것이다. 이는 역사를 당대의 前史로서 위치시켜 가치나 의미를 찾는 작업이 아니라 단지 흥미를 주기위한 이야기 거리로 만든 통속화라고 할 수 있다. 이런 역사의 '이야기 만들기' 분위기 속에서 수당고사 관련 활자본 고소설도 자리 잡게 된 것이다.

이런 현상에 대해 八峰 金基鎭은 당시 활자본 고소설은 내용이 비현실적이어서 오히려 더 호응한다고 한다. 才子佳人의 이야기며 富貴功名의 성공담이 그들로 하여금 참담한 식민지 현실을 잊게 해줄 뿐 아니라 好色男女의 얘기가 성적 쾌감까지 준다고 한다. 말하자면 현실의 참담한 식민지 현실을 잊게 해주는 위안 혹은 환각의 역할을 한다고 지적한 셈인데, 그 내용을 더 자세히 살펴보자.

識。胡至於此。三國演義。混於陳壽。須當嚴辨。(『靑莊館全書』 27권, 「士小節」上)

14) 이승윤, 『한국 근대 역사소설의 형성과 전개』, 연세대학교 박사논문, 2005, 46~49면 참조

그들은 이야기冊의 表裝의 惶惚, 定價의 低廉, 인쇄의 大, 문장의 「韻致」에만 興味를 가질 뿐만 아니오 實로 그 이야기冊의 內容思想—卑劣한 享樂趣味, 忠孝의 觀念, 노예적 奉仕精神, 宿命論的 思想 등—에 까지 興味와 同感을 갓는 것이 또한 움즉일 수 업는 事實인 點에 문제의 困難은 橫在하여 잇다. 才子佳人의 이야기, 富貴功名의 이야기, 好色男女의 이야기, 忠臣烈女의 이야기가 아니면 재미가 업다는 것이 오늘날 그들의 傾向이다.[15]

활자본 고소설이 매체나 가격 문제 뿐 아니라 내용, 사상이 봉건적이라고 비판한다. 여기서 활자본 고소설을 읽는 수용자의 요구가 단순히 매체나 가격에만 기인하는 것이 아니라 전시대 봉건적 잔영에 대해 흥미와 공감에서 발단된다는 것을 알 수 있다. 八峰도 여기에 문제의 어려운 점이 있다고 한다. 그러면 왜 이런 "비열한 향락취미, 충효의 관념, 노예적 봉사정신, 숙명론적 사상"과 같은 봉건적이고 퇴영적인 내용에 흥미를 느끼는 것일까?

왜 그러냐하면 그들의 그와 가튼 興味는 決코 一朝一夕에 이루어진 것이 아니오 長久한 歲月을 두고 적어도 一, 二世紀 前부터 이 짜위 이야기冊을 말미암아 蓄積되어 온 心理的 效果의 結果인 同時에 이미 消失된 舊時代의 社會機構와 그 分圍氣가 아즉도 그들의 想像의 世界에서는 持續되어 오는 까닭이다.[16]

사회체제가 바뀌어도 구시대의 분위기가 지속된다고 한다. 즉 중세 봉건사회에서 근대 자본주의 사회로 이행됐지만 수용층의 머리에는 아직도 봉건적 잔영이 남아 있다는 것으로 이해된다. '축적되어온 심

---

15) 八峰, 「大衆小說論」, 『東亞日報』, 1929년 4월 18일자.
16) 八峰, 위의 글.

리적 효과'라고 하는 것은 그런 내용이다. 그리하여 임경업이 활약하던 당시의 국가조직, 사회제도, 생산관계는 완전히 소실되었건만 '武勇絶人한 임경업의 활약과 忠義의 개념'만은 당시 사회의 분위기와 한가지로 독자의 상상의 세계에 이주하여 왔다고 한다. 독자들은 그때 당시 사회인이 경험한 것과 동일한 심리적 효과를 유지해 오고 있다는 것이다.

그래서 먼 과거의 역사소설을 독자들은 자신이 사는 현재의 이야기로 바꾸어서 흥미를 느낀다고 하는 것이다. 이런 분위기 속에서 어느 장르보다도 역사소설이 활자본 고소설로 많이 나타나게 되었으며 그것은 역사에 대한 통속화의 전형적인 모습이라 여겨진다. 즉 과거의 역사를 현재의 전사로 보아 성찰하고 바라보는 것이 아니라 흥밋거리로 보아 이야기를 통해 수용하게 되는 것이다. 역사가 현실로 연결되는 집합체가 아닌 가공의 이야기가 됨으로써 나와는 무관한 탈역사의 파편으로 존재하고 활자본 고소설의 역사소설이 바로 그런 기능을 수행했던 셈이다. 더욱이 중국 수당고사 관련 이야기는 현실과의 거리가 더 멀기에 흥밋거리를 찾으려는 경향이 더 두드러진다고 할 수 있다. 「수양제향락기」와 「양귀비」 같은 작품이 유난히 인기 있었던 것은 이런 이유일 것이다.

이른바 「슈당연의」·「설인귀전」·「설정산실기」·「당태종전」 등과 같은 작품들은 수당고사에서 가장 흥미 있는 사건을 발췌하거나, 전형인물에 초점을 맞추어 스토리를 재배치하였다. 왕조의 흥망성쇠를 다룬 배경적 사건, 역사적인 인물이나 사건을 초점화한 역사소설로 재탄생하였다는 점에서 자국의 특징에 맞는 문학양식의 출현이라고 할 수 있겠다.

제 6 장

수·당 고사 활자본 고소설의 의미와 가치

수·당 고사 활자본 고소설의 의미와 가치

중국에서 역사소설은 說唱文學, 話本, 講史 등의 유구한 변천과정을 거쳐 완성된 하나의 작품으로 형성된다. 수당 고사도 여타 역사소설과 마찬가지로 史書에 기록된 것을 바탕으로 전기로, 그리고 화본소설과 설창문학을 통하여 창작의 최고봉인 역사소설로 탄생하게 된다. 역사 기록물인 『隋書』, 『舊唐書』, 『新唐書』, 『資治通鑑』 등의 史書의 형성과, 전기소설과 필기소설인 『隋唐嘉話』, 『隋遺錄』, 『隋煬帝三記』로의 발전 과, 話本小說과 說唱文學인 『韓擒虎話本』, 『唐太宗入冥記』, 『薛仁貴征遼事略』의 등장에 이어 수당 계열 연의소설인 『隋煬帝艶史』·『隋唐演義』·『隋史遺文』·『說唐薛家府傳』·『征西說唐三傳』이 탄생하게 된다.

이들 수당 계열 소설은 조선시대에 국내에 유입되어 향유되었다. 일부 작품은 한글로 번역되어 읽히기도 했다. 그러다가 20세기 초에 활자본 소설이 유행하자 수당 고사와 관련된 인물을 소재로 한 작품들이 등장하였다. 「수양뎨힝락긔」·「슈당연의」·「설인귀전」·「설정산실기」·「당태종전」·「양귀비」 등이 그것이다.

이 책에서는 이들 작품을 세 가지 유형으로 구분하였다. 「슈당연의」,
「당태종전」은 수당 두 왕조의 군주를 서사화한 작품이며, 「설인귀전」,
「설정산실기」는 영웅담의 재현과 변모이며, 「수양뎨힝락긔」, 「양귀비」
는 여성 인물을 초점화한 작품으로 보았다.

군주를 중심으로 다룬 활자본 고소설에서 수양제의 일대기를 그린
『슈당연의』는 중국의 『隋煬帝艶史』의 영향을 받은 작품이다. 중국에서
도 많은 독자층을 형성하면서 여러 판본으로 간행된 『隋煬帝艶史』는
17~18세기에 조선에 유입되면서 서민들뿐만 아니라 궁중에까지 읽혀
나갔다. 조선시기에는 『슈양외ᄉ』·『슈양의ᄉ』 등 한글로 번역되면서
『隋煬帝艶史』의 인기도 실감할 수 있다. 『슈양의ᄉ』는 20세기 초에 활
자본 「슈당연의」로 재탄생하기도 했다. 활자본 「슈당연의」의 저본을
확인하는 과정에서 조선시대 번역소설인 연세대본 『슈양의ᄉ』, 녹우
당본 『슈양외ᄉ』와 비교해 본 결과, 연세대본 『슈양의ᄉ』나 연세대본
계열을 저본으로 재창작하였음을 추정할 수 있다. 인명 등의 약간의
번역차이는 필사과정에서의 오기로 보이며 결정적인 것은 전체적인
번역양상에서 '왕자의 행자같더라', '열 히 만의 도로 보쟈'와 '십년만
에 만나리라 ᄒ라', '焚帛奠酒'를 모두 '폐빅을 슬오더니' 등과 같은 번
역으로 원전의 내용을 자국에 맞게 동일한 번역양상을 보였다는 점
등이 그 근거이다. 그러나 녹우당본 『슈양외ᄉ』는 번역양상에서 활자
본 「슈당연의」와 상당한 부분에서 차이점을 보이는데 녹우당본이 『隋
煬帝艶史』의 다른 번역이본임을 짐작할 수 있었다.

활자본 「슈당연의」는 수양제의 미녀선발-향락, 운하건설-도탄, 반
란-처참한 결과 등을 주요 내용으로 한다. 원전 『隋煬帝艶史』로 미루
어 보아 많은 부분을 생략하고 축약한 소설이다. 그 생략과 축약의 의

도를 살펴볼 때 수양제의 왕위찬탈↔미녀들과의 사치와 향락 등을 일
삼는 과정은 우리들에게 나라가 멸망으로 나아가게 되는 교훈을 준다.
이러한 교훈은 수양제가 지금까지 우리에게 비관적인 인물로 보이게
되는 첫 번째 요인이고, 수양제가 대운하를 건설하면서 수많은 재력과
노동력을 동원한 것은 수나라가 멸망하게 되는 두 번째 요인이 된다.
활자본 「슈당연의」는 또한 대운하건설을 상세하게 다루면서 백성들의
고난과 기괴한 이야기에 치중하여 독자들의 흥미를 불러일으킬 수 있
는 내용에 관심을 보였다.

「당태종전」은 당태종이 地府를 다녀오면서 보고 들은 내용을 불교
적 측면에서 다루고 있다. 당태종이라는 역사적 인물을 배경으로 당시
불교의 수입과 전파에 힘썼던 시기에, 현장이 천축에서 불교를 구해올
때 겪었던 사건들을 엮어서『서유기』라는 대걸작을 낳게 되었고, 여기
에 불교의 因果應報說과 輪回說을 강조한 「당태종전」이 출현하게 된다.

당태종의 入冥에 관련된 고사는『授判官人官』,『唐太宗入冥記』,『隋唐
演義』,『西遊記』등이 있다. 「당태종전」은『唐太宗入冥記』의 번역본에
가까운 것으로 보고 있지만 앞뒤 부분이 유실되고 자료상태가 깨끗하
지 않아 확실하게 비교하기는 어렵다. 이에 이 책에서는 「당태종전」의
서사구조를 통하여 불교의 윤리관으로 불교 중의 善·惡·無記說에서
善心所와 惡心所의 행위들을 구체적으로 설명하고 선악인과설과 권선
징악의 상징을 도출해냈다. 또 당태종이 인간 세상에 환생하는 장면과
사랑에 대한 리춘영의 집념으로 부부가 다시 환생한 것은 모두 불교
의 윤회설과 자비관으로 분석하였다.

「당태종전」은 당태종을 주인공으로 설정한다. 당나라의 최고통치자
인 황제의 위치에서 부러울 것이 없는 그에게도 인간과 마찬가지로

불교의 깨달음을 얻고 미혹을 뿌리치는 과정을 필요로 한다. 불교의 수입과 전파에 영향이 컸던 당태종을 불교작품의 주인공으로 설정한 것은 역사사실에 부합되면서 일반인들에게 일정한 설득력을 행사한다. 인물전을 통한 불교사상의 구체적인 내용전개는 「당태종전」의 서사적 특성이라고 할 수 있다.

다음으로 영웅을 중심으로 다룬 활자본 고소설에는 「설인귀전」과 「설정산실기」가 있는데, 원전이 군담소설 혹은 영웅소설이라는 공통점에도 두 작품은 번역 및 번안과정에서 현저한 차이를 보이게 된다. 「설인귀전」은 기존 원전의 영웅상을 여실히 반영하지만 「설정산실기」는 군담적인 스토리와 다르게 혼인을 중심으로 남녀 간의 갈등해결이라는 주제를 설정한다.

원전『說唐薛家府傳』42회를 번역한 「설인귀전」은 여타 군담소설과 같이 영웅의 탄생으로부터 영웅적 기개를 펼치기까지의 활약상에서 맥락을 함께 한다. 「설인귀전」은 번역양상에서 원전의 대화체를 많이 생략하고 장황한 묘사와 줄거리 서사에 굳이 필요 없는 부분은 과감하게 축약하고 있다. 원전의 내용전달에 있어서 왜곡되거나 줄거리의 흐름을 방해하지는 않는다. 설인귀와 관련된 내용을 중심으로 서술하면서 인물변화가 보이지 않는 것은 이미 널리 알려진 고사로 인물성격을 굳이 변화시킬 필요가 없었던 것으로 간주된다.

전쟁의 양상에서 「설인귀전」은 술법과 보패의 신통력 경쟁이라는 점에서 상통하는 성격을 찾을 수 있다. 영웅의 출생부터 성장하기까지 여러 번의 고난을 통하여 영웅적인 모습을 한층 부각시키고 영웅이 겪게 되는 전쟁과정과 고난해결에서의 소·적극적인 태도변화에 다양한 양상을 보여주고 있다.

「설정산실기」는 원전『征西說唐三傳』(제23회~제44회)의 번역본이다. 「설정산실기」는 대체적으로 원전의 서술체를 그대로 따르는 직역위주의 번역을 하면서 간간히 축약과 생략을 겸한 번역양상을 보이고 있다.

「설정산실기」는 여성의 활약이 두드러진다. 여성의 활약은 여성들의 사회적 진출이 억압되었던 조선조 사회의 제도나 윤리에 대한 반발에 기인한 것으로 해석할 수도 있지만 여성이 남성을 능가한다는 사고가 전쟁을 통하여 형상화되었다는 것은 단순하게 남성 중심 사회의 반발로만 해석하기는 어렵다. 전쟁은 남성들의 속성이다. 여성이 전쟁을 주도한다는 사고는 남성에게는 물론 여성 자신에게서도 스스로 형성되기는 어려운 것이다.[17] 따라서 「설정산실기」와 같은 작품은 여성에 대한 억압과 금기가 부정되면서 나타난 작품이라고 해석된다. 남성을 능가하는 여장군상은 「황운전」·「홍계월전」·「박씨전」 등의 여장을 등장시키는 데 영향을 미쳤을 것이며, 또한 여성 독자들의 흥미를 끌었을 것이다. 그러나 우리 군담 소설의 여장들은 대체로 남장으로 변장하고 활동하거나, 혼인 후에는 가정으로 돌아간다. 이러한 점은 조선조 가부장제의 남성 중심 사고를 그대로 드러내고 있으며, 중국 소설의 여장과 차이점을 보인다. 「설정산실기」는 여성이 사랑과 혼인의 책임을 지고 이행하려 하고 남성은 최대한 책임을 회피하려는 경향으로 발전하였으며, 재주와 미모를 겸비한 남녀가 혼인을 화두로 갈등을 겪게 되는 군담소설의 변이형이라고 보아도 무방하겠다.

다음으로 여성을 중심으로 다룬 활자본 「수양뎨힝락기」(8회)와 「양귀비」가 있다. 「수양뎨힝락기」는 원전『隋唐演義』(100회)를 번역한 활자본 소설로 8회 분량으로 축약한 것이다. 번역양상을 보면 대화체는 대

---

17) 서대석, 앞의 책, 306면.

화체대로 서술형은 서술체대로 원문의 내용을 충실히 번역하고 있다. 직역위주의 번역에 간간히 생략과 축약을 겸하면서 이야기를 전개하고 있다. 수양제가 왕위에 오른 후 후궁에서의 미녀선발과 전국적인 미녀선발을 통하여 주색을 즐기고 미녀들과 더불어 향락을 일삼는 서사가 전편 작품의 주를 이루고 있다. 이른바 재녀들의 재능을 과시하고 후궁에서의 생활과 쾌락을 보여주는 일면에 수양제가 미녀들에 대한 일관된 사랑과 수양제에 대한 궁녀들의 충성심을 파악할 수 있었다. 이른바 수양제가 暴君, 亡君으로 알려졌지만 번역본의 전체적인 맥락으로 볼 때 수양제와 미녀들의 생활 내용만 뽑아서 번역함으로써 수양제는 원전과 다른 애정과 많은 관심을 보이는 모습으로 변하게 되었다.

「수양뎨힝락기」는 궁중에서의 군주와 궁녀들의 궁궐의 생활과 향락에 초점을 맞춰 미녀들의 충성심과 희생정신을 독자들에게 보여주려 했던 것으로 보인다.

「양귀비」는 원전 『隋唐演義』 79회부터 91회까지의 번역본이며, 양귀비를 통해 음란한 궁중생활의 일면을 보여주는 작품이다. 「양귀비」는 원전의 흐름을 유지하면서 염정적인 서사부분에서는 원전에 없는 내용들을 상세하게 추가하고 자국의 화려한 언어로 수식하고 있다. 이른바 「양귀비」는 번안 위주의 번역을 하면서 편집자의 창작이 가미된 작품이라 볼 수 있겠다.

원전 『隋唐演義』는 양귀비를 음란한 대상으로 보고, 당현종은 양귀비에게 빠져 판단력이 흐려지고 사리분별을 못하는 어리석은 황제로 그려지고 있다. 이와 반면에 활자본 「양귀비」의 특징은 당태종의 성격에 부응하여, 양귀비를 피동적인 상황에 처한 동정녀로 부각하고 있

다. 양귀비 본인으로 볼 때 정치권에 관여하지 않았으므로 惑君亂政의
화근으로 보기는 어렵고, 「양귀비」의 결말 부분을 보면 오히려 박해를
받은 비련의 여성으로 그려지고 있다. 「양귀비」는 당현종과 양귀비의
염정적 색채를 띤 궁중생활에 초점을 맞추어 독자들의 호기심을 불러
일으켰다. 독자들의 기대와 지향에 맞춰 미녀의 죽음을 안타깝고 애처
롭게 부각시키고 있다.

수당 고사 관련 활자본 고소설의 등장은 소설사적으로 많은 점을
시사해 준다. 수당 고사는 조선에 유입되어 많은 독자층을 형성하고
활자본 고소설로 재탄생하였다. 활자본 고소설은 시대적 배경, 독자들
의 수요, 출판사의 영리 등의 목적으로 20세기에 대량으로 간행하기에
이른다. 20세기에 간행된 활자본만 하더라도 수천부에 달하는 방대한
양에 이른다. 국내외 소설의 재탄생은 활자본 고소설의 가치와 의의를
재조명하게 한다. 활자본소설의 재탄생을 통한 수당고사의 서사는 인
물의 형상을 발전시키고 서사 구조를 재편하며 시대 상황을 반영하고
심미적 지향을 구현하는 방향으로 변모하였다.

활자본 고소설이 독자들의 흥미에 기반을 두고 영리를 목적으로 간
행했다는 것은 주지하는 사실인바, 흥미도 흥미겠지만 독자들의 정서
와 현실타개의 욕구, 비판적인 시각은 항상 내재해 있다고 본다. 당태
종이 수나라의 역사를 사서로 만들어 항상 거울로 삼았다는 실화나 傳
奇叟의 이야기를 듣다가 격분하여 살인하는 등의 내용들은 청중들이
나 독자들에게 작품의 분위기와 주인공의 세계를 들여다보고 감수하
게 한다. 영웅전기와 같은 경우 영웅사적을 보면서 영웅의 위대함과
비상함을 본받으려는 충동이 생기기도 한다. 「슈당연의」는 멸망적 서
사로 당시의 시대상을 반영하여 애국심과 민족심을 불러일으키는 작

용을 한 작품으로 보이고, 「당태종전」은 勸戒的 의미로 독자들에게 다가간 권선징악형의 작품이며, 일제 강점기 시기 압박과 착취의 어려운 환경 속에서도 특히 人性의 敎化에 도움을 준 작품으로 보인다. 영웅의 사적을 서술한 작품 「설인귀전」은 崇力思想 혹은 尙武思想을 독자들에게 심어줌으로써 일제침략에 반발한 항일운동의 참여에 의지부여의 역할을 했을 것으로 보인다. 「설정산실기」는 여장의 활약과 남성우월주의에 대한 비판으로 해체위기에 놓인 조선조의 여성에 대한 평등한 권리와 자유를 박탈하던 윤리제도와 가부장제에서 탈출하고자 하였던 시도로 볼 수 있다. 「수양뎨힝락긔」는 양처들의 모습을 열녀, 효녀 등으로 다양하게 보여주면서 아직까지 유교의 색채가 농후했던 여성에 대한 기준에 부응하여 현모양처의 사상과 의미전달에 일조한 작품이라고 볼 수 있겠다. 「양귀비」는 당시의 시대적 상황과 발전에 따른 자유연애사상에 부합되어 적절한 시기에 나타난 염정소설이며 연애의 가치, 욕망 및 자유연애에 대한 본능적 욕망과 의지를 구현한 작품으로 평가할 수 있다.

이에 결부시켜 볼 때 수당 고사 관련 활자본 고소설에 대한 이 책의 전반적인 연구에 힘입어 다음과 같은 의미를 추리할 수 있다.

첫째, 멸망서사를 다룬 작품이라고 할 수 있는데, 「슈당연의」는 수나라의 건국으로부터 멸망까지의 서사구조를 미녀선발, 운하건설 등으로 서술하고 있다. 물론 역대로 멸망의 원인이 수없이 많지만 궁극적으로는 군주의 무능함, 폭정, 여색 등이 압도적이다. 봉기군의 반란으로 결말을 맺는 「슈당연의」로 편집자가 보여주려는 의도가 상업적인 이윤에만 치우친 것이 아니라 일제에 의해 멸망으로 나아가는 조국의 모습을 빗대어 보여주는 일면이기도 하다.

둘째, 영웅을 서사화한 작품이라고 할 수 있는데, 특히 활자본 고소설에서 영웅을 중심으로 다룬 작품이 과반수이다. 영웅소설이라고 하면 대부분 국가를 위해 헌신하여 위대한 업적을 이룬 인물들인데 일제강점기에 가장 절실하게 요구되었던 부류도 애국가, 독립가, 투사들이었다. 영웅의 휘황찬란한 업적을 보면서 나라를 구하고 침입세력들을 타파하는 굳은 의지를 심어주는 역할로 한 장을 구성했다고 볼 수 있겠다. 동화정책에 반대하고 식민체제에 불복하여 반항하고 싸우는 모습들을 상징적으로 책속에서 꾸준히 보여주면서 경각심을 높이고 애국심을 심어주는 작용을 했을 것이라 판단된다.

셋째, 여성을 주인공으로 내세운 작품들이다. 과거에는 여성을 중심으로 다룬 작품들은 극히 드물었다. 여성에 대한 억압과 폄하, 남성우월주의의 사상이 크게 자리 잡고 있었던 시기에는 여성에 대한 언급을 가급적 피했다. 여성은 사회적으로 인정받기는 힘들었지만 왕조, 영웅, 애정 등의 작품이나 현실적인 삶에서도 항상 없어서는 안 될 존재였고 助演의 역할을 감당한다. 20세기 초 봉건사회인 조선왕조의 쇠퇴 및 새로운 자본시대의 진입과 더불어 자유연애와 혼인 등을 둘러싼 화제가 급부상하게 되는데, 이른바 궁중에서 미녀들과의 호화로운 생활과 염정적인 색채를 가미한 여성과의 음란적인 욕구만족은 작중에서 대리만족을 하게끔 한다. 개방적인 성에 대한 인식과 정당화는 시대발전에 따라 필수적이라고 생각된다.

넷째, 소설이 매력을 갖고 있는 가장 중요한 요소는 흥미(오락성)이다. 이른바 소설의 특징을 교훈과 흥미로 볼 때 위의 세 부분은 교훈적인 의미를 갖고 다각적인 시각으로 바라다 볼 때 가능한 일이다. 오로지 흥미만 내세워 작품을 일방적인 입장으로 분석한다면 작품의 가치와 의의는 폄하된다. 작품의 가장 큰 의의는 작품 중에 내재된 교훈성을 밝히고 터득하는 것이다. 수당고사 관련 활자본 고소설은 출판사들이 영리목적으로 독자의 수요와 흥미에 포커스를 맞춰 간행한 작품이기도 하다. 거기에는 당시 사회적 배경과 시대상에 적합한 독자들의 수요와 편집자들의 지향적인 이미지가 담겨 있다고 해도 과언이 아니다. 수당고사는 활자본 고소설의 출현과 더불어 수당의 인물을 중심으로 독자들에게 소개되면서 많은 인기를 얻게 되었다. 독자들이 소설에 대한 추구에 부합되게 적절하게 재구성되면서 독자들의 면모와 지향을 반영했다고 할 수 있겠다.

　한편, 수당 고사는 국내에서 현대소설의 소재로, 중국내에서 영화나 드라마의 소재로 여전히 독자를 찾아가고 있음을 볼 수 있다. 수당 고사는 소설, 영화, 드라마, 게임 등으로 한·중 양국에서도 활용되고 있으며 대중들의 인기를 끌고 있다. 다양한 형태로 고금에 이르기까지 꾸준히 전파되고 영향력을 과시한 것은 수당고사가 갖고 있는 매력이며 독자, 시청자들 간의 소통에 이바지하였다고 볼 수 있다.

참고문헌

<자료>

『개화기문학총서 신소설번안소설』 9, 아세아문화사, 1978.

인천대학 민족문화연구소, 『구활자본 고소설전집』, 은하출판사, 1983.

월촌문헌연구소 편, 『한글필사본고소설자료총서』, 오성사, 1986.

김장환·박재연·김영 校註, 『슈양의ᄉ·슈양외ᄉ』, 학고방, 2009.

許筠, 『惺所覆瓿槁』 卷13, 亞細亞文化社, 1980.

「구의산」 상권, 신구서림, 1912.

「륙젼쇼셜 홍길동젼」, 신문관, 1913.

「고목화」, 박문서관, 1922.

『대한일보』, 1906년 1월 1일자.

『대한매일신보』, 1907년 2월 7일자.

『동아일보』, 1929년 3월 11일자.

『황성신문』, 1906년 5월 22일자.

江蘇省社會科學院 明淸小說硏究中心 文學硏究所 編, 『中國通俗小說總目提要』, 中國文聯出版公司, 1990.

歐陽修 等, 『新唐書』, 中華書局, 1975.

劉永文, 『晚淸小說目』, 上海古籍出版社, 2008.

劉昫 外, 『舊唐書』, 中華書局, 1975.

潘建國, 『古代小說書目簡論』, 山西人民出版社, 2005.

范曄 撰, 李賢等 注, 『後漢書』, 中華書局, 1993.

孫楷第, 『中國通俗小說書目』, 作家出版社, 1957.

司馬光, 『資治通鑑』, 학고방, 2009.

永瑢 外, 『四庫全書簡明目錄』, 上海古籍出版社, 1985.

魏征 外, 『隋書』, 中華書局, 1973.

齊東野人, 『隋煬帝艷史』, 上海古籍出版社, 1992.

朱一玄, 『明淸小說資料選編』, 齊魯書社, 1989.

<저서>

▶국내

경기여고 50년사 편찬위원회,『경기여고50년』, 京畿女子中・高等學校, 1958.

권보드래,『연애의 시대』, 현실문화연구, 2003.

권순긍,『활자본 고소설의 편폭과 지향』, 보고사, 2000.

金台俊,『(증보)朝鮮小說史』, 학예사, 1939.

김기동,『국문학상의 불교사상연구』, 진명문화사, 1973.

김동화,『불교윤리학』, 雷虛佛敎學術院, 2001.

김만중 지음, 심경호 옮김,『서포만필』, 문학동네, 2016.

김수중,『한국의 서사문학과 민속』, 보고사, 2013.

김연숙,『고소설의 여성주의적 연구』, 국학자료원, 2002.

김정숙,『조선후기 재자가인소설과 통속적 한문소설』, 보고사, 2006.

김학주,『중국문학개론』, 신아사, 1999.

魯迅 저, 정범진 역,『중국소설사략』, 학연사, 1987.

로버트 스턴버그 외 편, 고선주 외 역,『사랑의 심리학』, 하우, 1994.

賴永海 지음, 박영록 옮김,『중국불교문화론』, 동국대학교출판부, 2006.

민관동,『중국고전소설의 전파와 수용』, 아세아문화사, 2007.

_____,『중국 고전소설의 출판과 연구자료 집성』, 아세아문화사, 2008.

민관동・정영호 공저,『중국고전소설의 국내 출판본 정리 및 해제』, 학고방, 2012.

박용옥,『한국 여성 근대화의 역사적 맥락』, 지식산업사, 2001.

박재연 編,『中國小說繪模本』, 강원대학교 출판부, 1993.

박재연,『韓國所見中國小說戱曲書目資料』, 중한번역문헌연구소, 2002.

박재연・정규복 校註,『第一奇諺』, 국학자료원, 2001.

박태상,『조선조 애정소설 연구』, 태학사, 1996.

사재동,『한국문학유통사의 연구』, 중앙인문사, 2006.

서대석,『군담소설의 구조와 배경』, 이화여자대학교 출판부, 1985.

소재영,『한국의 딱지본』, 범우사, 1996.

_____,『고소설통론』, 이우출판사, 1983.

역사신문편찬위원회,『역사신문』6, 사계절출판사, 1997.

閻守誠・吳宗國 共著, 임대희・우성민 옮김,『당현종』, 서경문화사, 2012.

오세영 외,『한국문학연구방법론』, 민족문화사, 1983.

오순방 외,『中國古典小說總目提要』1~5권, 蔚山大學校出版部, 1993~1999.

이은숙,『신작 구소설 연구』, 국학자료원, 2000.

이주영,『구활자본 고전소설 연구』, 월인, 1998.

임향란,『한중 재자가인 소설류 비교연구』, 한국학술정보, 2008.

全寅初,『당대소설연구』, 연세대학교출판부, 2000.

조동일,『한국문학통사』4, 지식산업사, 1986.

중국소설연구회 편,『중국소설사의 이해』, 학고방, 2009.

『靑莊館全書』27권,「士小節」上.

한일관계사학회 편,『한일관계 2천년 보이는 역사, 보이지 않는 역사』-근현대, 경인
    문화사, 2006.

▶국외

褚人穫,『隋唐演義』, 內蒙古人民出版社, 2010.

_____,『堅瓠集・壬集』, 上海古籍出版社, 1981.

拿斌城,『唐代文化』, 中國社會科學出版社, 2002.

梁紹壬,『兩般秋雨盫隨筆』, 新疆人民出版社, 1995.

任明華,『才子佳人小說硏究』, 中國文聯出版社, 2002.

黃霖・韓同文 著,『中國歷代小說論著選』, 江西人民出版社, 1982.

歐陽健,『歷史小說史』, 浙江古籍出版社, 2009.

_____,『古小說硏究論』, 巴蜀書社, 1997.

陶君起,『京劇劇目初探』, 中華書局, 2008.

楊志烈 외,『秦腔劇目初考』, 陝西人民出版社, 1984.

<학위논문>

▶국내

강재철,『권선징악 이론의 전통과 고전소설』, 인하대학교 박사학위논문, 1993.

권순긍,『1910년대 活字本 古小說 硏究 : 그 改作, 新作의 歷史的 性格』, 성균관대학교
    박사학위논문, 1991.

김도환,『고전소설 군담의 확장 방식 연구』, 고려대학교 박사학위논문, 2010.

김성철,『활자본 고소설의 존재 양태와 창작 방식 연구』, 고려대 박사학위논문, 2011.

김영,『朝鮮後期 明代小說 飜譯 筆寫本 硏究 : 새로 발굴된「셔유긔」,「高后傳」,「슈양
    의스」,「슈스유문」,「남송연의」를 중심으로』, 한국외국어대학교 박사학위논
    문, 2007.

김유진,『당태종전 연구』, 한국교원대학교 석사학위논문, 1990.

김중화,『개화소설의 문학사회적 연구』, 경북대학교 박사학위 논문, 1985.

민혜란,『薛仁貴說話硏究』, 전남대학교 석사학위논문, 1988.

서보영, 『고전소설 삽화 재구성 교육 연구』, 서울대학교 박사학위논문, 2017.

오윤선, 『舊活字本 古小說의 性格 考察: 1910年代 改作, 新作 愛情小說을 중심으로』, 고려대학교 석사학위논문, 1993.

원윤경, 『唐代 愛情類 傳奇小說 硏究』, 경기대학교 석사학위논문, 2005.

尹芬熙, 『염정소설의 전개방식과 그 의미연구』, 숙명여자대학교 석사학위논문, 1988.

이금재, 『설인귀전의 설인귀정동 수용과 그 의미』, 부산대학교 석사학위논문, 1990.

이명순, 『1950년대 한국 여성담론 연구』, 경희대학교 석사학위논문, 2010.

이유진, 『설인귀전 이본연구』, 고려대학교 석사학위논문, 2009.

이은숙, 『活字本 新作舊小說에서의 愛情小說硏究』, 한국정신문화연구원 석사학위논문, 1987.

이주영, 『舊活字本 古典小說의 刊行과 流通에 關한 硏究』, 서울대학교 박사학위논문, 1997.

이승윤, 『한국 근대 역사소설의 형성과 전개』, 연세대학교 박사논문, 2005.

임치균, 『英雄小說연구』, 서울대학교 석사학위논문, 1985.

▶국외

陳琰, 『褚人獲隋唐演義與布仁巴雅爾演出本比較研究』, 內蒙古大學 碩士學位論文, 2015.

黨巍, 『隋唐演義傳播研究』, 山東大學 碩士學位論文, 2007.

杜長朋, 『隋唐演義的創作思想與文化意蘊』, 青島大學 碩士學位論文, 2009.

邵舒悅, 『兩唐書紀傳的文學性研究』, 廈門大學 碩士學位論文, 2012.

胡樂飛, 『薛家將故事的歷史演變』, 上海師範大學 碩士學位論文, 2005.

黃歡明, 『褚人獲小說研究－以堅瓠集和隋唐演義爲中心』, 江西師範大學 碩士學位論文, 2013.

雷勇, 『隋唐演義的文化意蘊與文學書寫』, 南開大學 碩士學位論文, 2007.

李繼偉, 『隋唐系列小說中的帝妃愛情研究』, 中央民族大學 碩士學位論文, 2013.

李正心, 『隋煬帝艷史研究』, 福建師範大學 碩士學位論文, 2009.

李繼偉, 『隋唐系列小說中的帝妃愛情研究』, 中央民族大學 碩士學位論文, 2013.

閔寬東, 『中國古典小說流傳韓國之研究』, 中國文化大學 博士學位論文, 1994

彭英福, 『薛仁貴故事的民間色彩與文化意蘊』, 中山大學 碩士學位論文, 2010.

彭知輝, 『"說唐"系列歷史小說之研究』, 南京大學 碩士學位論文, 2003.

彭春梅, 『胡仁·烏力格爾:從書寫到口傳－－以甘珠爾薛仁貴征東爲例』, 中央民族大學 碩士學位論文, 2013.

王婭平, 『隋唐演義親屬稱謂研究』, 曲阜師範大學 碩士學位論文, 2013.

徐燕, 『隋唐故事考論』, 揚州大學 博士學位論文, 2010.

謝超凡, 『褚人穫研究』, 福建師範大學 碩士學位論文, 2002.

姚念, 『袁於令與隋史遺文研究』, 中央民族大學 碩士學位論文, 2010.

楊蓓蓓, 『薛家將戲硏究』, 山西師範大學 碩士學位論文, 2012.

餘黎明, 『隋唐演義女性形象及其文化內涵』, 南昌大學 碩士學位論文, 2010.

張連慧, 『元明淸時期薛仁貴故事的生長硏究』, 杭州師範大學 碩士學位論文, 2016.

趙金港, 『山西運城薛仁貴傳說的調査硏究』, 山西師範大學 碩士學位論文, 2013.

<논문>

▶국내

곽정식, 「활자본 고소설의 <수호전> 수용 양상과 그 소설사적 의의」, 『한국문학논총』
　　　제55집, 한국문학회, 2010.

권도경, 「설인귀 전설의 존재양상과 서사적 특징에 관한 연구」, 『국학연구』제10집, 한
　　　국국학진흥원, 2007.

_____, 「고·당 전쟁문학 설인귀전과 설인귀 전설의 내용적 상관관계에 관한 비교 고
　　　찰」, 『東洋古典硏究』 제26집, 동양고전학회, 2007.

_____, 「설인귀 풍속신앙 전설의 서사구조적 특징과 전승의 역사적 변동 국면」, 『정신
　　　문화연구』 제30집, 한국학중앙연구원, 2007.

김교봉, 「구활자본 고소설의 출판과 그 소설사적 의의」, 『고소설사의 제문제』, 집문당,
　　　1993.

김기진, 「大衆小說論」, 『東亞日報』, 1929년 4월 18일자.

김영, 「신자료 해남 녹우당 소장 한글 필사본 『슈양외사』에 대하여」, 『중어중문학』 제
　　　44집, 한국중어중문학회, 2009.

김영, 「연세대 소장 한글필사본 『슈양의亽』에 대하여」, 『中國語文學誌』 제23집, 중국
　　　어문학회, 2007.

김예령, 「『설인귀전』의 번역, 번안 양상 연구」, 『관악어문연구』 제29집, 서울대 국문
　　　과, 2004.

김정은, 「수당연의계열 구활자본 고소설 연구」, 『어문논집』 제55집, 숭앙어문학회, 2013.

김종철, 「소설의 이본 파생과 창작 교육의 한 방향」, 『고소설연구』제7집, 한국고소설
　　　학회, 1999.

김진한, 「답설인귀서(答薛仁貴書)에 보이는 신라·당 밀약 기사의 사료적 검토」, 『인문
　　　논총』 제71권, 서울대 인문학연구원, 2014.

閔寬東·張守連, 「薛仁貴 故事의 源泉에 관한 一考—설인귀 고사의 국내 수용과 전승
　　　을 중심으로」, 『중국소설논총』 제34집, 한국중국소설학회, 2001.

민관동, 「매비전의 국내유입과 번역양상」, 『비교문화연구』 제27집, 서울대 비교문화연
　　　구소, 2012.

박완호, 「돈황 화본소설 연구」 1, 『중국인문과학』 제12집, 중국인문학회, 1993.

박재연, 「隋唐演義飜譯本의 研究」, 『우암논총』 제3집, 청주대학교, 1987.

_____, 「白袍將軍傳」, 『中國小說研究會報』 제4호, 한국중국소설학회, 1995.

서지영, 「계약과 실험, 충돌과 모순: 1920-30년대 연애의 장」, 『여성문학연구』 제19호, 2008.

양승민, 「『설인귀전』의 소설사적 존재 의미」, 『우리어문연구』 제41집, 우리어문학회, 2011.

엄태웅, 「조선후기 설인귀 인식의 맥락과 문학적 반영의 의미」, 『韓民族語文學』, 한민족어문학회, 2011.

우쾌제, 「구활자본 고소설의 출판 및 연구 현황 검토」, 『고전소설연구의 방향』, 새문사, 1985.

遊娟鐶・吳惠純, 「『唐太宗傳』與『西遊記』的比較文學研究」, 『동아인문학』 제19집, 동아인문학회, 2011.

이경선, 「『唐太宗傳』小考」, 『한양어문』 제1집, 한양대 국문과, 1974.

이기형, 「설인귀 전설의 비교 고찰」, 『韓國民俗學』 제44집, 한국민속학회, 2006.

이능우, 「고대소설 구활판본 조사목록」, 『논문집』 제8집, 숙명여대, 1968.

이상택, 「고전소설의 세속화과정 시론」, 『한국고전소설연구』, 1990.

이유진, 「韓・中 '薛仁貴' 文學의 轉變과 그 意味」, 중국학연구회 학술발표회 제5회, 중국학연구회, 2011.

_____, 「『薛仁貴傳』의 전승과 통속화 경향」, 『중국학연구』 제56집, 중국학연구회, 2011.

이윤석, 「설인귀전考」, 『國文學研究』 제7집, 효성여대 국어국문학연구실, 1983.

_____, 「『설인귀전』 이본고」, 『연구논문집』 제27호, 효성여자대학교, 1983.

_____, 「『설인귀전』의 원천에 대하여」, 『연민학지』 제9호, 연민학회, 2001.

_____, 「경판 『설인귀전』 형성에 대하여」, 『동남어문논집』 제19호, 동남어문학회, 2005.

_____, 「설인귀전」, 『고전소설작품론』, 집문당, 1990.

이종묵, 「朝鮮時代王室圖書의 收藏에 대하여」, 『서지학보』 26, 한국서지학회, 2002.

이홍란, 「구활자본 초한전의 존재양상과 의미」, 『우리문학연구』 제30집, 우리문학회, 2010.

장경남, 「서한연의의 전래와 향유양상연구」, 『어문연구』 제39집, 어문연구학회, 2011.

丁奎福, 「唐太宗傳의 異本에 대하여」, 『모산학보』 제10집, 동아인문학회, 1998.

_____, 「『第一奇諺』에 대하여」, 『中國學論叢』 제1집, 한국중국문화학회, 1984.

정재민, 「설인귀(薛仁貴) 전승(傳承)의 형성과 변이」, 『한일군사문화연구』 제12집, 한일군사문화학회, 2011.

조혜정, 「결혼, 사랑, 그리고 성」, 『새로 쓰는 사랑 이야기』, 또 하나의 문화 제7호, 1991.

최호석, 「활자본 고전소설의 유형에 대한 연구」, 『우리문학연구』 제38집, 우리문학회,
         2010.
_____, 「활자본 고전소설에 대한 통계적 고찰」, 『어문연구』 제41권, 한국어문교육연
         구회, 2013.
_____, 「활자본 고전소설의 총량에 대한 연구」, 『고전문학연구』 제43집, 한국고전문
         학회, 2013.
홍양희, 「식민지 초기 교육 담론과 '동화주의': 차별교육과 '차이'의 정치학」, 『한일관
         계사연구』 50, 한일관계사학회, 2015.

▶국외
蔡卿, 「隋唐演義的成書過程小考」, 『北京化工大學學報』 第50期, 2005.
蔡美云, 「隋唐演義的女性觀」, 『明淸小說硏究』 第3期, 2007,
陳文新, 「論隋唐演義的基本品格及其小說史演義」, 『武漢大學學報』 第4期, 2003.
曾禮軍, 「禍水論、情悔論與遺民情懷－隋唐演義與長生殿之李楊故事比較」, 『山西師大學報』
         第3期, 2007.
程傑, 「關於梅妃與梅妃傳」, 『南京師範大學文學院學報』 第3期, 2006.
黨巍, 「隋唐演義成書探源」, 『大衆文藝』 第17期, 2013.
段春旭, 「論薛家將故事的演化與繁榮」, 『山東理工大學學報』 第5期, 2008.
杜長朋, 「隋唐演義的遺民思想」, 『華章』 第8期, 2009.
邸宏香, 「歷史與當下的融合－再看薛仁貴傳奇」, 『電影評介』 第22期, 2009.
單文峰, 「生活化的英雄－論隋唐演義中的英雄形象」, 『和田師範專科學校學報』 第1期, 2009.
傅劍平, 「褚人獲四雪草堂隋唐演義初刻本疑.考辨」, 『華南師範大學學報』 第2期, 2008.
房廣濤, 「水滸傳與隋唐演義忠君義友觀念比較分析」, 『卷宗』 第1期, 2016.
付洪偉・謝勇, 「略論隋煬帝艷史對紅樓夢創作的影響」, 『廣州廣播電視大學學報』 第5期, 2014.
高錦花 ・李淑芳, 「薛仁貴生平事跡考述」, 『太原師範學院學報』 第1期, 2009.
霍建瑜, 「元代薛仁貴話本和雜劇」, 『藝術百家』 第1期, 2005.
何易展・孫小媛, 「從長門賦到梅妃傳」, 『四川文理學院學報』 第1期, 2016.
韓秋紅, 「歎水滸, 贊隋唐--對水滸傳與隋唐演義中英雄結局的探討」, 『現代語文』 第2期, 2015.
雷勇, 「隋唐演義與紅樓夢」, 『南開學報』 第1期, 2007.
梁亞茹・胡足鳳, 「試論隋唐演義對歷史演義小說創作的創新」, 『中國環境管理幹部學院學報』
         第2期, 2008.
盧明, 「同而不同處有辨：水滸傳與隋唐演義之比較」, 『菏澤學院學報』 第3期, 2014.
雷勇, 「隋唐演義素材來源再探」, 『內江師範學院學報』 第7期, 2010.
_____, 「亂世英雄的悲歌－隋唐演義的英雄史觀及其對草莽英雄命運的思考」, 『文學與文化』
         第4期, 2010.

____,「從蕭後形象看隋唐演義的創作傾向」,『陝西理工學院學報』 第1期, 2007.

____,「隋唐演義與隋史遺文的關系考論」,『廣東技術師範學院學報』 第2期, 2010.

李正心,「故事連綴語皆有本--隋煬帝艶史與唐宋傳奇筆記諸小說之關系」,『長春教育學院學報』 第20期, 2014.

____,「論隋煬帝艶史的歷史影響」,『湖北廣播電視大學學報』 第5期, 2013.

____,「論隋煬帝艶史的素材處理方式」,『湖北廣播電視大學學報』 第7期, 2012.

____,「論隋煬帝艶史的結構與體制」,『韶關學院學報』 第3期, 2012.

____,「隋煬帝艶史女性形象的文化解讀」,『大衆文藝』 第8期, 2009.

李大博・高雪峰,「元雜劇薛仁貴衣錦還鄕的多元主題探析」,『內江師範學院學報』第7期, 2014.

劉莉,「古代文學領域中隋煬帝故事研究綜述」,『大連海事大學學報』 第5期, 2012.

劉致中,「千忠錄作者考」,『文學遺産』 第4期, 2003.

羅冠華,「戲曲人物視界的穿越、隱身和演述方式-從薛仁貴故事的嬗變談起」,『北方論叢』 第3期, 2016.

紀德君,「按鑒與歷史演義小說文體之生成」,『文學遺産』 第5期, 2003.

____,「明代歷史演義小說的文體創作特征」,『海南大學學報社會科學版』 第4期, 1998.

彭知輝,「隋唐演義材料來源考辨」,『明清小說研究』 第2期, 2002.

孫煒冉,「伎伐浦之戰與薛仁貴被貶象州的關系」,『通化師範學院學報』 第9期, 2012.

舒丹,「元雜劇薛仁貴衣錦還鄕與薛仁貴榮歸故裏之比較」,『安徽文學』 第2期, 2008.

石梓成・紀秀生,「隋唐演義中的文言語氣詞研究」,『開封教育學院學報』 第10期, 2014.

譚帆,「演義考」,『文學遺産』 第2期, 2002.

文革紅,「四雪草堂重訂通俗隋唐演義版本考辨」,『明清小說研究』 第2期, 2008.

王永青,「隋唐演義中的夢境描寫與帝王意識」,『時代文學』 第23期, 2009.

王獻峰,「隋唐演義中的志怪因素及成因」,『河北北方學院學報』 第3期, 2016.

王澤亞・萬金平,「由秦瓊看隋唐演義的道義精神」,『宜賓學院學報』 第2期, 2014.

王婭平,「隋唐演義中"兄"的泛化用法及文化內涵」,『文學教育』 下 第5期, 2013.

王凡,「由隋煬帝的塑造看電視劇隋唐演義的文學改編意識」,『內江師範學院學報』第7期, 2012.

____,「由秦瓊的塑造看電視劇隋唐演義的文學改編意識」,『綏化學院學報』 第5期, 2012.

王玨,「淺析薛仁貴雜劇元本和明本的不同」,『南京師範大學文學院學報』 第3期, 2014.

王增學,「論『隋唐嘉話』的文學因素及對後世文學的影響」,『山東理工大學學報』第2期, 2012.

王亞婷,「隋煬帝艶史研究綜述」,『安徽文學』 第9期, 2008.

王岩,「元雜劇薛仁貴衣錦還鄕與薛仁貴榮歸故裏之比較」,『中學生導報』 第42期, 2013.

魏雨航,「明清小說中隋煬帝的形象」,『劍南文學』 第11期, 2013.

魏俊傑,「試論『隋唐嘉話』的史料價值」,『滁州學院學報』 第5期, 2008.

邢慧玲,「薛仁貴墓在夏縣大張村考」,『蘭台世界』 第10期, 2013.

薛業,「清代"薛家將"小說中的"白虎臨凡"」,『大衆文藝』 第2期, 2012.

楊龍, 「論隋煬帝艷史在隋唐小說演變中的價值」, 『忻州師範學院學報』 第6期, 2008.

楊龍 · 薛煊論, 「隋煬帝艷史在隋唐小說演變中的價值」, 『忻州師範學院學報』 第6期, 2008.

於盛庭, 「褚人穫的生平及隋唐演義的自序問題」, 『明清小說研究』 第4期, 1988.

袁曉薇, 「論隋唐演義對凝碧池本事的演繹及其意義」, 『明清小說研究』 第4期, 2007.

張連慧, 「論哨遍 · 高祖還鄉對薛仁貴衣錦還鄉記的影響」, 『青文學家』 第2期, 2016.

趙金港, 「薛仁貴傳說蘊含的白袍精神及其現代意義」, 『劍南文學』 第3期, 2013.

周安若, 「淺議元雜劇薛仁貴在元、 明刊本中的差異」, 『北方音樂』 第1期, 2015.

周實, 「隋唐人物小傳」, 『各界』 第8期, 2012.

朱鳳云, 「薛仁貴人物形象的變化與成因」, 『運城學院學報』 第1期, 2010.

趙水平, 「一夫二妻大團圓模式文化內蘊的揭示－關於薛仁貴榮歸故裏」, 『雞西大學學報』 第6期, 2009.

章培恒, 「大業拾遺記、 梅妃傳等五篇傳奇的寫作時代」, 『深圳大學學報』 第1期, 2008.

저자 소개

이 광 훈

중국 길림성 화룡시 출생

2017년~현재 강소해양대학 한국어학과 강사

한국 숭실대학교 문학박사학위 취득

국내외 학술논문 발표 10여 편

隋唐故事 활자본 고소설 연구

초판 1쇄 인쇄 2020년 11월 2일
초판 1쇄 발행 2020년 11월 12일

지 은 이 이광훈
펴 낸 이 이대현

책임편집 임애정
편   집 이태곤 권분옥 문선희
디 자 인 안혜진 최선주
마 케 팅 박태훈 안현진

펴 낸 곳 도서출판 역락 / 서울시 서초구 동광로46길 6-6 문창빌딩 2층(우 06589)
전   화 02-3409-2058 FAX 02-3409-2059
이 메 일 youkrack@hanmail.net
홈페이지 www.youkrackbooks.com
등   록 1999년 4월 19일 제303-2002-000014호

ISBN 979-11-6244-590-7 93810

* 정가는 뒤표지에 있습니다.